第一批国家级非物质文化遗产名录项目
达斡尔族"乌钦"(乌春)说唱

《那音太乌钦集》编辑委员会

主 任 委 员：杨士清
副主任委员：李春红　杨优臣　何文钧
委　　　员：石桂英　赵继平　吴　刚　吴焕军　高春梅　陶贵水
　　　　　　鄂忠群　何丽霞　多文忠　安晓霞　乔福胜　刘国富
　　　　　　高志波　张振华　张晓玮　张　宇

《那音太乌钦集》编辑部

主　　　　编：吴　刚
副　主　编：何文钧　鄂忠群　何丽霞
编辑部主任：何丽霞
编辑部副主任：刘国富　李春晓　张晓玮
编　　　　辑：吴　刚　何文钧　鄂忠群　乔福胜
　　　　　　　刘国富　刘丽萍　吴松江　郭建忠
　　　　　　　张晓玮　张　宇
编　　　　务：郭建忠　张晓玮

黑龙江省非物质文化遗产系列丛书

那音太乌钦集

吴刚 主编

黑龙江人民出版社

图书在版编目(CIP)数据

那音太乌钦集 / 吴刚主编. — 哈尔滨：黑龙江人民出版社，2019.12
(黑龙江省非物质文化遗产系列丛书)
ISBN 978-7-207-11957-5

Ⅰ. ①那… Ⅱ. ①吴… Ⅲ. ①达斡尔族—说唱文学—作品集—中国 Ⅳ. ①I239

中国版本图书馆 CIP 数据核字(2019)第 275092 号

责任编辑：姜新宇　李春兰
封面设计：徐　洋

黑龙江省非物质文化遗产系列丛书
那音太乌钦集
吴　刚　主编

出版发行	黑龙江人民出版社
地　　址	哈尔滨市南岗区宣庆小区 1 号楼
网　　址	www.hljrmcbs.com
印　　刷	哈尔滨午阳印刷有限公司
开　　本	787×1092　1/16
印　　张	27.75
字　　数	460 千字
版　　次	2019 年 12 月第 1 版
印　　次	2022 年 4 月第 1 次印刷
书　　号	ISBN 978-7-207-11957-5
定　　价	87.00 元

版权所有　侵权必究
法律顾问：北京市大成律师事务所哈尔滨分所律师赵学利、赵景波

（第三排左侧为那音太）

摄于 1957 年 6 月 25 日

（第四排右二为那音太）

摄于 1957 年 12 月 30 日

（第三排右二为那音太）

摄于 1959 年

（右侧为那音太）

摄于1960年11月7日

（前排右一为那音太）

摄于20世纪60年代

（第二排左二为那音太）

摄于1969年2月8日

（第二排右一为那音太）

摄于1969年8月1日

那音太

摄于20世纪80年代

那音太在演唱

摄于20世纪80年代

那音太与色热先生(右)在一起

摄于20世纪90年代

那音太演唱乌钦

摄于21世纪初

那音太夫妇与郭布罗·润麟先生(前排)合影

摄于 2002 年 7 月 17 日

那音太佩戴上传承人纪念章

摄于 2011 年

那音太与杨士清(左)、鄂忠群(右二)、李丙贵(右一)讨论书稿

摄于2011年

那音太与杨士清(中)、乔福胜(左)讨论书稿

摄于2011年

《那音太乌钦集》终审稿讨论会(一)

摄于 2018 年

《那音太乌钦集》终审稿讨论会(二)

摄于 2018 年

齐齐哈尔市梅里斯达斡尔族区政府时任副区长石桂英主持《那音太乌钦集》终审稿讨论会

摄于 2018 年

本书编辑委员会主任委员杨士清在《那音太乌钦集》终审稿讨论会上讲话

摄于 2018 年

本书主编、中国社会科学院民族文学研究所副研究员吴刚发言

摄于 2018 年

本书副主编、齐齐哈尔市达斡尔族学会原理事长何文钧发言

摄于 2018 年

本书副主编、梅里斯达斡尔族区文化馆原馆长鄂忠群发言

摄于 2018 年

本书副主编、梅里斯达斡尔族区文化馆馆长何丽霞发言

摄于 2018 年

本书乌钦曲目注音者乔福胜发言

摄于 2018 年

梅里斯达斡尔族区文体局时任局长赵继平发言

摄于 2018 年

黑龙江省达斡尔族研究会原会长杨优臣(左)发言

摄于 2018 年

齐齐哈尔市达斡尔族学会理事长、齐齐哈尔市民族中学校长高春梅发言

摄于 2018 年

梅里斯达斡尔族区达斡尔族学会副理事长高志波发言

摄于 2018 年

梅里斯达斡尔族区达斡尔族学会理事长陶贵水发言

摄于2018年

学会刊物《嫩水达斡尔》主编、中共齐齐哈尔市委讲师团副团长张振华发言

摄于2018年

梅里斯达斡尔族区达斡尔族学会秘书长吴松江发言

摄于2018年

本书图片由那音太家属、齐齐哈尔市梅里斯达斡尔族区文化馆及吴松江提供。因年代久远，无法对早期图片具体内容做出说明。

序

杨优臣

《那音太乌钦集》历经十年的努力,终于出版了。

2008年,《色热乌钦集》纳入《黑龙江省非物质文化遗产丛书》由黑龙江美术出版社出版以后,杨士清老师就提出了那音太乌钦的收集、整理、翻译、注音等方面的工作意见,并设想编辑出版。当时我是黑龙江省达斡尔族研究会会长,又是达斡尔族非遗领导小组负责人之一。当杨士清老师提出以后,因为收集、整理、翻译、注音是必须要做的工作,因此将其纳入黑龙江省达斡尔族研究会和非遗领导小组的工作计划。但是对于能否正式出版,没有太大的信心。原因是那音太的乌钦虽然听过的人很多,赞美的人也很多,但是"散落"在几个达斡尔族集聚地区人们的记忆中,除了已经出版的《少郎和岱夫》里有文字作品以外,几乎没有其他文字的东西。那音太本人也没有这方面的积累,有一些早期的作品本人也要经过一番回忆和追记。因此那音太作品的底数不清,作品的价值更是难以评估。历时十年之后,今天能够编辑出版,实属不易。十几年间,为了收集整理那音太的作品,杨士清老师几乎每年都从哈尔滨到梅里斯几次,其他编辑人员从收集到整理,再从注音、翻译到校对,付出了极大的辛苦。

《那音太乌钦集》未必是经典之作,却是一部珍品,这也是历经十年努力付诸出版的原因所在。在齐齐哈尔地区,与那音太同时代的乌钦演艺家,还有色热、胡瑞宝、胡海轩、二布库、何德林、何日格图等。以上几位乌钦演艺家均出生于20世纪初,那音太是年龄最小的一位。他们当中除色热先生的乌钦出版以外,其他人的作品已经难以收集成册,虽然有些演艺家在民间的名声很高,可惜遗失的终究还是无法挽回了。好在我们着手那音太乌钦的收集整理时他本人还健在,如果再晚几年恐怕又是一个历史的遗憾。因此,《那音太乌钦集》同《色热乌钦集》一样都是达斡尔族乌钦艺术的珍品。《那音太乌钦集》

和《色热乌钦集》收录的作品,除传统的"少郎与岱夫"以外,绝大部分是中华人民共和国成立以后创作的,甚至十一届三中全会以后的作品比重很大,具有强烈的时代气息。之所以说这些作品是珍品,是因为它们:一是保留了传统的乌钦格式和基本要素;二是具有非遗传承和语言保护的多重价值;三是展示了乌钦艺术的现代发展趋势,对乌钦的研究具有现实价值。

那音太先生身材不高,且又单薄,20世纪90年代适逢花甲之年时走路已经略有些蹒跚。他的童年和少年时代正是伪满洲国统治时期,他悲惨的家世和较差的体质无疑是那个社会留下的创伤。他由于体质较差而失学,失去了充任人民教师的可能,由此他一生没有公职身份。他是一个地地道道的农民,文艺生活只是他生活的一部分,不同于能够靠"艺"吃饭的卖艺人。他是一个放猪娃出身,在那个年代穷苦家庭的孩子放猪是很平常的。不过,他这个放猪娃有一个特殊的经历,对他的一生都有巨大的影响。在他的回忆录中有一段这样的记述:1947年4月28日,他未满月的小妹妹饿死了。母亲为了一家人的生活离家给人家当奶妈去了,未满月的妹妹靠奶奶讨要的米汤和菜汤充饥,然而饥饿的妹妹哭了十七八天后离开了人世。当天,放猪娃那音太在野外看到了四五条狗抢吃妹妹的裸尸,于是他大哭一场。由此,我们对那音太演唱传统乌钦"少郎和岱夫"时那么动情,歌唱新生活赞美家乡那么情深意切有了深刻的体会。所以,我认为那音太的文艺道路是从放猪娃的呐喊开始的!

那音太,放猪娃出身,一生生活在达斡尔族集聚的农村,一生的职业是从事农业生产的农民(短暂的小学代课老师经历不足以改变身份)。但是,他是一位地地道道的民间文艺家。

从传统的乌钦角度而言,齐齐哈尔地区影响最大的乌钦作品是《少郎和岱夫》。20世纪50年代,乌钦演唱家能够演唱几个夜晚,目前整理出版的《少郎和岱夫》没有那么完整,严格上说都是片段而已。相对而言,所整理的那音太演唱的版本比较完整。因此,那音太不愧是达斡尔族乌钦的一代传承人,2008年被任命为国家级非物质文化遗产乌钦传承人。

那音太作为文艺人才,他能编、能导、能演,而且颇有成就。20世纪50年代初哈拉村成立文工团,他既是编导又是演员。达斡尔族著名的歌唱家何德志演唱的民歌《心上人》是他们的文工团整理和组织排练首演的。这首歌在达斡尔族地区普遍传唱,成为达斡尔族具有代表性的民歌之一。以那音太为

主创编的《马上的哥哥你在何方》被电影《傲蕾·一兰》选用为主题曲,其旋律至今仍然萦绕在看过这部电影的人们耳边。他和喜荣一起表演的《达斡尔族情歌》曾荣获优秀节目奖和优秀表演奖。那音太不仅熟悉达斡尔族的乌钦和扎恩达勒,而且为了演出的需要,他自制四胡,学唱京剧,学唱评剧。为了创作的需要,他还学习并掌握了一般乐理和简谱。那音太的文艺才华以及取得的成就,足以让他称得上民间文艺家称号。

那音太先生走了,留下了几十首乌钦和歌曲。我还是用给《色热乌钦集》的序言中的最后一段话结束《那音太乌钦集》的序言:古老的乌钦不知产生于哪一年代,古老的达斡尔族拥有古老的乌钦。古谱新词,愿乌钦仍旧回荡在嫩江两岸!

2019年4月16日晨
(杨优臣,黑龙江省达斡尔族研究会原会长)

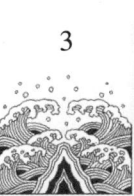

那音太乌钦艺术述评

吴 刚

那音太是达斡尔族著名乌钦①艺人,以说唱《少郎和岱夫》乌钦而闻名。2008 年被确定为国家级非物质文化遗产乌钦传承人。那音太成长为优秀的乌钦艺人,离不开时代环境与个人的努力。他对乌钦的发展起到了承前启后的作用。

一

1935 年 7 月 9 日,那音太出生在黑龙江省齐齐哈尔市梅里斯达斡尔族区雅尔塞镇哈拉村,额斯日哈勒甘浅莫昆人。1945 年至 1951 年,那音太在雅尔塞哈拉小学读书。1952 年考入龙江简师,后因患病中途退学。1965 年至 1972 年,他在哈拉小学当代课教师。1981 年,落户到内蒙古自治区鄂温克族自治旗巴彦塔拉乡。2011 年 11 月,在鄂温克族自治旗巴彦托海镇去世。

那音太的从艺历程可分为三个阶段:

一是新中国成立前至 20 世纪 80 年代初,那音太乌钦艺术特色形成。50 年代以后,那音太开始了民间演唱、舞台演出,五六十年代最为活跃。1952 年,那音太与何德志、杜画匠等人参与了整理和组织编排著名歌曲《心上人》的首演活动。1953 年,在哈拉剧团当编导。1954 年,编创《德都勒哥哥乘船来》。1955 年,与哈拉剧团演员喜荣一起表演的《达斡尔族情歌》在黑龙江省、齐齐哈尔市各级文艺会演中均获"优秀节目奖"和"优秀表演奖"。1957 年,编创了代表作《马上的哥哥你在何方》,该作品被上海电影制片厂选用于达斡尔族首部电影《傲蕾·一兰》主题歌。1962 年前后,那音太和民间艺人胡瑞宝到富裕县塔哈乡达斡尔族聚居的登科、大高粱、小高粱、库木等屯,演唱长篇乌钦

---

① "乌钦"是齐齐哈尔等地的称呼,莫力达瓦达斡尔族自治旗等地称为"乌春"。

《少郎和岱夫》。

二是20世纪80年代初至21世纪初,那音太乌钦艺术受到广泛关注。1981年,由那音太说唱,色热、那音太翻译,李福忠、刘兴业记录整理的《少郎和岱夫》刊载于《黑龙江民间文学》第三集,并荣获全国民间优秀文艺作品二等奖。1987年3月至5月,娜日斯采录整理那音太讲述的民间故事,主要有《呼兰索木莫日根》《德莫日根和简色楞萨满》《珠茹莲花的亲事》《苦命的谙宝金》《少郎、岱夫系列传说十篇》等共计14篇民间故事。① 2000年8月,那音太赴齐齐哈尔市参加全国首届达斡尔族民间文化艺术研讨会。

三是21世纪初至去世,那音太乌钦艺术走向全国。2002年7月,那音太赴北京参加全国达斡尔族乌钦比赛演唱《少郎和岱夫》,获金奖。2005年,莫力达瓦达斡尔族自治旗电视台特邀那音太,录制了《少郎和岱夫》专题片。2007年7月25日,黑龙江省文化厅公示那音太与色热为第一批省级非物质文化遗产名录代表性传承人。7月,《民族文学》刊发那音太说唱《少郎和岱夫》乌钦的节选部分。2011年11月17日,那音太赴齐齐哈尔市参加全国非物质文化遗产名录乌钦、哈库麦勒学术研讨会。12月29日,文化部(今文化和旅游部)确定那音太与色热为第二批国家级非物质文化遗产项目代表性传承人。2010年8月,那音太和吴刚合作,拉丁转写、翻译了《少郎和岱夫》。② 12月14日,呼伦贝尔民间文艺家协会、呼伦贝尔民族历史文化研究院在呼伦贝尔学院举办"国家级代表性传承人那音太暨乌钦研讨会"。2011年11月14日,《黑龙江日报》刊载李景滨采写的报道《那音太 柴堆旁拉起四弦》。11月23日,那音太去世。

那音太能成为优秀的乌钦艺人,离不开以下四个因素:

第一,达斡尔族民间文化环境的影响。那音太从小生活在达斡尔族歌舞环境中,他说:"每当农闲、节日期间,他们都走街串村、互相联欢。有跳'哈肯麦'、唱'扎那勒格'、打'博克'、讲故事、请'笊篱姑姑'、捉'博勒卡'等多种多样的民间娱乐活动。在这些老先辈之中,有的高手还会自己拉胡琴,自己跟着歌唱。那时幼小年龄的我,非常羡慕他们,我何时能像他们那样自己会拉琴,

---

① 娜日斯采录整理:《达斡尔民间故事百篇》,海拉尔:内蒙古文化出版社,1992年。
② 吴刚、孟志东、那音太搜集整理译注:《达斡尔族英雄叙事》,北京:民族出版社,2013年。

随着琴声自如地歌唱呢?"①这种环境熏陶对那音太来说非常重要。"在旧社会,多数劳苦大众都喜欢听《少郎和岱夫》扎那勒格,而且还都爱唱《少郎和岱夫》这支动人心弦的雄壮的歌,穷友们一传十、十传百,无论哪个屯中都有人或多或少会哼哼这个曲子。过年过节跳罕伯舞也把《少郎和岱夫》当作歌词边跳边唱,妇女们春天挖'满其'野菜时也唱《少郎和岱夫》,夏天采库木勒时更唱《少郎和岱夫》。"②

第二,家庭的熏陶。那音太说:"我小时,爷爷爱唱扎那勒格,他老人家给地主扛活,所以他唱的苦难之歌,当时爷爷的歌动听,使我经常掉眼泪倾听,我非常爱听、好学。"③"我从七八岁就爱听老人们跳舞唱歌、讲故事,一听就听到大天亮,那时候,妈妈在跳罕伯舞时边跳边唱《少郎和岱夫》。"正因为有周围环境和爷爷、妈妈的熏陶,所以那音太从小立下了志向,他说:"英雄少郎和岱夫的故事深深地扎根在我幼小的心灵之中。我长大后一定要把《少郎和岱夫》天天歌唱。"④

第三,民间艺人的指导。那音太的师傅是达斡尔族著名民间艺人二布库⑤。那音太说:"我处有位双目失明的民间艺人,他叫二布库,他自拉自唱超凡出色,我的琴艺和唱腔是从他那学到的。今日想起,我非常怀念他。"⑥那音太在2009年9月接受笔者采访时说:"我从小会讲故事,哈拉村讲故事人能讲几天,当时有双目失明的艺人,他是民间传承人,他会唱很多,他到我们哈拉村唱歌,我很乐意在他旁边。再一个,我从小听老人演唱,我到过罕伯岱村,到少郎岱夫出生的地方去过。我跟盲人二布库学的。不仅和他学,也和别人学。"那音太除了学习本民族传统文化之外,还师从京戏、评戏老师,他回忆说:"我16岁起就爱唱歌,那时我屯有一名山东老人,他老人家名叫徐文章,这位老人是戏迷,京戏唱得好,每天晚间他聚众在家欢乐,为大家唱京戏,什么《四郎探母》《武松打虎》《林冲被逼梁山》等曲目。这老人家不但唱得好,他还向青少年耐心教唱,当时我拜他老人家为师,在他的指导下,我学到了京戏二黄慢板、

---

① 那音太:《鹤城达乡歌声》,手稿本。
② 那音太:《鹤城达乡歌声》,手稿本。
③ 那音太:《传承人基本情况登记表》,手稿本。
④ 那音太:《鹤城达乡歌声》,手稿本。
⑤ 二布库原名多文祥(1925—2011),男,黑龙江省齐齐哈尔市梅里斯达斡尔族区卧牛吐村敖勒哈勒多金莫昆人。
⑥ 那音太:《传承人基本情况登记表》,手稿本。

快板，从此我会唱了一些京戏段子。我又拜余淑芬大娘为评戏老师，这位大娘是奉天人，她会唱《杨三姐告状》《苏三起解》《小二黑结婚》《梁山伯与祝英台》，我这位大娘唱腔优美，我和她儿子同班同学，这位大娘把我当亲儿子一样看待，我在她的指引下学到了评剧曲调。有以上二位老人的教导，我对京、评曲子略知一些。关于达斡尔族民歌、说唱等类，我是向本民族的民间艺人学到的。"①至此，那音太的师承谱系很清楚了，他受到爷爷、妈妈、本民族艺人二布库、京戏老师徐文章、评戏老师余淑芬等人的影响，也就是说达斡尔族文化和汉族传统文化对那音太都产生了重要影响。上述可见，那音太不同于旧社会的达斡尔族民间艺人，他是具有新知识，紧跟时代步伐，在新中国成长起来的新歌手，因此不同于他的师傅二布库。二布库自幼饱尝苦难，患天花，8岁双目失明，随之父母相继去世，到处流浪。14岁那年，有位善良的老民间艺人收留了他，给取了艺名"二布库"，达斡尔语的意思是男子汉那样结实。从此，他便开始了艺术生涯。由于心灵手巧嗓音好，他很快掌握了胡琴演奏技巧和乌钦演唱技艺，第二年便能登台献艺了。师徒俩奔波乡里演唱，相依为命，勉强糊口度日。②那音太与他的师傅二布库相比，明显是在不同时代成长起来的艺人。

第四，时代机遇。新中国成立给达斡尔族乡村文化生活带来新变化，也给那音太的乌钦说唱带来了机遇。1952年，齐齐哈尔市卧牛吐达斡尔族自治区成立，这是达斡尔族第一个民族政权。1953年，雅尔塞镇哈拉村成立了哈拉剧团，何德志为团长，喜荣为舞蹈队队长，那音太为编导。1952年，黑龙江电台来哈拉屯采访，村主任多有福带领那音太、何德志、杜画匠等人到齐齐哈尔市广播电台去录音，就在路途中，他们编排了一首著名的歌曲《心上人》，由何德志演唱，当天晚上就录制了这首歌曲。③20世纪80年代，"中国民间文学三套集成"（故事、歌谣、谚语）启动，给那音太乌钦说唱带来了新的发展机遇。1997年7月，《中国曲艺音乐集成》编辑部录制了专题片《达斡尔族乌钦艺人那音太》。21世纪伊始，国家开展非物质文化遗产保护工作，促使那音太的乌钦艺术得到更大的发展机遇。2008年12月29日，文化部确定那音太为第二

---

① 参见那音太：《鹤城达乡歌声》，手稿本。
② 参见杜兴华、巴图宝音主编：《中国达斡尔族名人风采录》，北京：中央民族大学出版社，2010年。
③ 参见那音太：《鹤城达乡歌声》，手稿本。

批国家级非物质文化遗产项目代表性传承人。2002年,《少郎和岱夫》汉文本在民族出版社出版,其中收有那音太说唱的版本。2013年,民族出版社还出版了那音太演唱的《少郎和岱夫》乌钦拉丁转写、汉文翻译本。这三次历史机遇,促进了那音太乌钦艺术的发展与传播。

二

那音太乌钦艺术最重要的成就有三点:

第一,那音太创制乐器、创新曲调。那音太乌钦说唱用乐器四弦琴来伴奏,自拉自唱。对于使用四弦琴(即四胡)的过程,他说:"我小时候看双目失明的民间艺人二布库自拉自唱,四弦胡琴他拉得那么自如动听,扎那勒格唱得那么悦耳。人们说这位老人的四弦琴是自己做的,琴杆上雕刻的花纹都是他自己刻出来的,他以超凡的技能在琴杆头部雕刻了精美的六和塔,非常好看。老人家的此举和技能对我触动很大,一个双目失明的人能够制作如此精美的四弦琴;我有明亮的眼睛,有会劳动的双手,盲人能干的活,我就不能干吗?于是我就自己动手做胡琴,拉断碗口粗的榆树木头,用粗铁丝做了一把长长的锥子,我就用力锥透了这个实心榆树干木头,锥透之后用烧红的铁棍烧,有鸡蛋圆粗之后,小心地用凿子凿,有拳头大些时,用碗碴子刮,胡琴筒子做成了,我用黑鱼皮蒙上了琴筒,用牛筋搓成绳子当琴弦,胡琴做成之后,我天天拉,经过一个多月之后,我也会自拉自唱了。"①根据那音太所述,四弦琴由他自己制作,是受双目失明的民间艺人二布库制作四弦琴的影响。目前,笔者看到的材料,最早使用乐器说唱的艺人就是盲人二布库,而盲人二布库的四弦琴也是他本人制作,至于他受何启发制作四弦琴,这就不得而知了。我想,主要还是受周边民族器乐影响。在周边民族中,蒙古族的马头琴很早就已经使用。至于达斡尔族四弦琴与周边民族器乐关系,这又是一个独立的话题,另当别论。对于那音太四弦琴的制作工艺,熟悉器乐的学人,可以专门探讨。对于那音太四弦琴演奏技艺,包海山、赛罕说他演奏时,"琴杆不是握在手中,而是贴在手腕内侧,用拇指和食指触动琴弦,并随着音乐的变化灵活串把"②。可以说,那音

---

① 那音太:《鹤城达乡歌声》,手稿本。
② 《中国曲艺音乐集成·内蒙古卷》编辑委员会编:《中国曲艺音乐集成·内蒙古卷》,北京:中国ISBN中心,1997年,第661页。

太把四弦琴的功能发掘出来,为乌钦说唱增色。

那音太乌钦篇目很多都有独立的曲调。那音太本人会谱曲,他在哈拉剧团期间,曾学会了简谱。他说:"我在我屯搞文艺队时,我当导演,我订了音乐歌曲刊物,刊物收到之后,难题就临到头啦,我光会歌词、不识谱,瞪两眼光能认识1234567,七个音符,不知音节不会拍谱,这样怎样导演呢?怎能为我文艺队教歌呢?因此,我请小学教师德新给我教简谱,德新老师细心教我,我认真学,用一周时间,我初步掌握了简谱,后来我天天练,把简谱从头按音阶准确地发音到尾,又从尾音发音到头音,又从中间跳格反复练,发音基本准确了,也能记谱、拍谱了,这样一来我就开始创作简单的歌曲了。头一个我创作的代表作《马上的哥哥你在何方》,是于1957年秋写出来的,此歌写出来之后,受到了很多人的好评,此歌曲被上海电影制片厂选用于达斡尔族首部电影《傲蕾·一兰》主题歌。"①由这段那音太自述材料得知,他能谱曲是经过了一段学习过程。电影《傲蕾·一兰》的主题歌《马上的哥哥你在何方》,就是其独立创作而成。目前,对于那音太乌钦有多少种曲调,尚没有深入研究。

第二,那音太把《少郎和岱夫》乌钦推向全国。那音太的乌钦演唱最知名的就是《少郎和岱夫》,这是一部主要流传在齐齐哈尔市郊区的达斡尔族长篇乌钦。《少郎和岱夫》并非人为杜撰的民间故事,1917年至1919年,龙江县(今齐齐哈尔市富拉尔基区)罕伯岱屯发生了以少郎和岱夫为首的达斡尔族农民起义事件,达斡尔人叫作"少郎和岱夫乌巴西戈勒",即少郎岱夫造反的故事。该历史事件经过达斡尔族人多年口头流传和民间艺人演唱,最终形成达斡尔族经典乌钦《少郎和岱夫》。

那音太从年少起开始唱《少郎和岱夫》,一直唱到晚年。他的《少郎和岱夫》乌钦演唱活动,有几个值得注意的阶段:20世纪60年代前后,那音太和民间艺人胡瑞宝②沿着嫩江两岸的达斡尔族村屯——莽格吐、卧牛吐和富裕县的靠江达斡尔族村屯演唱乌钦和民歌,有时也即兴编创歌颂党的民族政策的歌舞,边唱边跳,很受欢迎。1962年他俩来到富裕县塔哈乡达斡尔族聚居的

---

① 那音太:《鹤城达乡歌声》,手稿本。
② 胡瑞宝(1900—1980),男,黑龙江省齐齐哈尔市梅里斯达斡尔族区胡尔拉斯哈勒人。他从小喜欢唱扎恩达勒,后来跟老民间艺人唱乌钦《三国》和《少郎和岱夫》等,嗓音明亮,韵味十足。每逢年节族众都抢着请他去演唱乌钦,一唱就是通宵达旦。1957年,他家从音钦屯迁到哈拉屯,很快就成了该屯的文艺骨干。1959年,代表哈拉屯和该屯文艺宣传队,参加区和市的文艺会演,获得优秀表演奖。

登科、大高粱、小高粱、库木等屯,演唱长篇乌钦《少郎和岱夫》。他曾和笔者说过,青年时期,走街串户演唱《少郎和岱夫》乌钦,曾经连唱七天。20世纪80年代,由那音太说唱,色热、那音太翻译,李福忠、刘兴业记录整理的《少郎和岱夫》,刊载于《黑龙江民间文学》第三集(1981年)。2010年8月,笔者前后利用十天时间,和那音太合作,拉丁转写、翻译了《少郎和岱夫》。我们依据的是2002年民族出版社出版的《少郎和岱夫》第一部,这部就是那音太早年所唱的。那音太依据这个本子用达斡尔语唱诵,笔者用拉丁字母转写,并和那音太一起直译,最后由笔者根据直译稿进行意译整理,总计1972行。2013年,由民族出版社出版。

那音太乌钦演唱生动,善于运用各种艺术手法达到说唱效果。那音太演唱的《少郎和岱夫》乌钦有其独特之处。首先是情节比较完整。老西子欺百姓、岱夫寻枪马、火烧老西子、枪杀马师长、西莫胡屯庆功酒、大闹葛根庙佛堂、军德联合唐哥、袭击王家大院、为护百姓英雄被捕、火烧芦苇塘,情节曲折、环环相扣。其次是描绘生动形象。对英雄少郎岱夫的形象描绘最为生动:"人说少郎草上飞,人说岱夫踩波浪;人说好汉无踪影,人说好汉在蒙古草原上……"说岱夫"好像老鹰空中飞,好像猛虎下山岗"。还有群体的英雄人物形象:"七个好汉紧蹬镫,七匹快马冲出庄;七只雄鹰抓燕雀,七条猛虎扑群羊。"善于运用比兴手法,对于起义军胜利时,用"云飞散、太阳出"来兴起胜利的喜悦心情:"薄薄的白云飞散了,蓝蓝的天空出太阳;胜利的军兰心中喜,迟出的太阳暖洋洋。"对于少郎岱夫被抓的情节,用"黄花低头,百灵不唱"表现老百姓的悲痛心情:"遍野的黄花低下了头,天上的百灵不歌唱;达斡尔人英雄汉,如今你可在何方?"那音太《少郎和岱夫》乌钦每节四句,韵脚鲜明,节奏感强。

第三,那音太创作乌钦篇目。那音太除了说唱《少郎和岱夫》乌钦之外,还创作了30余篇乌钦作品。目前见到的整理稿显示,最早的作品创作于20世纪50年代。最早的记录是达斡尔族语言学家欧南乌珠尔的记录稿。1989年4月,乌珠尔在牙克石用拉丁字母记录整理12篇。记录显示,最早是1954年创作的《德都勒哥哥乘船来》,然后是1955年创作的《四季歌》,以及该年与朱奎合作的《共产党的恩情比水长》,1957年创作《马上的哥哥你在何方》《丰收之歌》,1976年创作《达乡晨曲》,1980年创作《赞美尼尔基街》,1981年创作《福地白音塔拉》《南木好风光》,1988年创作《回到故乡梅里斯》,另外两篇

《迎新娘》《歌唱扎兰屯市达斡尔乡》没有写明创作时间,根据乌珠尔记录时间,可知为1989年之前创作。当时乌珠尔如何记录整理不得而知,可以想见,应该由那音太演唱,乌珠尔记录。因为这些乌钦并不长,长则40行,短则12行。除乌珠尔记录整理的这12篇之外,还有20余篇乌钦作品,由达斡尔族人乔福胜根据那音太汉文稿用拉丁字母转写成达斡尔语。那音太乌钦内容主要是讴歌家乡风光、讴歌新时代、赞美英雄人物。这与他出生在旧社会,从小饱受苦难与压迫有关。他在自传中详细叙述过他的父亲是如何被地主压迫的,满含热泪地回忆了他的母亲由于给地主孩子当奶妈却饿死自己孩子的事件,是新中国改变了那音太的穷苦生活,因此,他讴歌赞美新社会、新时代,这种情感是最自然不过的了。

那音太乌钦有一个与其他艺人乌钦不同的地方,就是既有民间传承,也有独立创作。那音太乌钦《少郎和岱夫》是从前辈民间乌钦艺人传承而来。所以,达斡尔族学者一般称《少郎和岱夫》为民间乌钦。那音太除了说唱传统民间乌钦之外,他自己还创作了大量的新乌钦。有学者还称其为新民歌,新民歌是泛化的概念,准确地说,还应称乌钦。因为,他的演唱还是以乌钦的形式,运用乌钦的曲调。如果运用普通歌曲的曲调,那就是一般民歌了。如果把那音太创作的乌钦还称为乌钦,那就可定为文人乌钦。也就是说有明确的创作者,并且具有乌钦的其他特征。对这一类文人乌钦作者,那音太并非个例,自清代中晚期敖拉·昌兴始,就产生了钦同普、玛玛格奇、金荣久、孟希舜等;新中国成立后,著名的文人乌钦作者还有色热(1931—2009)[①]、莫德尔图等。文人乌钦是相对民间乌钦而言,而对文人乌钦作者,我们也可称其为母语诗人。对于那音太而言,他既熟悉民间乌钦,又掌握文人乌钦,这是其最可贵之处。

三

那音太乌钦自20世纪50年代就得到广泛传播,新世纪前后影响了一批新人,更是受到媒体的重视。

一是传播比较广泛。那音太乌钦传播最广的是《少郎和岱夫》。他的演唱足迹遍布黑龙江、内蒙古、北京等地,他的录音光盘遍及各地。2005年,莫

---

① 色热1951年开始用达斡尔语创作《歌唱英雄黄继光》《歌唱英雄邱少云》。

力达瓦达斡尔族自治旗电视台还为那音太录制了《少郎和岱夫》专题片。2010年,他演唱的《少郎和岱夫》片段还被中国社会科学院民族文学研究所收藏。那音太曾先后参加过全国首届达斡尔族民间文化艺术研讨会,全国达斡尔族乌钦比赛,全国非物质文化遗产名录乌钦、哈库麦勒研讨会。2010年12月,呼伦贝尔民间文艺家协会、呼伦贝尔民族历史文化研究院在呼伦贝尔学院为其举办了"国家级代表性传承人那音太暨乌钦研讨会"。

二是影响了一批新的乌钦艺人。2006年,那音太接收梅里斯达斡尔族区卧牛吐村民何庆拜师学艺。何庆很快成长为知名的乌钦艺人,曾多次去北京演出。青年歌手郭建忠等人也间接地受到那音太的影响,走上乌钦演唱道路。如今,梅里斯达斡尔族区等地更是把那音太的乌钦艺术作为宝贵财富,广为宣传,更多的乌钦爱好者开始学习那音太乌钦艺术。

三是受到媒体重视。那音太本人多次应邀参加全国性的艺术研讨会,就在其去世前几年,有多人采写过那音太的乌钦艺术成就。2010年11月23日,安晓霞在《鹤城晚报》发表《马上的哥哥你在何方——记国家级"乌钦"传承人那音太》。2011年4月27日,张宏伟在中广网发表《巴彦塔拉:我的感动》,其中一节为"永远的那音太"。2011年11月14日,《黑龙江日报》刊载李景滨采写的报道《那音太 柴堆旁拉起四弦》。那音太去世后,受到人们深深的怀念。2011年11月24日,孤思客在达斡尔族论坛网发表《你要找到你想要的花朵和居所——挽歌达斡尔族乌钦大师那音太》。2011年11月25日,网名为"Ying"的作者在达斡尔族论坛网发表双语诗歌《悼念那音太前辈》。

那音太离开我们近十年了,但他的乌钦艺术带给我们深深的思考。笔者认为现代乌钦的一个变化是抒情性增强,这个变化值得重视。乌钦可以称为母语诗歌,但不能把所有的母语诗歌都称为乌钦,因为乌钦必须是活态说唱的,而非静态的。此外,文人乌钦可以称为母语诗歌,文人乌钦作者也可以称为母语诗人,但母语诗人并非全都是文人乌钦作者。当前,在达斡尔族网站上出现了用拉丁字母记录的母语诗篇,如果作者不能唱诵,那么只能称为母语诗人。将来发展下去,如果丢掉了曲调,那么很多作品就只能属于母语诗歌了。未来的乌钦发展都有可能是这种情况,现在已经出现了这种苗头,这是因为语言的萎缩,还有演出环境的萎缩,乌钦脱离百姓的文化生活,越来越成为舞台的表演艺术,活力越来越小。演唱功能萎缩为零的时候,也就只属于母语诗篇了。

　　文人乌钦发展道路曲折,首先是文字问题。自20世纪上半叶以来,达斡尔族人很少借用满文字母拼写达斡尔语之后,就缺少了记录达斡尔语的工具,出现借用文字断裂现象,这给乌钦创作带来障碍。新中国成立后,尤其是80年代以来,拉丁字母成为达斡尔语的记音符号,这为记录达斡尔族乌钦提供了机遇。几年前,《色热乌钦集》出版,杨优臣在评论色热乌钦时说:"无论在'文化大革命'前,还是'文化大革命'之后,现代乌钦的作品寥寥无几。……色热先生的创作延续了乌钦的历史,给予了乌钦新的生命。"①色热的确给了乌钦新的生命,这就是用拉丁字母记录达斡尔语乌钦。这样一种延续乌钦的方式,那音太同样获得了成功。不过,值得注意的现象是,无论是色热,还是那音太,他们本人不会拉丁字母,他们的乌钦都是经他人用拉丁字母记录整理而成。从这个方面看,也表现出替代文字的断裂问题。如果说20世纪文人乌钦发展主要遇到文字问题,那么,在21世纪的今天与未来,达斡尔语保护又成为一个重要问题。达斡尔族语言的萎缩会直接影响乌钦的生命力。可喜的是,笔者在达斡尔族网站上,看到几位达斡尔族人用拉丁字母记录达斡尔语创作了不少诗篇。看起来,只要达斡尔族语言能够保持,乌钦的生命就会存在。

（吴刚,中国社会科学院民族文学研究所副研究员）

---

① 色热:《色热乌钦集》,哈尔滨:黑龙江美术出版社,2008年,前言,第9页。

目　录

那音太乌钦曲目 …………………………………………………（1）

达斡尔语注音说明 …………………………………………………（2）

一、歌颂民族英雄少郎和岱夫 ………………………………（3）

1. 少郎和岱夫

   SHAOLANG BOLO DAIFU

   吴刚/注音　吴刚　那音太/直译　吴刚/汉译 …………（3）

2. 少郎和岱夫造反起义

   SHAOLANG DAIFU TI WUBAXITE

   乔福胜/注音　那音太/汉译 …………………………（231）

二、歌颂家乡美 ………………………………………………（235）

1. 回到故乡梅里斯（一）

   MEISLDE HAJRSNB（一）

   乌珠尔/注音　那音太/汉译 …………………………（235）

2. 回到故乡梅里斯（二）

   MEISL DAGAIJIRDE HAIJIRSE（二）

   乔福胜/注音　那音太/汉译 …………………………（237）

3. 可爱的呼伦贝尔

   TAIERDEGE HULUNBER

   乔福胜/注音　那音太/汉译 …………………………（239）

4. 美丽的家乡巴彦托海

   BAYANTOHAI SEBJYNTY

   乔福胜/注音　那音太/汉译 …………………………（241）

5. 福地巴彦塔拉（一）
   HOTRTI GAJR BAYNTALE（一）
   乌珠尔/注音　那音太/汉译 ………………………………………（244）

6. 福地巴彦塔拉（二）
   BAIYINTAL HOTRTI（二）
   乔福胜/注音　那音太/汉译 ………………………………………（246）

7. 回故乡巴彦塔拉
   BAIINTAL DAGAIJIRDE HAIRSN MEI
   乔福胜/注音　那音太/汉译 ………………………………………（249）

8. 巴特罕晨曲
   BATEGEN NI ERTIDO
   乔福胜/注音　那音太/汉译 ………………………………………（251）

9. 赞美尼尔基街
   NIRGI GIAAYL KEENIEYE
   乌珠尔/注音　那音太/汉译 ………………………………………（253）

10. 赞美尼尔基
    NIRGI KENIIA
    乔福胜/注音　那音太/汉译 ………………………………………（256）

11. 歌唱扎兰屯市达斡尔族乡（一）
    ZHALN HOTNI DAGUR TORSO ZHAANDAYA（一）
    乌珠尔/注音　那音太/汉译 ………………………………………（259）

12. 歌唱扎兰屯市达斡尔族乡（二）
    ZHALAN EAILI DAUOR TORSI ZHANDAIA（二）
    乔福胜/注音　那音太/汉译 ………………………………………（263）

三、点赞"塔拉立"（表亲）民族 ………………………………………（267）

1. 热烈庆祝鄂温克族自治旗建旗五十周年
   EUNK GUAS BAIJ TAIBEN HON URGUNDINE UQLIIA
   乔福胜/注音　那音太/汉译 ………………………………………（267）

2. 鄂伦春南木好风光（一）
   ORIQIAN GAJRI ILIN SAIKN（一）
   乌珠尔/注音　那音太/汉译 ………………………………………（270）

3. 鄂伦春南木好风光(二)

   EORQN NANMU GAIJIRINE SAIKEN(二)

   乔福胜/注音　那音太/汉译 ……………………………………（272）

四、节日同欢庆 ……………………………………………………（274）

1. 达斡尔人欢度"库木勒"节

   DAUOR KU HUNJERJI KUMUL JEQLBEI

   乔福胜/注音　那音太/汉译 ……………………………………（274）

2. 回乡参加"观鹤节"有感

   TOGIOR WJIGJEQILEG WQIN

   乔福胜/注音　那音太/汉译 ……………………………………（277）

五、颂扬友情、亲情、爱情 ………………………………………（280）

1. 别耍钱

   JIGA BU NADE

   乔福胜/注音　那音太/汉译 ……………………………………（280）

2. 北京城里文人多

   BEJIN HOTUNDE BITIGETIKUI NE BARANG

   乔福胜/注音　那音太/汉译 ……………………………………（283）

3. 怀念朋友

   GWQIE DORSWG

   乔福胜/注音　那音太/汉译 ……………………………………（285）

4. 弹起"木库兰"想娘家

   MUKULAN TAIXIKLAJIE NAIJRE SANEG UQN

   乔福胜/注音　那音太/汉译 ……………………………………（287）

5. 采"库木勒"的姑娘

   KUMUL MARG UGUN

   乔福胜/注音　那音太/汉译 ……………………………………（289）

6. 音钦姑娘

   IEQIN UGUN

   乔福胜/注音　那音太/汉译 ……………………………………（295）

7. 迎新娘

   XINKN BERE CREG

   乌珠尔/注音　那音太/汉译 ……………………………………（298）

8. 德都勒哥哥乘船来（一）
   DEEDUL AKAMIN JIA BD SOOJ IRYABEI（一）
   乌珠尔/注音　那音太/汉译 ……………………………………（302）

9. 德都勒哥哥乘船来（二）
   JEBED SOJIRSEN DEDUL AKAMINE（二）
   乔福胜/注音　那音太/汉译 ……………………………………（305）

10. 马上的哥哥你在何方（一）
    MOR ONSN, AKAMIN HAAN BEIX（一）
    乌珠尔/注音　那音太/汉译 ……………………………………（308）

11. 马上的哥哥你在何方（二）
    MERI DERI AKA HANDE BIXE（二）
    乔福胜/注音　那音太/汉译 ……………………………………（311）

12. 兄妹相会在嫩江边
    AKA UGUN DUOTE NAUN MURI KEQIDAOLTE
    乔福胜/注音　那音太/汉译 ……………………………………（313）

13. 江边情歌
    MURI KEQIDE BEIBEI IE TOXESEN DAO
    乔福胜/注音　那音太/汉译 ……………………………………（317）

14. 兄妹忙丰收
    ERLGN HORIELIG UQN
    乌珠尔/注音　那音太/汉译 ……………………………………（320）

六、歌唱新时代、新生活 ……………………………………（322）

1. 达乡晨曲
   DAGUR GAJRI ERTI AY
   乔福胜/注音　那音太/汉译 ……………………………………（322）

2. 达乡人民奔小康
   DAGUR AIMEN SAN AIMNAG JUD BAJIALIA
   乔福胜/注音　那音太/汉译 ……………………………………（324）

3. 赞美嫩江
   NAUN MURI KENEIA
   乔福胜/注音　那音太/汉译 ……………………………………（326）

4. 四季歌（一）

   DURBN ERN（一）

   乌珠尔/注音　那音太/汉译 ……………………………（328）

5. 四季歌（二）

   DURBN ERNNI DUO（二）

   乔福胜/注音　那音太/汉译 ……………………………（330）

6. 葵花向太阳

   NARIIGA NARIJUDE

   乔福胜/注音　那音太/汉译 ……………………………（332）

7. 共产党的恩情比水长

   GONGCHAN DANGI BAILNN DALIYAS GUEN

   乌珠尔/注音　那音太/汉译 ……………………………（334）

转载入选国家集成志书曲目 ………………………（337）

1. 杨茂金姑娘

   那音太/演唱　松布热　晓巴/记谱 ……………………（339）

2. 弹起"木库兰"想娘家（一）

   那音太/演唱　士清　雪英/记谱 ………………………（353）

部分曲目基本曲调

那音太/供稿　鄂忠群/整理 ………………………………（357）

1. 少郎和岱夫 ……………………………………………（359）
2. 回到故乡梅里斯（一）…………………………………（360）
3. 可爱的呼伦贝尔 ………………………………………（361）
4. 美丽的家乡巴彦托海 …………………………………（362）
5. 福地巴彦塔拉（二）……………………………………（363）
6. 巴特罕晨曲 ……………………………………………（364）
7. 赞美尼尔基 ……………………………………………（365）
8. 热烈庆祝鄂温克族自治旗建旗五十周年 ……………（366）
9. 鄂伦春南木好风光（一）………………………………（367）
10. 别耍钱 …………………………………………………（368）

11. 北京城里文人多 ……………………………………………………（369）
12. 迎新娘 ………………………………………………………………（370）
13. 德都勒哥哥乘船来（一）…………………………………………（371）
14. 马上的哥哥你在何方（二）………………………………………（372）
15. 达乡人民奔小康 …………………………………………………（373）
16. 四季歌（二）………………………………………………………（374）
17. 葵花向太阳 ………………………………………………………（375）
18. 共产党的恩情比水长 ……………………………………………（376）

附 录 ……………………………………………………………………（377）

一、那音太年表
　　吴刚/整理 ……………………………………………………（379）

二、那音太回忆录
　　那音太/撰　吴刚/整理 ………………………………………（382）

三、有关文章 ………………………………………………………（405）
1. 王云阶致那音太的一封信 ………………………… 王云阶（405）
2. 马上的哥哥你在何方
　　——记国家级"乌钦"传承人那音太 ……………… 安晓霞（406）
3. 那音太 柴堆旁拉起四弦琴 ………………………… 李景滨（410）
4. 永远的那音太 ………………………………………… 张宏伟（412）
5. 悼念那音太前辈 ……………………………………… 敖锁胜（413）
6. 你要找到你想要的花朵和居所
　　——挽歌达斡尔族乌钦大师那音太 ……………… 孤思客（414）
7. 亲吻爱唱乌钦的阿查
　　——写给先辈那音太 ………………………………… 乔琦（415）
8. 用生命抒写永恒的乌钦
　　——给那音太老师 …………………………………… 刘国富（418）
9. 我与师父的缘分 ……………………………………… 何庆（419）

后 记 …………………………………………………………………（422）

那音太乌钦曲目

达斡尔语注音说明

　　《那音太乌钦集》中演唱曲目的达斡尔语注音,分别由乌珠尔、乔福胜、吴刚完成。每位注音者注音方式不同,乌珠尔、乔福胜按照达斡尔语标音方案注音,二人注音方式又略有不同;吴刚按照汉语拼音注音。

一、歌颂民族英雄少郎和岱夫

1. 少郎和岱夫
SHAOLANG BOLO DAIFU

吴刚／注音

吴刚　那音太／直译

吴刚／汉译

《少郎和岱夫》采录整理说明

本篇《少郎和岱夫》，是我和达斡尔族著名乌钦艺人那音太（1935—2011年）合作完成。2010年8月8日至17日，在内蒙古自治区呼伦贝尔市鄂温克族自治旗巴彦托海镇那音太的家中，我们一起工作了10天。

本篇是那音太根据齐齐哈尔市委宣传部编著的《少郎和岱夫：中国达斡尔民族乌钦体民间叙事诗经典》（民族出版社2002年版）中的《少郎和岱夫》第一部，用达斡尔语唱诵而成。该第一部由那音太说唱，色热、那音太翻译，李福忠、刘兴业记录整理，曾于1981年在《黑龙江民间文学》（第三集）中发表（以下简称"《少郎和岱夫》第一部"）。

最初，我曾想采取先录音再整理的做法，后来放弃，主要担心那音太年龄大，重病在身，长时间说唱太劳累，还担心他所唱没有早年完整，最终采取诵读方式。那音太在诵读过程中，也带有节奏，语气有轻有重、有急有缓，我把此种方式称为"唱诵"，当然，是以诵为主。"《少郎和岱夫》第一部"也是那音太所唱，虽经整理，但还是能够保持那音太说唱原貌。那音太每唱诵完一句，我则用汉语拼音记录下来，为力求准确，那音太每一句发音之后，我都跟着重复几遍，才记录下来。然后，我和那音太共同完成词语翻译。最后，我则根据直译稿，参照"《少郎和岱夫》第一部"翻译成汉文，并且把全篇划分为十个部分，每一部分都冠以小标题。这样，完成了《少郎和岱夫》的采集过程。

这篇《少郎和岱夫》虽然与"《少郎和岱夫》第一部"关系紧密，但是已经有了很大不同，那音太每一句唱诵与原内容略有区别，因此汉译文与原译文也有很大不同，并且还有了记音和直译，可以说，是一部新的《少郎和岱夫》。不过，这篇《少郎和岱夫》也有遗憾之处：一是不属于那音太直接说唱，而是对整理过的汉文本再翻译成达斡尔语，虽然原来说唱和本次唱诵都由那音太完成，但可想而知，"《少郎和岱夫》第一部"对那音太此次达斡尔语唱诵还是有影响的。依据这个本子唱诵，也限制了那音太的演唱才华，很难保持说唱韵律美，也体现不出衬词的变化。二是记音还不够科学，这篇《少郎和岱夫》记音运用的是汉语拼音，当时，我对达斡尔语记音符号还不是很熟练，担心用不熟练的记音符号反而记错了音，因此，我只好运用汉语拼音记音，汉语拼音虽然也是拉丁字母，但达斡尔语的长短音很难记录下来，音节也不好划分。而我记音与翻译虽很努力，但毕竟水平有限，定有不足。这些不足，只能留待以后弥补。据那音太讲，2007 年，莫力达瓦达斡尔族自治旗电视台录制了他说唱的《少郎和岱夫》，也许其他有关部门或个人还存有那音太说唱的《少郎和岱夫》录音、录像。今后，愿有志于此工作的人士，用达斡尔语记音符号把那音太说唱的《少郎和岱夫》记录下来，给世人留下完整的文化遗产。

这篇《少郎和岱夫》曾载入《达斡尔族英雄叙事》（民族出版社 2013 年版）一书，这次收入本书时，我对文稿进行了校正，主要对注音的音节进一步划分，对直译和意译的内容进行了修改。即便如此，错漏难免，恳请读者批评指正，以便今后修改完善。

（吴　刚）

（一）老西子欺百姓

Haoqinnele asen zhanale,
　　过去　　有　　扎那勒 ①

Hanbaidai aileri gaiqirese.
　　罕伯岱　屯子　出来

---

① 扎那勒，即"扎恩达勒"，达斡尔族民歌的一种，是类似山歌和小调类歌曲的统称。

Olouduo neri ase uluguli,
　过去　有的　故事
Zhanlen zhanlen tailei bairenya.
　一代　一代　讲　能完吗

Hanbaidai gaqinrese ulugulu,
　罕伯岱　出来了　故事
Dagulu ailide degelesi.
　达斡尔族　屯子　传遍了
Moriden hali san jialuo,
　莫日登　哈拉　好　小伙
Shaolang Daifu delegese.
　少郎　岱夫　出名了

Haronggai buronggai erede,
　黑的　昏暗　年代
Haronggai hunsare aidigu orutu.
　黑的　年月　特别　长
Hariben kedire honri yaosima,
　十几岁　年　走了
Gaxinda yeyede hukuri adoulesema.
　嘎新达　爷爷　牛　放了

Haleng geti su qiga wuwei,
　穷人　家　奶　酸　没有
Kumule baiqigaijie kele durigema.
　库木勒　烧开　肚子　满
Haleng geti aosum wuwei,
　穷人　家　稷子米　没有
Hagei banglagaji yidima.
　糠　团　吃了

Shaolang Daifu aidugu mogou,
少郎　岱夫　特别　遭难
Huliji zhougouji houni dulubei.
　累活　　年　度过
Mo geri huari dousougori aibei,
破 房子 雨　漏　　怕
Hailenku yirenben hannare① aibei.
　穷人　　阎王爷　　　怕

Laba Sali kuitunne,
腊八 月　冷
Laoxizi wuri baire gangbei②.
老西子 账　逼　债
Laoxizi gusike hareti,
老西子 狼　狠
Yirebenhan xutuguli aidile.
　阎王爷　　鬼　一样

Laoxizi posele nebei,
老西子 铺子　开
Haleng ouli hakebei.
　穷　人们　啃
Laoxizi hareti niake,
老西子 狠　汉人
Gaixindati gouke taleqibei③.
　嘎新达　勾结

Gaixindati age du baireji,
　嘎新达 兄 弟　拜

---

① yirenben hannare,阎王爷。
② baire gangbei,逼债。
③ gouke taleqibei,勾结。

Tenggengri kuji murugebei.
　　天　　　香　　　磕头

Laoxizi bennenren dujunfu alebu habei,
　老西子　妹夫　　督军府　　当官

Bukui houtun shizhang suobei.
　卜奎　城　　师长　　做

Tedini sainayini nege aidile,
　他们的　　心　　　一　　样

Tedini getesen nege aidile.
　他们的　肠　　　一　　样

Posere halise olougouji,
　铺子　　树　　　栽

Haileng oli zhougoubei.
　穷　　　人们　　遭殃

Bukui gaoliang rarigei aiqirebei,
　卜奎　　高粱酒　　　拿来

Fulaerji mahua aiqirebei,
　富拉尔基　麻花　　拿来

Santannele yiqigeli onobei,
　　　糖　　　小孩　　哄

Huqileqi yilegayere wuguli onobei.
　头绳　　　花　　　姑娘　　哄

Tarai eren aniasi aiqirebei,
　种地时候　铧子　　拿来

Jiakisi eren alagei aiqirebei.
　打鱼的时候　网　　　拿来

Dagulu aimu airegei doureti,
　达斡尔人　　酒　　爱

Laoxizi ware ware aiqirebei.
　老西子　一坛一坛　拿来

那音太乌钦曲目

7

Negen airegei tegeqin,
一斤　酒　装

Gerenqin ba liang bolebei.
家里　八两　变了

Negen tousei tegeqin,
一斤　油　装

Haletigi bada sumusi boluobei.
一半　饭　汤　变成

Sai airegei gaxindade wukuqibei,
好　酒　嘎新达　送去

Haling oloud ousuoti airegei woluogebei.
穷　人　水　酒　喝

Saijiakei gaxinda wukuqibei,
好东西　嘎新达　送去

Haling oli zhandi hariti jiga ejibei.
穷　人们　账　狠　钱　记

Guarenben ku huiregei airege woguosini,
三个　人　二斤　酒　喝了

Guarenben ku guanrenbengei ejibei.
三个　人　三斤　记

Laoxizi kuyi houdouregabei,
老西子　让人　糊涂

Yamoqin kude huiregei airengei ejibei.
什么样的　人　二斤　酒　记

Gujiye dawore ole bitige wuwei,
可怜　达斡尔　人们　文字　没有

Hareti laoxizi harezhanni ejibei.
狠的　老西子　黑账　记

Gegenere hare zhanni warebei,
　明知　黑　账　进去

Gaxinda yeye gabuxibei.
　嘎新达 爷爷　帮腔

Shaolang Daifu posenle yiresen,
　少郎　岱夫　铺子　来了

Laoxizi airegei galagaji aiduwu baisebei.
　老西子　酒　拿出来　特别　高兴

Gaxindati age du baisenbei,
　和嘎新达 兄 弟　拜

Omosuolo antele wotuo.
　孙子辈　品尝　喝

"You yidese you aotuo,
　什么　吃　什么　买

 You batelese you aotuo.
　什么　用　什么　买

Mahua yidetanne yeye galaga wukiya,
　麻花　吃的话 爷爷　拿出　给

Airegei wogetan yeye harkaji wukiya."
　酒　喝 爷爷　烫　给

"Ganretan jiga wuwei baite wuwei,
　手里　钱　没有　事　没

Yeye tani zhande ejiye.
　爷爷 你们　账　记

Kejie halagasi kejie wukutuo,
　何时　还　何时　还

Yeye tani wule olekqinmei."
　爷爷 你们　不　欺骗

Age duo houyiluo aireged warsenma,
　兄弟　两人　　　酒　　进去了
Zhruguman budun bolesen sannama haluo bolese.
　　心　　粗壮　了　　心　　热　了
Yileben hani wuli tadiji,
　阎王爷　　债　欠
Eli tadiji eli guobolesen.
　越　欠　越　　深

Naijiri namekji wuguli kuitun bolesen,
　夏天　过去　　冬天　冷　　了
Gali barenke① deredege eren bolese.
　灶王爷　　　　上　　　时候　了
Huoni kuqi yaojie housen boli haijiesen,
　年　力量　走　　空手　　　回来
Laoxizi oudi takeji wure aoyesi.
　老西子　门　敲　　账　要

Mon idere geredi waijirebei,
　坏　眼睛　屋子　进来了
Zhanni zhulenne erkebei.
　账　　本子　　扔
"Nege zhuo naiyin miania abubileta,
　　一　百　八十　吊　　欠
Yamor erende halaganbita？"
　什么　时候　　还账

Shaolang bi wutaqi gouyeda：
　少郎　我　爷爷　　求
"Wutaqi wutaqi saiken sunsao,
　爷爷　　爷爷　好好　听

---

① gali barenke,灶王爷。

Bi xianmide tikibara wuabulemai,
我　你　那么多　　没欠
Wuli min taixie ejisenxi?"
账　我的　错　　记

"Aantidi mahua minie yidesexie,
有滋味的　麻花　我的　吃了
Dasukun saitan minei yidesexie,
　甜的　　糖　我的　吃了
Gaoliang rarengen minei osexie,
高粱　　酒　　我的　喝了
Haren zhanni ejisenxi wuwei."
　黑　　账　记　　没有

Shaolang Daifu wutaqi guoyede:
少郎　岱夫　爷爷　　求
"Wutaqi wutaqi mani gujiene,
爷爷　　爷爷　我们　可怜
Houni kuqi yaoji① jiga olousouwuma,
年　　扛　活　钱　没得到
Ede neke kede wuduri kuleqiede."
现在 一个 几　天　　等

Sanpan nirengesi tarekebei,
算盘　　珠子　　打
"Jiiga wuwei younuo wukubuxie?"
　钱　没有　什么　　给
"Genretemi jiaga saili jiage wuwei,
我家里　　钱　好的 东西　没有
Housun huanle huotukai tuwatibai."
　只是　炕　　破　锅

---
① kuqi yaoji, 扛活。

"Huama qiongkude hunxie elintixi,
　　后面　　窗户　　灰　毛驴

Huaili dere huirexi ametixie,
　　炕　上　二斗　　粮

Boluoge jiga bodiya,
　通通　　钱　合

Yeye nanmide wukutaile!
　爷爷　我的　　给吧

Abulegen jigaya huanere wukutu,
　　欠　　钱　　以后　给

Shaolang Daifu bolebiya?"
　少郎　岱夫　可以吗

"Elimang aijiese kulimang qakelebixi,
　驴　　拿走　　腿　　打折

Amimang aiqiese aimimang qakelebixi."
　粮食　　拿走　　命　　断了

Laoxizi nide gulijie ganreji yaobei,
　老西子 眼睛　圆　出去　　走

Shlouboli aleji xinedibei:
　钢绳　　解开　乐

"Hale elige alede kuoliya,
　黑　毛驴 车辕子　驾着

Hunxie eligei bantulaya."
　灰　　毛驴　拉帮套

Enlige kutuleji galibeixie,
　毛驴　　牵　　出去

Daifu emengli hatabei:
　岱夫　前面　挡住

"Hourende elinggemi hulekbixi,
　快　　我的毛驴　　留下

Wudure tala benlebixiya."
　白天　　在　　　抢

Laoxizi Daifuye tugei wannagajie,
老西子　岱夫　　推　　倒了

Durangga bode galiyebe.
大摇大摆 外边　　　走

Daifu kule laixijie,
岱夫　腿　　甩

Laoxizi gaijiere wannagase.
老西子　地方　　　倒了

Nege shuoluoboli huire ku boleqibei,
一个　　钢绳　　两个 人　　抢

Nege eligei huire ku tateqibei.
一个 毛驴 两个 人　　　拽

Laoxizi Daifu takerebei,
老西子 岱夫　　　打

Shaolang hunnure hatabei.
　少郎　　横　　阻挡

Shaolang douye taburebei:
　少郎　弟弟　劝

"Daifu husungeimi sunsou ke'ne,
　岱夫　我的话　　听一下

Neke elige youni kutubei,
一个 毛驴 什么　　算

Aani bandi kude abuelese."
　谁　咱们　人　　欠

Laoxizi eligei kutuleji galibei,
　老西子 毛驴　 牵　 　出去

Daifu xide zhaoji qiqijiebei.
　岱夫　牙　咬　　恨

Shaolang zhurugeini enqiere jusudeiyebei,
　少郎　　心情　　刀子　　绞

Jiu sanredi qingan qiase wanlibei.
　九　天　　白　雪　　下

Gaixidaye dukuayeni dualibei,
　嘎新达　　大门前　　放光彩

Yiqige poseli paozhangni piaqigenibei.
　小的　铺子　　鞭炮　　　响

Shaolang Daifu gerete suojie,
　少郎　 岱夫　屋里　坐着

Xing'e badaye houmiyebei.
　稀　 饭　　喝

Erigei dure walaqibei,
　槛　下面　 哭呢

Wale daoyene aidi gouxikuo.
　哭的　声音　特别　 凄凉

Donggele ashika daoyene sunsoudebei,
　冬格乐　姨　 声音　　听

Sannasanti sairedi ashikami.
　善良　年迈　我的大娘

Shaolang Daifu erigeidure bojie,
　少郎　 岱夫　 下槛　 下来

Shaolang Daifu xigere panqiese.
　少郎　 岱夫　大的　 生气

Laoxizi hunnore daixiyibei,
　老西子 横行霸道　 耍

Bangchuye erugejie ashigaye taibeiyebei.
　木棍　　举着　　大娘　　打呢

Omolini oude huane walibei，
　孙子　门　　后　　哭呢
Benrenni aijie beibuligebei.
　媳妇　吓得　　直哆嗦
Keqiguiyougude tousuo wuwei，
　怎么求　　　没有用
Laoxizi gusike nuwang ganliliubei.
　老西子　狼　　像　　发疯

"Omole jijiajie posedimi yiqibixie，
　孙女　背着　　铺子　　去
Mahua sangten mini danglemobixi.
　麻花　糖　我的　　赊账
Nami zhanna shulu exide elebixi，
　我的　账　多　记　说
Yeye naimin etuoleqin wule jiuwu."
　爷爷　我的　赖账　不　对

"Enne wudure jiga mini wuluwukuqini，
　今　天　钱　我的　　不给
Emenseden wakele xini tadebei.
　穿　　衣服　你的 扒下来
Enne wudure wure wule halegaqini，
　今　天　债　不　　还
Gere xini dere gaireji hajiexi hagulabei."
　房子 你的 上面 上去　房包　 拿掉

Ashiga qiouse qioukuoribei，
　姨　　血　　流

15

Qigan qiase hulantebei.
　白　雪　　红

Zhuruxigedi Daifu wujiji,
　胆量大的　岱夫　看

Gaili aidile aole kulebei.
　火　特别　气　　生

"Elimi bariqi mi wupanqi,
　驴　抓　我　不生气

Ashikami taibuqi wulea nbumei.
　姨　　打　　不答应

Laoxizi zhleji wule yaolegase,
老西子　撑　不　　走

Dawuli kuku biximei!"
达斡尔　人　　不是

Daifu dere heseleji,
岱夫　上面　　蹿

Laoxizi taidejie wannase,
老西子　拽　　倒

Gejigeren baireji gekerebei,
　辫子　抓住　　踩

Laoxizi memeya erejie mukurebei.
老西子　妈妈　找　　叫喊

"Shaolang Daifu zhurutanxigen,
　少郎　岱夫　　心大

Wutaqin bi tani habuxiye.
　爷爷　我　你们　告状

Gaxinda wutaqin metese,
　嘎新达　爷爷　知道了

Gerenren bole madebita."
　家里　全　　遭殃

"Gaxinda wutaqin tani wule alisen,
　嘎新达　爷爷　你们　不　　管

Bi ma shizhang aoxie erenqibei."
我 马　师长　姐夫　　找去

Shaolang husunge wulebuse,
　少郎　　话　　没了

Ashiga aijie watabei：
　大娘　害怕　吓

"Daifu Daifu gaire aowu,
　岱夫　岱夫　手　放下

Naimi touluo① baiti bu tate."
　　　　我　　事 不 惹事

Daifu sunte wuwei nuwa,
岱夫　听　没有　好像

Dere dere danremini takebei.
上面 上面　腰　　　打

Laoxizi gennere wuwei bosede,
老西子　趁　机　　起来

Xidege manggela tongkeji enmengsese.
　毡　　帽子　　捡　　戴

Haqirei qiusuo wu xiageji,
　脸　　血　没 擦

Aqijia nuwa guijiebei.
　老鼠 一样　跑

Nege biyere guijie bakerebei,
　一　边　跑　喊

---

① naimi touluo，为了我。

17

Nege biyere guijie doruoqi'newei:
　一　边　　跑　　嘟囔

"Shaolang Daifu kuiqiejie'atuo[①],
　少郎　岱夫　等着吧

Wutaqi tani yirebenhanniaoliye!"
　爷爷　你们　阎王　　　见

"Bi tani koutunhabuxiepei,
　我　你们　城　　告

Aoxieminnaimihaxiebei,
　姐夫　　我　做主

Tani laozisuoluokebei,
你们牢房　　　坐

Aidugubuaxiletuo."
　特别　不　猖狂

（二）岱夫寻枪马

Age du huiyeluo haijierejie,
　兄弟　两人　　回来

Emengle huainige sannase.
　前面　　后面　　想

Shaolang Daifuye hasuobei:
　少郎　岱夫　问

"Dou min dou min krekeibidai?"
　弟　我　弟　我　　怎么办

"Tenggeli geiyesen zhoukulun yirebei,
　腾格日　　天亮　　灾祸　　来

Daifu zhoukulun taitixie.
　岱夫　灾祸　　惹祸

---

① kuiqiejie'atuo，这里"a"开头的音节为了与前面的音节区分开来，以避免音节发生混淆，用了隔音符号","隔开。全篇还有以"e"等开头的音节，同样为了与前面的音节区分开来，使用了隔音符号","隔开，不再另注。

Zhoukulunnere kere garebudai,
　　灾祸　　　怎么　躲出去

Zhoukulun zhan'gele buluoye?"
　　灾祸　　　吉祥　　能吗

"Daifu wuguore wulaiye,
　岱夫　　死　　不怕

Aiyese eren'gun bixie.
　害怕　　男人　　不是

Wugei'tuluo tuoluoqiya,
　死的话　　　　拼

Tenggeli enmengrigere wule aiyemen."
　腾格日　　　嗒　　　　不　　害怕

"Hanbaidaiya aile minni,
　罕伯岱啊　　家乡　我

Halin ouluo yougu wule zhanlegen.
　穷　　人　　为啥　不　　享福

Houn houn mouguobei,
　年年　　　受苦

Halin ouluo yougu jiga wuwei."
　穷　　人　　为啥　钱　　没有

Daifu douyinni balin nuwa,
　岱夫　弟弟　猛虎　像

Shaolang akayeni aleketie.
　少郎　　哥哥　　有智谋

Age du huiyeluo hebuxiebei,
　兄弟　两人　　　商量

Shaolang Daifu sanna barebei.
　少郎　岱夫　心里　犯愁

19

Gagei qike yilane xitase,
　猪　耳朵　灯　　点
Gelin gegen dualibei.
　屋里　亮　　闪亮
Shaolang Daifu zhanlaosuluo,
　少郎　岱夫　　年轻人
Daguru oli san jialuo.
达斡尔人　好　青年

Liulaoxizi watasen,
　刘老西子　　怕
Keimoni kelede ejise.
　仇恨　　肚子　记住
Bokuo mode baireji yaose,
　波阔①　木头　拿着　走了
Kuitun qiase walibei.
　冷的　雪　　下

Daifu ailere galibei,
　岱夫　屯子　出去
Qiasen wulaji hongguli galibei.
　雪　　踩　　岗子　过呢
Hongkong ailide honglundun kuileya,
　洪河　屯　　　快　　到
Ame yide aresiqiya.
　粮食　吃　　借

Daifu eshigeiye geretini kuqirese,
　岱夫　叔叔　　家里　　到了
Eshige zhulungen'ni shoulututi.
　叔叔　　横棍　　　有楔子

20

① 波阔,曲棍球。

Guanrenben daokure zhulungen'tie,
　　三个　　　　横棍
Guanrenben daokure Daifuye habei.
　　三个　　岱夫　挡住

Daifu dukua bode bakerebei,
岱夫　门　外面　　喊
Dureben nougei'nei sebuke neiwei.
四个　　狗　　咬　叫
Xige nougeini ongkelebei,
大　　狗　　　咬
Daifu haqinli kukurebei.
岱夫　脸　　发青

Tujiebure gadege sagebei,
图杰布日　院　　守着
Nou'ong xigere niregebei.
　狗　　大的　　叫
Yaren benne① guiji garebei,
　着急　　　跑　出去
"Sunnere aini bakerebei?"
　晚上　谁　　喊

"Hanbaidai aili daifubei,
　罕伯岱　屯子　岱夫我
Eshike wugumoye wujiereyepei."
　叔叔　婶子　　看望
Daifu gereti waijiereji wujiese,
岱夫　屋里　进来　　看
Wugumoyeni emele huanle suoyebei.
　婶子　　前面　炕　　坐着

---

① yaren benne，着急。

Wugumo Daifuye wujinkei,
　婶子　把岱夫　看

Yaren xilede bojierese：
　着急　地下　下来

"Annia jiaka oluosentaya?
　年　东西　得到了吗

Shaolang akaxini baite wuweiya?"
　少郎　哥哥你　事情　没有

Wugumo nidinnei aidi mo,
　婶子　眼睛　很　不好

Daifuye toureji hasuobe.
　岱夫　抱着　问

Haqire biluguqie gujie'nebei,
　脸　摸　可怜

Haqirexin miesere kuitun ke?
　脸　冰　冷　啊

"Enne sunne qiase aidege xige,
　今天　晚上　雪　太　大

Turugude gusekeyere aise wuweixie①?
　路上　狼　害怕　没有吗

Beixini yamere aidigu shurukutebei?
　身子　怎么　特别　发抖

Hunlundun ailegei halakaji wo.
　快　酒　烫　喝

"Beiyexini dulaken boluobei,
　身子　暖和　好

---

① aise wuweixie,没害怕吗?

Halunkun dulaken woyade!"
　　热　　暖　　喝

Anuke Daifude wukese,
　钥匙　岱夫　　给

"Kukuminei haxi gerede houlundun ware：
　我的孩子　仓　房　　快　进去

"Baren danli aiqire,
　右肩　胛骨　拿来
Aosemin oreki aiqire,
　稷子米　舀　　拿来
Jusen nuwa pengtuolie aiqire,
　酸　菜　粉条　　拿来
Saiken sasike kulekuya."
　好的　菜　　炒

Heselege suoji airege woya,
　对面　坐着　酒　喝
Haluore airexie xilegebei.
　热　　酒　喝
Wugumo eli wogese eli baisebei,
　姊子　越　喝　越　高兴
Sanna husege deregebei.
　心里　话　都出来

Mianggen tumen husege garegabei,
　千　万　话　出来
Eleye areku① wugurangbei：
　什么事　　论起来
"Egei xin agerendin zhuguleqisema,
　妈妈　你　在的时候　　投缘

---

① eleye areku, 什么事。

Aniki① wujiereten wuweiba.
　外道　　看　　　没有

"Ege xin sainiere ase wuwei,
　妈妈　你　好的　　没　有
Nege zhanlen zhuoguoji ase.
　一　辈子　劳累　　生活
Kuku mini aidigu gujiexie,
孩子　我的　特别　　可怜
Wugumoye airegen'n surejiuku."
　婶子　　　酒　　　倒

Nege huantege huire huantege surejiukubei,
一个　酒盅　两个　酒盅　　给倒
Guanrenben huantege durenben huantege wolegebei.
　三个　　　酒盅　　四个　　酒盅　　给喝
Daifu dunure huantege wobei,
　岱夫　半盅　　　　喝
Wugumode zhalaga zhanlaga surebei.
　婶子　　　接连　　　倒

Wugumo xiaren xiaren namen huantege wose,
　婶子　　接连　　　　八盅　　喝
Daifu dunne lianggei② wose wuwei.
　岱夫　半两　　　喝　没有
Suoretesun wugumo wojieranbei,
　醉酒　　婶子　　接连喝
Daifu gegeken'nere ayibei.
　岱夫　清醒　　待着呢

---

① aniki,外道,见外。
② dunne lianggei,半两。

"Enne sunne eshige gerete wuwei,
　今天　晚上　叔叔　家里　没有

Houlundun alege galegaya."
　　快　　想办法　拿出

Huoregei huani wuxitemi,
　大柜子　后面　看了

Ourute miaoqiang wujieredebei.
　长的　　枪　　看到了

Daifu miaoqiang wujiji baisebei,
　岱夫　枪　　看了　高兴

Beideni bali kuqie warese.
　身子　虎　劲　进去了

Enni bairese youneqi wule aime,
　这个　抓住　什么　不　害怕

Daifu sainani budun bolese①.
　岱夫　心里　　壮了

Daifu wugumode wolegajilabei,
　岱夫　让婶子　　接连喝

Wugumo enmengle huanlede sunleti ketebei.
　婶子　　南　　炕　醉了　躺着

Sanredi wugumo saike wante,
　老的　　婶子　好　睡吧

Daifu huani huanle hesejie galese.
　岱夫　北　炕　　跳　上去

Houregei duorei mogelani temorelebei,
　柜子　下面　子弹　摸

Houregei huani miaoqianni garegabei.
　柜子　后面　枪　　拿出

---

① budun bolese,壮了。

Miaoqiangni moleji mogelani boselebei,
　　枪　　背着　　子弹　　挎
Seretesure eregu bolese.
　　精明　男人　成了

Wugumo anukeini hongkuoji,
　　婶子　　钥匙　　掏出
Daifu hourugu nemi semubei.
　　岱夫　柜子　箱子　翻
Enmengle nemore hulan huqiqi wujieredebei,
　　前面　　箱子　红　绸子　　看到了
Hulan burende nemiti miaoqiang garanggatebei.
　　红　绸子　盒子　　枪　　　拿出

Suomo houlongkei doutunrui,
　　子弹　　袋　　里面
Huire zhuo suomo teredebei.
　　两　百　子弹　装
Daifu yiqige miaoqiangni busete karekubei,
　　岱夫　小的　　枪　　腰　　插上
Xige miaoqiang melese.
　　大的　　枪　背上

Huiren miaoqiangti bolesimei,
　　两个　　枪　　有了
Laoxizire keimone aoqiya.
　　老西子　仇恨　要
Enne huire miaoqiangni baireji,
　　这　两个　　枪　抓
Neme kejide nereqike'neya.
　　嫩　江边　　闯一闯

Daifu wugumoye bakerebei:
　岱夫　婶子　　喊

"Wugumo saikei amoreji wante!"
　　婶子　好好　休息　睡觉

Saike derenbin delegebei,
　好的　枕头　　枕好

Nemengsen'ni nemoji wukubei.
　　被子　　盖　好

"Kuku xin huire miaoqiang aiqiyepe,
　孩子 你的 两个　 枪　　拿走呢

Eshike wumo aore bukuretu①.
　叔叔　婶子　　别生气

Kuku xin bi mo turuguli yaowu wubei,
　孩子 你的 我 坏　道路　走　没有

Ennek aore toumoqi xiadewuweibei."
　这口气　　实在　　不能（平息）

Daifu menrei houruode waijierese,
　岱夫　马　圈　　进来了

San menrei yanlegeji ailabei.
　好　马　挑　　解开

"Eshike wumo bu panqituo,
　叔叔　婶子别　生气

Wunere guigudemin wule wukunta."
　明明　　求　　不　给

Jiuruo menrei jiuleguo qi wu'nuori,
　走　马　　六　尺　高

Huamenre chguode huyadiyebei.
　西　　窗户　　拴着呢

---

① aore bukuretu, 别生气。

Dagai hulan menrei yanlegebei,
　下边　红　马　　挑选
Emengle hadoulin tougouse.
　马鞍子　缰绳　备上

Daifu huire merei kutuleji,
　岱夫　两　马　牵着
Halegei amesede kuqirese.
　大门　口　到来了
Tujiebure eshike hasuobei:
　图杰布日　叔叔　问
"Sunnere merei haide aiqibixie?"
　夜间　马　哪里　拿去

"Enqiukuo mokunti ainikeixie,
　　外　　姓　外边人
Merideng hali baitede danli bu ware.
　孟　哈勒　事情　别掺和
Wugumomi eshigeyi oretiqilagabei,
　婶子　叔叔　让我接去
Eshikemini wudure ame dureqibei.
　叔叔　白天　粮食　卖去

"Ede aidegu　panqigu bolese,
　现在　特别　　乱了
Turuguli dere chandu barang.
　道路　上　土匪　多
Enne sunne oruotiji haijirega,
　今　晚上　接　回来
Wennake enjie bu boluotuo."
　千万　晚　不　要

Bubore babare① kuqiongke,
　笨手笨脚　　扛活人

Zhunlonggei mode ailase.
　横棍　木头　拉开

Daifu merei ongneji garese,
　岱夫　马　骑　出去了

Nimaya laixiji guiyebei.
　羊　　甩　　跑呢

（三）火烧老西子

Xiwayi nuguan deredebei,
　雄鹰　像　　飞

Balin nuguan bojierebei.
　猛虎　像　　下来

Hanbaidide kuqierese,
　罕伯岱　到来了

Tualegede merei huyase.
　桩子　　马　拴

Aoreti aka wantiyebei,
有气的 哥哥　睡觉呢

Baiyereti douyeni baiseyebei.
　逢喜事　弟弟　　高兴呢

Shaolang akani wantiyebei,
　少郎　哥哥　　睡觉呢

Daifu gereti guijie waijierese.
　岱夫 屋里　跑　进来了

Daifu hege erugejie wujiese,
　岱夫 头　抬起　　看

---

① bubore babare,笨手笨脚。

Aka huaili dere wantiyebei.
哥哥 炕上 上面 睡觉呢
Huakere miaoqiangne baireji,
　短　　枪　　拿着
Husuge garanggaji husugelibei：
　话　　出来　　　说

"Xi hai xigere wantebixie,
你 还 大的 睡觉吗
Hourenden sere hebuxieleqiya."
　快　　醒　　商量啊
"Doumine hane yiqisenxie?
我的弟弟 哪里　去了
Sunni dunnere bu bangkara."
　夜间　　中　不　喊

"Douxi turuguli olesenmen,
　弟弟　　道路　　得到了
Huoyouluo nekende alakuya."
　两个　　一起　　迈
"Yamore turuguli galagasexie?
　什么　　道路　　出来了
Aka xianmiti nekenere wugeiji wanneya①！"
哥哥 和你　　一起　　　死啊

"Huire mereiti boluosendai,
　两　　马　　有了
Huire miaoqiangti boluosendai.
　两　　枪　　　有了
Kude daremodixi bu aye,
　别人　欺压　不 在

① wugeiji wanneya，死啊。

Qiusei keimone aodi derediya.
　血　　仇恨　报复　　飞

"Aka sannamini dagebixia?
　哥哥　　心里　　　跟着吗
Huiyoule houluokuoli derediya,
　　两　　　　远　　　　飞
Keimoni wule aowa tanleqin,
　仇恨　　不　要　这样的话
Xianmi turetan miaoqiangleya."
　你　　　先　　　开枪

"Miaoqiang merei　hanere　aiqirexie?"
　枪　　　　马　什么地方　　拿来
"Wugumo miaoqiang merei wukuse,
　婶子　　　　枪　　　马　　给
Merei hourendun miaoqiang san,
　马　　　快　　　　枪　　　好
Miaoqiang menrei yage zhugese."
　枪　　　　马　　特别　　配齐

Shaolang san san bakerebei,
　少郎　　好　好　　喊着
"Douye dageji porexiya."
　弟弟　跟着　干一场
Daifu akade duoru keibei①,
　岱夫　哥哥　　理解
Yiqige douye bu base.
　小的　弟弟　不　嫌弃

那音太鸟钦曲目

---

① duoru keibei,理解。

Shaolang Daifu xiwanyi nuwa,
　　少郎　岱夫　雄鹰　　像
Tumen gaijierede deredebei.
　　万里　　地方　　　飞翔
Shaolang Daifu bali nuwa sebukenebei,
　　少郎　岱夫　猛虎　像　　　跳
Enggele taili dere tengmoqibei.
　　广阔　原野 上面　　腾飞

Mianlirekai gere erekeji,
　　破破烂烂　房子　　不要
Mogong gerere galibei.
　　贫穷　　家园　　走出
Huire menrei onuoji hanbaidai galibei,
　　两　　马　　骑　　罕伯岱　出去呢
Zhuluguti zhanluosuluo jiluoye kebuxibei.
　　有胆量的　　壮年　　　缰绳　　抖

Menrei onuoji tale dere guijiema,
　　马　　骑　甸子上面　　跑
Ganggen tuguli baireji.
　　岗跟　道路　奔着
Ganggen ali huanei zhanage sunsedebei,
　　岗跟　屯子　后面　扎恩达勒　听着呢
Dawule orle ouse telege geilibei.
　　达斡尔　人　草　　车　　赶着

Enneareku baiyin orli teregeinei,
　　这都是　富人家的　　　车
Neke ku guanrenben tereke geilibei.
　　一个 人　三个　　　车　干着呢
Enmengge kuku tejiegei tuoluo,
　　老婆　孩子　　养着呢

Qiasere dareji yaoyibei.
　雪天　　冷　　　走呢

"Yakei gujieye hale noluo,
　多少　可怜　穷　　人

　Edeni bu ailagaya."
　把他们 不　　吓唬

Shaolang Daifu sannade tuotie,
　少郎　岱夫　心里　　有数

Laoxisei jurunti kunleqiya.
　老西子　专门　　等着

Shaolang Daifu hailisi huojiede suoyebei,
　少郎　岱夫　树　　树下　　坐着呢

Menreimo halisede huyase.
　　马　　　树　　　拴

Shaolang Daifu dang'ang woyebei,
　少郎　岱夫　烟　　　抽呢

Tenggere tale walibei.
　腾格日　亮　　近

Teregei anianre sunseredebei,
　　车　　声音　　听见

Shaolang Daifu miaoqiangne baireyebei.
　少郎　岱夫　枪　　　拿着呢

Kachare keige suomo tukubei,
　咔嚓　　做　子弹　　推

Danreti dang'eng suregese.
　烟袋　　烟　　熄灭了

Huoluore chandege dao sunsedelebei,
　很远　　唱的歌　　　听见了

33

Laoxisei niaken daoye'nei:
　老西子　汉人　　曲子
"Tenggere gaijieli ge'inggebei,
　腾格日　地方　　哼哼
Saiken akaya sannipei."
　好看　哥哥　想

Laoxisi elige tegere gielejie,
老西子　驴　　车　　赶
Kunmuresi tanggelesi① baisebei:
　前俯　　后仰　　高兴
"Hanbaidaide hourunden hareya,
　罕伯岱　　　快　　回去
Saiken suoji arege woya!"
　好　坐着　酒　喝

Koutun'nere jiake aiqilebei,
　城里　　东西　拿来
Neke hareqin wulu'ne② waijierebei.
　一　笔　　钱　　　进来
Houtun habuxia taniese,
　城　　告状　　做
Beneremini Shaolangni bairebei.
　妹夫　　　少郎　　抓

Laoxisi douterere baiserebei,
老西子　心里　　　高兴
Tuguli ouluonere tong kejie daoworese.
道路　　旁边　　咚　　声音出来
Huire ku hesereji gaiqirese,
两个　人　蹿出　　出来

---

① kunmuresi tanggelesi,前俯后仰。
② neke hareqin wulu'ne,一笔钱。

Laoxisi aidigu watase.
　老西子　特别　　害怕

"Chandu nanmi belerese,
　　胡子　　把我　　抢

Nanmi belege zhurugutiya.
　把我　　抢　　　胆量

Chanduyi zhurugeini tenggere xigereya,
　　胡子　　　胆量　　腾格日　　大吗

Douhurugune mini wule aiyetaya?"
　　妹夫　　　我　不　　害怕吗

Laoxisi watage erendin,
　老西子　害怕　　时候

Shaolang Daifu alukujie kujierese.
　少郎　　岱夫　　迈步　　　到来

Kasuo tualegei aidele baiyebei,
　　铁　　铁塔　　像　　站着

Garede areku miaoqiang bairese.
　　手　　都　　枪　　拿着

Laoxisi teregere chuoguoreji bojierese,
　老西子　　车　　　滚　　　　下来

Tanqilaji guiyebei.
　　跪着　　求呢

Daifu miaoqiangne goukuolaoyebei,
　岱夫　　　枪　　　　搂火呢

Tang keige a'nianre garese.
　　当　　声音　　出来

Shaolang gaireni dede tukubei,
　少郎　　手　　上面　推

Laoxisi gabulin houru ouluosuo wuwei.
　老西子　脑壳　伤痛　受伤　　没
Xidege manggelin① hutulese,
　　　毡帽　　　　穿眼
Laoxisi zhurungei jinkeise.
　老西子　心里　　惊一下

"Muretan sunmore② kuyi bu aliya,
　头一个　　子弹　　人别　杀
Zhanluo bieyenanne alukukunanne oretuo.
　年青　　身体　　　迈步　　　　长
Miaoqiang amosannane geigekong,
　枪　　　　口　　　　　干净
Laoxisi qiuseni laibure."
　老西子　血　　肮脏

Shanglangni husegei madeni,
　少郎　　话　　完
Daifu miaoqiangne huaina tanten.
　岱夫　枪　　　　后面　收起来
Laoxisi suanna nijigei nuwa morugeiyebei,
　老西子　大蒜　捣蒜　像　　　磕头
Hagere honggekong xiurekutiyebei.
　糠　　　轻　　　　哆嗦呢

"Jiga aowotanni jiga wukuya,
　钱　要的话　　钱　给啊
Amo aowotanni amo wukuya.
　粮食　要的话　粮食　给啊
Arege wogetanne terei dere bei,
　酒　　喝的话　　车　上面　有

① xidege manggelin, 毡帽。
② muretan sunmore, 头一个子弹。

Santan yidetanne qiga santanbei.
　糖　吃的话　白　糖有

"Delimin emengsentan'ne,
　皮袄　　穿的话

Bi aileji wukuya.
　我　脱　　给啊

Wudixi ouruokuo enligeitanne youwu baisemai,
　昨天　　晚间　　毛驴　　为什么　抓了

Enne baite wune wuzhungong.
　这件事　真　　不对

"Bi wuyeli wutaqi tane agedubei,
　我　叔辈　爷爷　　是兄弟

Wutaqiti nege niandeme wukutuo.
　爷爷　一个　脸　　给

Bi dou hulegunde jianxigen wukeiya,
　我　妹　妹夫　　信　　给

Ta agu yingzhang paizhang bolebita."
　你们　都　营长　　排长　　成

Daifu nide guliqi panqibei,
　岱夫　眼睛　睁圆　气

Laoxizi danremini geikerebei.
　老西子　腰　　踩

Shaolang teregei desei alase,
　少郎　车　绳子　解开

Niakanni teregei kusidi huyase.
　汉人　车　车辂辘　拴

Kuguni tuosuode qigeijie,
　棉花　油　　蘸

37

Neligei souledin huyase.
　　毛驴　尾巴　　拴
Yaliji gali tenggese,
　　着急　火　着
Neligei boguoli xitabei.
　　毛驴　屁股　　点

Shaolang Daifu haha keiji xinedebei,
　　少郎　岱夫 哈哈　做　　笑
Enne kede keimone galagase:
　　这口气　　仇恨　　出来了
"Hanleng kuyi danremose mo sese,
　　穷人　人　欺压　　坏
Yileben hanze haliqi!"
　　阎王爷　　回去

Elige terege tenggebei,
　　毛驴车　烧着了
Hulan gala honggeli dulese.
　　红　火　岗子　过去
Laoxisi niaken madenleyebei,
　　老西子 汉人　遭殃呢
Guseke nuwa bakereyebei.
　　狼　　像　　嚎叫

Heke kulere kuresei dageji guoxibei,
　　头　脚　车轮　跟着　转
Guoquere manggelin bolete bolete.
　　靴子　帽子　全　　全
Heke hagereji anmin qiaglibei,
　　头　破了　气　　断呢
Teregei deren'ng gale tuosite.
　　车　　上面　火　着了

Elige turugule medeji,
　毛驴　道路　记着

Emele duseiye① yangtulabei.
　南　　墙　　　撞

Emenge kuguren mennerese,
　老婆　孩子　　吓怕了

Ennexinne yamore xutukure daixieyebei?
　这是　　什么　　鬼　　　闹呢

Enqie ereji desei qiakulebei,
　刀　找　绳子　弄折

Laoxisi achaye huanlede garegatu.
老西子　爸爸　　炕上　　抬上

Deren huire nenmese nemubei,
　上面　两　　被　　盖

Emenggei oluodin wailebei.
　老婆　　旁边　　哭

Laoxisi amini qikereyebei,
　老西子　气　　断呢

Emengge kukure bakarebei:
　老婆　孩子　　喊

"Shaolang Daifu nanmi houre keise,
　少郎　岱夫　我　　害了

Enne keimoni bu manretute."
　这个　仇恨　不　　忘

Husugei mandende nurexise,
　话　　完了　　咽气了

那音太鸟钦曲目

---

① emele duseiye,南墙。

Tenggeli duore nege gusike manderese.
腾格日 底下 一个 狼 完了

Queqi emenggong tenglide daotanleji wailiyebei,
小脚 女人 腾格日 放声 哭呢

Gaxindade habuxiaqiya:
嘎新达 告状

"Xini douxini wuguse,
你的 弟弟 死了

Xini douxini meresiku.
你的 弟弟 冤枉

Shaolang Daifu aidugu hareti,
少郎 岱夫 特别 狠

Enne baiti erechude ejie.
这 事情 胸 记

"Douye mo① keimoni aojiuku,
为你弟弟 仇恨 要

Ma shizhangni ereqiya.
马 师长 找

Shaolang Daifuyi bailiretkai,
少郎 岱夫 抓

Miagei lajiang nuwa duoluotugan.
肉 辣酱 像 剁

"Shaolang xini omoluoxinì,
少郎 是你 孙子

Daifu xini panqigunxinni.
岱夫 是你 败家子

Haxiegeiqin wule boluo,
护短 不 行

---

① douye mo,为你弟弟。

Houyouluo ma shizhangde yiqiye."
　两个　马　师长　　去

（四）枪杀马师长

Queqi emenggun gaxindati,
　小脚　女人　跟嘎新达
Houtunde wareji ma shizhangni erexiede.
　城　进去 马　师长　　找
Ma shizhang dujun niamenne① waijirese,
　马　师长　督军府　　　进来
Wu da keligei aoru kulese：
　吴 大　舌头　气　到了

"Wu wu② wubaxiyebei,
　唔 唔　　造反呢
Wu wu chandu mojiage,
　唔 唔　土匪　坏
Wu wu xianmide guanreben zhuo chuage wukeiya,
　唔 唔　你　　三　百　兵　　给
Shaolang Daifuyi baireqie."
　少郎　岱夫　抓去

Guanrenben paoyin turuqinbei,
　　三　　炮　　突突
Yisen burei bunibei.
　九　军号　吹
Xige chuage hanbaidide tuosuobei,
　大　兵　罕伯岱　　直奔

---

① dujun niamenne, 督军府。
② wu wu, 唔唔, 拟声词。

41

Turuguli dere tairai yilegende① zhougulun garebei②.
　道路　　上面　　老百姓　　　　遭殃

Alibi chuage③ wunerei chandu，
　官兵　　　真　　土匪
Turuguli dere kuyi benlebei.
　道路　　上面　人　　抢
Hakara galuoyi bairebei，
　鸡　　鸭　　抓
Houluogei warekeli galagabei.
　柜子　　衣服　　出来

Zhanluo'oli midulebei，
　小伙　　　　踹
San eruguni minaqibei，
　好　男人　　抽鞭子
Momisenmu④ etougere maisi guoli aobei，
　勉强走　　老太太　麦子　面　要
Saredi wutaqiere hukure hunne aobei.
　老大　爷爷　　　牛　　羊　　要

Chuagei dulesen huanere walenere husugelebei：
　官兵　　过去　　以后　　大家　　　说话
"Yougu Shaolang Daifuyi baireyebei？
　为什么　少郎　　岱夫　　抓呢
Houyeluo yamere baiti tatese，
　两　　　什么　事　惹事
Houtunni gusikeyi galagase！"
　城　　　狼　　　出来了

---

① tairai yilegende，老百姓。
② zhougulun garebei，遭殃。
③ alibi chuage，官兵。
④ momisenmu，走路摇晃的样子。

Alibi chuoke hanbaidaide waijirese,
　　官兵　　罕伯岱　　进来
Gaxinda orutuji walagase.
　嘎新达　迎接　　进来
Tongkuluoye takebei,
　　锣鼓　　敲打
Ma shizhang tai dere husugelebei:
　马　师长　台　上　　讲话

"Enne ailide mengredeng hala yakei bie?
　这个　屯子　孟日登　哈拉　多少　有
Shaolang Daifu hane hourugeiyebei?
　少郎　岱夫　什么　　藏着呢
Medetanne mong'gei wukubei,
　知道的话　　银子　　给
Zhuoguotanne laozi hourebei."
　　藏的话　　牢子　　坐

Wuyele hayelin tarekeibei,
　叔辈　堂辈　　被打
Ali durkun① waileqibei.
　传遍屯子　　哭
Jun bare geren② jianqiedebei,
　左邻右舍　　　揍、挨打
Shaolang Daifu hane bie?
　少郎　岱夫　哪里　在

Olede gairan laixiji wule medema,
　人人　手　甩　不　知道

---

① ali durkun, 传遍屯子。
② jun bare geren, 左邻右舍。

Olede gairan laixiji wule gurema.
　人人　　手　甩　　不　　懂

Alibi chuake houdurete suotereji①,
　官　兵　　　　醉醺醺

Ege'nere wuguli daixiebei.
　小媳妇　姑娘　　耍

Shaolang Daifu hane bie?
　少郎　岱夫　哪里　在

Tane englere zhajie wukeiya：
　你们　慢慢　告诉　给

Tere wuduru elige teregei tengkesen huainere,
　那个　天　　毛驴车　点着　　后

Ene tuoren qigerejie ase.
　这　在这　　转着

Age du jiuruoguo douluo boluosen,
　兄弟　六个　　七　了

Alibi chuguanti alereqibei elebei.
　官　兵　　死拼　　说

Qikenai duoyere ayebei,
　奇克耐　河套　住着呢

Shaolang Daifu tende qigerenbei.
　少郎　岱夫　那里　转呢

Butun wudure② bolese,
　大年　三十　到了

Qikenie alide paozhang piareqikebei.
　奇克耐　屯　鞭炮　　响

Gaxinda Shaolangni tareeshikeyinei,
　嘎新达　少郎　　表叔

---

① houdurete suotereji, 醉醺醺。
② butun wudure, 大年三十。

Hukure houne alaji Shaolangnei oretubei.
　　牛　　羊　杀　少郎　　迎接

"Kuruxin xiwayi① nuwama,
　　雄鹰　　　　像
Wugugere wule aiyima.
　　死　不　怕
Gegen tuguli gegegereji,
　亮　道路　　更亮
Haleng'oluode aixileji baiyimi dliya.
　为穷人　　救　富人　压服

"Alibi chuake mani bairebei eli bei,
　官　兵　我们　抓　　说
Tare eshike② bu aiye.
　表叔　　　不要 害怕
Shaolang Daifu ayepa,
　少郎　岱夫　在呢
San eregong tanten baite saiken duregeiya.
　好　男人　惹　事　好的　　解决

"Ali duruben tale saiken keche,
　屯子　四　面　好　守住
Mo kuyi ailere bu garega.
　坏　人　屯子　不　出去
Alebi chuage hanbaidaide ayibei,
　官　兵　　罕伯岱　　住呢
Alebi chuage ganliao gusike.
　官　兵　　疯　狼

---

① kuruxin xiwayi,驯出来的雄鹰。
② tare eshike,表叔。

"Ani alebude zhqisen,
　谁　官兵　报信
Bi teli yilebenhande yiqirepei.
　我那　阎王爷　　去
Gaxinda eshike xianmi tandepei,
　嘎新达　叔叔　你　认识
Miaoqiang xianmi wu tannei."
　枪　　你　不　认识

Gaxinda bait wuwei elebei：
　嘎新达　事情　没有　说
"Ende sanna bu zhouguo,
　这　想法　不　操心
Ailere garji alebude zhaqisen,
　屯子　出去　官府　告诉
Hekenni qiake qianreqipen."
　头　　断　　砍

Gaxinda walen zhabei,
　嘎新达　大家　告诉
Ejin hesei aidele：
　皇帝　命令　一样
"Ailere gareji bu ainianqituo,
　屯子　出去　不　拜年
Enne hesei juriqiji wu boluo."
　这　命令　违抗　不　行

Sairen delegeiji airengei halakabei,
　席　摆　酒　热
Agedu douluo aregei wobei.
　兄弟　七　酒　喝
Nege xianlen keden wudure bolesen,
　一个　连着　几个　天　了

Ameleti saiken sebujirebei.
　平安　　好　　　欢乐

Mo ku ner'eng monogu,
　坏人　名叫　莫诺古

Monuogu hareti sannati.
　莫诺古　黑　　心肠

Daguru oli jiuluokeinei,
　达斡尔人　　败家子

Ma shizhangde zhaqise.
　马　师长　　告诉了

Monogu ma shizhangni aolibei：
　莫诺古　马　师长　　见到

"Naimi bu ailega naimi husugudi,
　把我　不　吓唬　我　　有话

Shaolang Daifuyi bi mengdepei,
　　少郎　　岱夫　我　知道

Qikenai ailide houregeiyebei.
　奇克耐　屯　　藏着呢

Gaxinda gereti ainieyebei,
　嘎新达　家里　过年呢

Hakebaiyebei zhanayebei.
　跳哈库麦①　　唱歌呢

Houlundun yiqiji baireqituo,
　　快　　去　抓

Enni boluotanne guige yaobei."
　晚　　的话　　跑　走了

---

① 哈库麦，达斡尔族舞蹈。

Ma shizhang houlundun jigaya galagasen,
马　师长　　快　　钱　　出来

Monuogude xianglegebei.
给莫诺古　　奖赏

Bureye huleji bugexibei,
军号　吹　　集合

Qikenie ailide Shaolangni baireqibei.
奇克耐　屯　　少郎　　抓去呢

Qikeni ailiti houluoji waijirebei,
奇克耐　屯　　偷偷　　进来

Qikeni ailioluo zhuogulen garebei.①
奇克耐　　屯　　　遭殃

Houluoji waijireji kuyi bairebei,
偷偷　　进来　　人　抓

Sai erungu keqiesen wuwei.
好　男人　　提防　　没

Hronggai sunnere② qikeni houquebei,
　夜　　黑　　奇克耐　包围

Erugong emenggong sairedisuoruo zhoudenli wandebei.
男人　　女人　　老人们　　　做梦　　睡觉

Ali oluonere③ hourgeiji saigeibei,
挨着　屯边　　偷偷　　看着

San kuyi bairege alegei erekebei.
好　人　抓　网　　撒

Kekeli enne wudure,
偏偏　这　　天

---

① zhuogulen garebei, 遭殃。
② hronggai sunnere, 黑夜。
③ ali oluonere, 挨着屯边。

Shaolang odiji keredebei.
少郎　病了　　躺着

Shaolang hunnere odebei,
少郎　　重　　疼

Jiurongguo age du olundini baiji saigebei.
六个　　兄弟　旁边　站着　看守

Enne sunnei aniqi wantise wuwei,
这　　夜　　谁　睡觉　没有

Waren garen bendebei.
进来　出去　忙着

Shaolang houlundun san sanbuluotekai①,
少郎　　　　快　好吧

Xingge wolegeji emi wolegabei.
汤　喝药　　药　喝

Oreti Shaolang husugeini echuokuo,
病　少郎　　话　　　少

Xianlin aku xuerebise.
脸　都　瘦

Beiyini xilegeini galin nuwa,
身子　烫　　　火　像

Shaolang haluoreji wantiji wule xianden.
少郎　　热　　睡觉　不　　能

Sunni dundi eren bolese,
夜　中间　时辰　到了

Aili bode miaoqiang daogurebei.
屯子 外边　　枪　　声音

Saigeqinsuru ainieli sunsoubei,
岗哨们　　动静　听见

---

① san,好;sanbuluotekai,好吧。

49

Miaoqiang aineirere jiayibei.
　枪　　动静　　告诉呢

Houruotenne medesen,
　被包围　　知道了

Diafu kunli mode① taileji gelid ere garese.
　岱夫　梯子　　放着　房子　上　去了

Jun baren emengle huani② baichaji wujibei,
　东　西　南　北　　　仔细　　察看

Alebi chuage hane bi.
　官　兵　哪里　有

Daifu xigere bakerebei,
　岱夫　大的　　喊

Airedi aidile douregelebei:
　炸雷　一样　　震动

"Wugere wule aiyese gaiqiretu,
　死　　不　怕　上来

Wutaqi tani yilebenhade wukuqiya!"
　爷爷　你的　阎王爷　　　送

Nege biyere③ bakereyebei wujiyebei,
　从　一面　　喊　　看

Hare suidure bongbanjiyebei.
　黑　影子　　摇晃

Motere moreti kuyi nowa,
　好像　马　人　像

Harese dunnoure honggure gareyibei.
　树林　中间　　岗子　　上呢

---

① kunli mode, 梯子。
② jun baren emengle huani, 东西南北。
③ nege biyere, 从一面。

Daifu sannade xi bu yao,
 岱夫 想 你别走
Xianmede mogulan antelegaya.
 给你 子弹 尝尝
Garan erugeji goukutasen,
 手 抬 搂火
Hare suidure erei① kege gaijire wanes.
 黑 影子 哎哟 地 方 掉下

Daifu wujiese anianre wuwei,
 岱夫 看了 声音 没有
Yaren bendixi geli dere bojierese.
 着急 急忙 房子 上面 掉下了
Xi nege husuge bi nege husuge aregei garegabei,
 你 一 话 我 一 话 主意 出了
Neke aregeini nekere san.
 一 主意 一 好

Ku sure② haronggaile guiye elebei,
 有人 黑夜 跑 说
Ku sule tenggere geigei kunleqieya.
 有人 腾格日 亮 等
Jun bi zhuge③ galasi san elebei,
 东边 出去 好 说
Baran bi yere④ garase zhugebei elese.
 西边 出去 对 说

Shaolang oli hunde kere keibei⑤,
 少郎 病 重 怎么办

---

① erei,哎哟,叹词。
② ku sure,有人。
③ jun bi zhuge,东边。
④ baran bi yere,西边。
⑤ kere keibei,怎么办。

Haoyere bodegen wu bolese①.
大家　　主意　　没了

Olede Shaolangni doutebei elebei,
有人　　少郎　　留下　　说

Gaixinda gerentini houregutan.
嘎新达　　家里　　　藏着

Shaolang yimore timore bolesen kere keibei,
少郎　　这样　　那样　　成了　　怎么办

Gaxindayere ku aobei.
嘎新达　　人　要

Douteji yaowose sannade amore wuwei②,
留下　　走　　心里　　放不下

Mo bolesenni③ aini danabei?
不好的话　　谁　承担

Haoyere bodegen bodebei,
大家　　主意　　算

Shaolang sereji bakarebei:
少郎　　醒了　　喊

"Mini oredemini sanna bu zhougetu,
我的　　病　　心里 不　费心

Naimi tuoluo bu satutuo.
我　　为　别　耽误

"Kedi zhuo alebi chuage banni hourese,
几　　百　　官　兵　咱们　围住

Baide saike sannaya.
咱们　好　　想

---

① wu bolese,没了。
② amore wuwei,放不下。
③ mo bolesenni,不好的话。

Sunnere garese badenne aishuwei,
　夜间　出去　对我们　不好

Bade hourei olebidan.
　咱们　受伤　得

"Gegen suomore① wule aiye shoumokei suomore② wule gale,
　　明　　枪　　不　怕　暗　　箭　　难　躲

Shuomoke suomere jialegeide kadu.
　　暗箭　　　躲开　　难

Bade wududere heserege galiya,
　咱们　白天　　冲　　出去

Hourei baran wule olendan.
　受伤　多　　不能多

"Tedeni miaoqiang aregei③ baiden wule deng'ng,
　他们的　　枪　　法　　咱们　不　赶上

Kunane echuoke hourebendan.
　咱的人　少　　　机灵

Hani chuagenni banrandin haideni gailiya,
　哪里　兵　　多　　哪里　出去

Hani chuagenni waredin hani takeya.
　哪里　兵　　近　哪里　打

"Bade wuguor bu aiye,
　咱们　死　不　害怕

Alebi chuage hataqi wule xiade.
　官　兵　挡　不　能

Houli chuageini miaoqiang tanlese,
　远　官兵　　枪　　放

---

① gegen suomore,明枪。
② shoumokei suomore,暗箭。
③ miaoqiang aregei,枪法。

Wonie kuye nuoge aibei.
自己人 伤着 怕

"Bade zhuoruge xige miaoqiang meregen①,
咱们 胆子 大 枪法准
Wugere wule aiye houluo oluogere wule aiye.
死 不害怕 伤 受 不害怕
Alebi chagesuore houdese,
官 兵 乱套了
Enne kemelin garang yaose."
这 机会 钻 出了

Daifu baiseji bakerebei:
岱夫 高兴 喊
"Enne bodege aidegu san!"
这 主意 特别 好
Junde helegeye elugeji keniebei:
军德 拇指 抬起 赞成
"Shaolang aka aregeti!"
少郎 哥哥 有计谋

"Shaolang aka odiyebei,
少郎 哥哥 有病呢
Merei kere onuobei?"
马 怎么 骑
"Bi mereiti gareji xiadepei,
我 马 出去 能
Douneremini sanna bu zhouguoto."
兄弟们 心里 不 牵挂

---

① miaoqiang meregen,枪法准。

Shaolang xide zhuoji boseji baise,
　　少郎　牙　咬　起　站

Gouqin huire gang xide kapare zhuose.
　　三十　二　钢　牙　咔叭　咬了

Shaolang huanlere bojierese,
　　少郎　炕上　下来

Hourentenere heseleji garese.
　　从包围中　冲出　出去

Oluo qiaqiuketi airege bairagabei,
　　人们　碗　酒　递过

Shaolang kuzhuye erugege.
　　少郎　脖子　抬起

Gude gude kege jianlege yaose,
　咕嘟 咕嘟　做了　咽了走了

Gairai sunnige miaoqiangne bairen aose.
　　手　伸　枪　抓　住

Haluoreya ku dele enmesese,
　发烧的　人 皮袄　穿上

Hulan chousi bese beselese.
　红　绸子 腰带　系上

Hekedene hunnugei magele enmusese,
　　头上　狐狸　帽子　戴上

Kuledene chakami guoqiere① enmusese.
　　脚上　查卡密　靴子　穿上

"Gaxinda eshike xi sunse,
　　嘎新达　叔叔 你　听

Ali oli hourendun hourugunlega.
　屯子人　快　藏

---

① chakami guoqiere,"查卡密"靴子,是长筒靴子。

Miaoqiang sumu nide wuwei,
　　枪　　子弹　眼睛　没有

Ali oluo houru bu oluotugai.
　屯里　人　　伤　　不　　别

"Daifu Daifu turuguli ne,
　岱夫　岱夫　道路　打开

Junlan huanegei xi qiageluo."
　军兰　　后面　　你断路

Junlan zhuguobei zhuguobei eleibei：
　军兰　　对　　　对　　　说

"Bi huaini aitaine meleya."
　我　后面　　阵　　承担

"Junde baran biyeren buguxiji garan,
　军德　　右边　　大胆　　出去

Kacha suoluogei biyere sebukeni garei.
　卡查　　左边　　　不害怕　出去

Walen age du nege sana,
　大家　兄弟　一　　心

Tareke eli bakereseimi hourendun miaoqiangla."
　打　说　　喊　　　　快　　　开枪

Suomo teji selenbiye garega,
　子弹　装　刀　　　出去

Douluo ku ali bode kuqierese.
　七　　人　屯　外面　到来

Shaolang xiare merei shuoluobulin bairese,
　少郎　　黄　马　　缰绳　　　勒住

Saiken wujiji keqieji sannebei.
　好　　看　　注意　　想

Emengle bide haleseti,
　　前面　　　有树林
Huanne bide honggureti.
　　后面　　　大岗子
Shaolang wujiji gurese,
　　少郎　看　明白
Alebi chuage haalisi douturu houguyebei.
　　官　兵　树林　里面　　藏

Neiyunsunli base ennebi,
　　当官的　　也　这里
Hualegei takerese heken tareke.
　　贼　　打　头　打
Tenggere geige yiireyebei,
　　腾格日　亮　　来呢
Halisei dunnuore miaoqiang daogualibei.
　　树林　　中间　　枪　　响

Halisei dunnuore miaoqiang aniereti,
　　树林　　中间　　枪　　音
Qigeni duleben biyere① miaoqiang daogualibei.
　奇克耐　四边　　　枪　　响
Alibi chuoke ali houreyebei,
　官　兵　屯子　包围
Neke denre alide waijireyibei.
　　一　起　屯子　进来呢

Mianggen zhang zhao zhang harenben zhang,
　　千　　丈　百　丈　　十　丈
Ailede waijire yireyebei.
　　屯子　进来　来呢

---

① duleben biyere，四边。

Nege biyere① waijinyireyebei neke biyere bakareyebei:
　一　边　　进来　　一　边　　喊
"Shaolang Daifu mani dagetu!
　少郎　岱夫　我们　投降

"Mani dagese amitane garebei,
　我们　投降　　活　　路
Wule dagese amita mangdelebei.
　不　投降　命　　没了
Amai gagaretanne kaiide bixi②,
　逃　　命　　简单　不
Houlundun tanqinlejin miaoqiangen erukete!"
　快　　　跪着　　　枪　　扔

Shaolang neke wuxide enren tuolese,
　少郎　一　看　时机　到
Xiarren mereide emele touguose.
　黄　马　鞍子　背上
Naimi dagaji yiretuo,
　我　跟着　来
Merei alaire gailiyebei miaoqang moguolan gailiyebei.
　马　屯子　出　枪　子弹　出

Douluo rengun durenge geikese,
　七　男人　马镫子　踩
Douluo menrei alare garese.
　七　马　屯子　出去
Douluo shuga deredese,
　七　鹰　飞翔
Douluo bare sebukunnese.
　七　虎　跳跃

---

① nege biyere, 一边。
② kaiide bixi, 不简单。

Douluo miaoqiang daogualese,
　　七　　　枪　　　出声

Alebi chuage ege bakerebei.
　　官　兵　妈　喊

Douluo erugu debuxise,
　　七　男人　　上阵

Alebi chuga kuoduorese.
　　官　兵　　傻

Wailigeinei qianqibei,
　　近的　　　砍

Houligeine miaoqianglebei.
　　远的　　　打枪

Nege qianqirese nege merere wannebei,
　一　砍　　一　马　　下来

Nege miaoqianglese nege yilebenhanne yiqibei.
　一　　枪　　一　　阎王爷　　去

Duqi kede kuyi madelegase,
　四十 几个　人　　打死

Durengen dunren miaoqiangne bairebei.
　马镫子　下面　　枪　　抓

Quese turuguli aleji garebei,
　　血　道路　杀　出来

Alibi chuage men'nerese.
　　官　兵　　傻了

San erugesuru halisi garese,
　　好　男人　　树　出来

Shizhang panqiqi egemaretuo① halabei：
　师长　生气　　　　　　　骂

"Base le yidege zhakesureta,
　屎　吃　东西

Base turekuku hourugude wudenggeta!
　屎　堆　　虫子　　　赶不上

"Hourendun jiaretuo hourendun tareketuo,
　快　　追　　快　　打

Wuguose aimen'nuode oletanne bolege shanggelepei.
　死　　活　　　得到　全都　　奖赏

Shaolang Daifuye guigesei,
　少郎　岱夫　跑的话

Tani areku suomi yidelekepei!"
　你们　都　子弹　　吃

Shizhang gailiuruse nuwa,
　师长　发疯　　像

Shaolang Daifu hongguli galiyebei.
　少郎　岱夫　山岗　　出去

Merei tuoluo tuose deredebei,
　马　蹄　尘土　　飞扬

Alibi chuaga housen miaoqiangne talebei.
　官兵　　只　　枪　　放

Shizhang xigere bakerebei naimi dagetuo,
　师长　大　　喊　　我　跟着

Chuguaye dagelaji mereiti chuga guqire yire.
　官兵　　跟着　马　官兵　到　来

Baran chuga hamu boluo yirebei,
　多　官兵　靠近　　　来

---

① egemaretuo，骂人语。

Wua wua bakeraji shaolangni baire.
哇 哇 喊 少郎 抓

Alang merei guijiebei,
　　战马　　　跑
Baran sumu haremubei.
　多　子弹　　射
Eli aijiugu① waili bolebei,
　越来越近　　近　变
Shaolang mereide garese.
　少郎　　马　　上

Kede agu du kuchurejie,
几个 兄 弟　到来了
Shaolang erugene haremubei.
　少郎　　男子　　保护
Jingxing tuguli tuosuobei,
　景星　道路　　奔
Alebi chuage kuqirebei.
　官　兵　　到来

Douluo erugun zhougulunti,
　七　男人　　遇难
Suomini wugei bolibei.
　子弹　没　有
Douluo erugun garegede katuo,
　七　男人　难　逃生
Alebi chuage talege wuwei.
　官　兵　放　不肯

---

① eli aijiugu, 越来越近。

Huaini turuguli Junlan habei,
　后面　道路　军兰　挡住

Junlan doutuore bodebei：
　军兰　心里　想

"Dounere mini hourundun garetigai,
　弟兄　我的　快　　出去

Amai deregeji alaleqiya.
　命　拼命　干一场

"Aka dounere deredute,
　哥哥　弟弟　飞吧

Tani barentai orekeya.
　你们　西方　送

Miaoqiang soumode wugesemi,
　　枪　　子弹　死的话

Dounere minie bu waretuo.
　弟兄　我的　不　哭

"Benregennema jiagentan'ne,
　你们嫂子　　告诉

Benlegensen bu suotugai.
　嫂子　　不　守寡

Naimi buqi maretuotuo,
　我　不要　忘记

Haoqin ailimini balegantane."
　老　家乡　　埋

Age dusure nide niumusi xiageji guiyebei,
　兄　弟　眼睛　泪水　擦　　跑

Junlanni husuguni zha'nabei.
　军兰　话　　唱歌

Wugugu oledunne zha'naya,
　死以前　的时候　唱

Sannayeme tuoretuoya.
　　心里　　　主张

Junlanni hulan merei huanne doutuse,
　　军兰　红　马　后面　落下
Merei derere huaine wujiese.
　　马　上　后面　看
Qiga mereidi ku kuqire yirebei,
　　白　马的　人　到　来
Nuoyi nuwa axiti.
　　官　好像　样子

Tarekese nuoyini tareke,
　　打　　官　　打
Bairese wang'ng bairen.
　　抓　　王　　抓
Junlan meregen gurureqin,
　　军兰　神枪　　猎手
Heli guresede hare yidegeya.
　　野兽　　厉害　　吃

Huaneren miaoqiang daogurebei,
　　后面　　枪　　响
Junlan beiye bumalibei.
　　军兰　身子　　晃
Junlan merere qionggurebei,
　　军兰　马　　滚
Qiasei dere wannebei.
　　雪　上面　掉下

Xige miaoqiangne eregebei,
　　大　　枪　　扔

Olundine wannese.
　　旁边　　掉下

Hulan meren heselebei,
　　红　马　　跳

Junlan junluoye tanlese.
　　军兰　缰绳　　放下

Qika mereiti ani asi?
　　白　马　　谁呢

Mo sannati ma shizhang.
　　坏　心眼　马　师长

Junlan morere chouguolese,
　　军兰　马　　滚下

Aminu bairetane aleti xianggelebei!
　　活的　　抓　　金子　　领赏

Junlan merere chouguolese,
　　军兰　马　　滚下

Houru oluogei tuoluo① bu wugutugai.
　　　受伤　　　　别　死

Nuiyi boluoge eren bolese,
　　官　升　　到了

Wugugu aminuo aidilu wuwei.
　　死　活　一样　没有

"Woxieya elese naimi dagetuo,
　　想立功　说　把我　跟着

Wuguseini hekeni aobei,
　　死　　头　要

Bukui houtunne dujunfune wukuqituo,
　　卜奎　城　督军府　　送

---

① houru oluogei tuoluo, 受伤。

Tani yingjang lianjang boluogebei."
你们　营长　连长　　成

Alebi chuage wailitubei,
　官　　兵　　近

Junlan sannate bodubei：
　军兰　心里　　想

"Waileke waileke kuqiuretuo,
　近点　　近点　　到来

Wutaqi tani yilebenhande aoliyaqia!
　爷爷　你们　　阎王爷　　　见

Guoqin alekuxi boliyebei,
　三十　步　　　到了

Junlan miaoqiangne baire aose.
　军兰　枪　　　抓　要

Yameren aidi hourundun ase,
　怎么　　特别　快　　在

Hourendun sumu gara yaose.
　快　　子弹　出　走了

Garesi sumu nidi nuwa,
　出去　子弹　眼睛　像

Shizhangni zhurugeren tante garese.
　师长　　心　　透　走

Junlan shanren shanren miaoqianglebei,
　军兰　连　　连　　　枪

Neke qi suomeini house wugui.
　一　　子弹　　没空

Alebi chualegesuolu houleduose,
　官　　兵们　　　糊涂了

Xilaye aidile pengtuoluoqibei.
　瞎虻　像　　互相撞

Tukeiren wanasei chuage paiqiukurubei,
　旗帜　倒　兵　　乱

Amai aogei'ng dutabei.
　命　要　逃跑

Aqigejia kekeye wuxide nuwa,
　耗子　猫　见　像

Hunni aduo bali aolisen nuwa.
　羊群　群　虎　见了　像

Shizhangne wugusen aminuoni wule boduo[①],
　师长　　死　　活　　全不顾

Alebi chuagesuoluo bolege guige yaose.
　官　　兵　　全都　　跑光

Junlan alanni wulu niale,
　军兰　战　不　恋战

Yiqinken xige miaoqiang huorundun aojie.
　小　大　枪　　快　拿

Junlan xite keise[②] xikese,
　军兰　吹口哨　　吹

Hulan mereini kuqirese.
　红　马　　到来

Juanlan huolan merei kutureji,
　军兰　红　马　牵

Dagai kede merei houluobuji.
　又　几　马　连着

Juanlan dagai temeqiji,
　军兰　又　摸

---

① wule boduo,全不顾。
② xite keise,吹口哨。

Wugusen shizhangni olundin yirese.
　　死　　　师长　　旁边　到来

Wugusen shizhangni pisikuoluobei,
　　死　　　师长　　踢一脚

Shizhang qiusen chuoruobei.
　师长　　血　　淌

"Doufuore zhoulen jiakexie,
　豆腐　　软　　东西

Neke miaoqianglemi wule denggexie.
　一　　枪　　　不　　赶上

"Alete biaoyinne tatese,
　金　　表　　摘

Shaolang aka neretigai.
　少郎　哥哥　戴

Balusenni aosen,
小撸子枪　要

Shaolang aka mini zharetegai."
　少郎　哥哥 我的　　用

Junlan merei onuoji xinedebei,
　军兰　马　　骑　　笑

Xinedegedin qigai qiase geilebajibei.
　笑　　　白　　雪　　闪亮

Wugere aige xutuguruta,
　死　害怕　鬼

Haling'oli hakege guseketa,
　穷人　　啃　　狼

Qigai olen wu bolese,
　白云　没　有

Kuku tenggerite hulan nari garese.
　蓝蓝　　天　　红　太阳　出来

Junlan eteji baisibei,
　军兰　胜利　　高兴

Enni nare dulake.
　晚　太阳　暖

Junlan merei jianqiji yaoyebei,
　军兰　马　　捶　　　走

Tenggeli zhude guanleben miaoqiang tanlese：
　腾格日　往　　三　　　　枪　　打了

"Wule aiyese omoluo yiretuo,
　不　害怕　　孙子　　来

Dagai wuduru aoliiya!"
　以后　日子　　见面

（五）西莫胡屯庆功酒

Moguoruo ailide yadegen hekeyebei,
　西莫　胡屯　雅得干　　跳

Rengong emugong sebujilebei.
　男人　　女人　　连蹦带跳

Jun geretinei sak① nadebei,
　东　屋　　嘎拉哈　玩

Baran getinei suoluokun tatebei!
　西　屋　　牌　　玩

Sairedi zhaluoyere hakemaibei,
　老人　　年轻　　跳罕伯舞

Dalin douluogan nuwa kunbenlejiyebei.
　海　波浪　　像　　起（波浪）

---

① sak，嘎拉哈，玩具。

68

Sairedioluo huaqiangse tantebei,
　　老人　　华昌子　　拉
Yadegen yiruoyinei wanegeneibei.
　　萨满　　曲子　　多嘹亮

Nemen keqie sai gaijiere,
　　嫩江　边　好　地方
Talin nuwa tairaitie.
　　原野　像　田地
Nawen murede jiagese baran,
　　嫩　江　鱼　多
Hukure merei tali durukun.
　　牛　马　原野　满

Mogulu ailecha baiseyebei,
　　莫胡　屯　高兴
Merei tuoruo sunsedebei.
　　马　蹄声　听到
Shaolang Daifu waijireyebei,
　　少郎　岱夫　进来
Zhuogulun jiyayine mideya.
　　灾难　幸福　知道

Sairedi oluo oluotebei,
　　老　人们　迎接
Eleyinnei hasuobei:
　　说的话　问
"Ta areku yamere oluota,
　　你们　都　什么　人
Bolege yimu chandula yimu!
　　抢　呢　夺　呢

"Muguru aile hanlengge,
　　莫胡　屯　　穷人
Alete moge amu wugei.
　　金　银　粮　没有
Baiyin oli benleqituo,
　　富　人　抢
Hanleng oli bu benletuo."
　　穷　人不　抢

Shaolang sunseji xinedebei：
　　少郎　听　　笑
"Oke ashika bu aituo,
　　大爷　大娘　别害怕
Bade ariku halengge oluodan,
　　咱们　都　穷人　　人
Negelii oluo negelige wule belen！"
　　一家人　一家人　不　抢

Shaolang aidegu zhuoguse,
　　少郎　特别　　累
Walekeninei hunseniese.
　　衣服　　汗湿透
Xigere hunse gareji shaolang san bolese,
　　大　汗　出　少郎　好　了
Heke beiyenei honggeken bolese.
　　头　身子　轻　　了

Ole saiken sai eruguni wujibei,
　　人　细看　好　男人　　看
Ji ji zha zha keiji xibukabei：
　　叽叽喳喳　　偷着讲
"Hulan merei onuosenninei Daifu,
　　红　马　骑的是　　岱夫

Xianle merei onuosenninei Shaolang!"
　黄　　马　　骑的是　　少郎

Hanbaidai hurenben naimen gaijire,
　罕伯岱　　十　　八　　地方
Daguru oluo edeni agu tannebei.
　达斡尔　人　他们　都　　认识
Gaiguludugu gaiguludugu wunu gaiguludugu,
　奇怪　　　奇怪　　真　　奇怪
Yougu miaoqiang baireji yaoyebei?
为什么　　枪　　拿　　走

Yamere qi kuyenei areku moretie,
什么样的　　人　　都有　　马
Motere qige tenggeree bojieresen nowa.
　好像　　腾格日　下来　　像
Yamere qi kuyenei areku miaoqiangtie,
什么样的　　人　　都有　　　枪
Bali aidile axika garense.
　虎　像　翅膀　出来

Sai mereide sai emeli touguose,
　好　马　好 前面　　配
Tawen boqiuti tuoruogu bosei boselesen.
　五　彩　　绸子　腰带　　系
Daguli oli guabure jialuo,
　达斡尔人　漂亮　年轻
Budun hadeng beiyeti.
　粗　魁梧　身体

Hunnoge areseti magele emosese,
　狐狸　皮　帽子　戴上

71

Hunni arese delinei taileqigeline garese.
　羊　　皮　　长袍　　膝盖　　出

Aomati tuoruogei boselese,
　宽幅的　　绸带　　系上

Qiakami gouqueruo emensese.
　查卡米　　靴子　　穿上

Shaolang merere bojierese,
　少郎　　马　　下来

Beiyene antege bobugeilibei:
　身子　有些　　冷战

"Aili tusun bu aituo,
　屯子 亲戚 别　害怕

Shaolang tanti husuguliya.
　少郎　　和你们　　说话

"Habaidaide ayepei,
　　罕伯岱　　住呢

Ene base geriminei.
　这　又是　我家乡

Ba daguli oli huaini jialuo,
我们 达斡尔 人　后代　年轻

Nemen keqide duoruogere derediyapa.
　嫩江　边上　　随便　　飞翔

"Hanleng kude amennan age turugule wuwei,
　穷　　人　生活　活着　道路　没有

Ba jiurunti miaoqiang bairensenma.
我们　决心　　枪　　拿起

Laoxisi madelegaji alebo nuiyini aleya,
　老西子　杀掉　　官　兵　杀

Ailere gareji durunben tanlede derideya.
　屯子　出　四　方　飞

"Ene'erete alebude houretema,
　　早晨　　官兵　　被包围

Alebi chuati tarekeqitama.
　　官　兵　　打

Alebi chuati antike bairan alesema,
　　官　兵　真是　多　　杀

Guarenben zhuo chuageinei houduorese.
　　三　　百　官兵　　乱

"Quesei turuguli neji gaijiesema,
　　血　　道路　打开　出来

Kede wudure amoriba.
　几日　天　　休息

Huainere yirege Junlan kuqiere wudi,
　后面　　来的　军兰　到来　没有

Wugensen aimuneni wulemede."
　　死　　活　　不知道

Husugeli agetelexini① Junlan kujierese,
　　正说话间　　　军兰　到来

Baran merei miaoqiang aiqirse.
　多　　马　　枪　　拿来

Age duo aoliji toureqibei,
　兄　弟　相见　　拥抱

Dali duoluoguo nuwa debuseileibei.
　海　　波浪　　像　　翻腾

Sairedisulinei huaqiangse taidebei,
　　老人　　华昌子　　拉

---

① husugeli agetelexini，正说话间。

Zhaluo'oluo zhanaji mairexibei,
　年轻人　唱歌　　跳舞

Wuguru oluo　sak　nadebei,
　姑娘们　嘎拉哈　玩

Yiqikeren paozhang tanlebei.
　小孩　　鞭炮　　放

Moguli yandege hekebei,
莫胡屯 雅得干　跳

Yandegeyuoni sunsegede saike.
　雅得干伊若　听起来　　好

Moguli aili oluo baisebei,
　莫胡屯人　　高兴

Halong aregei woji hukure huonuo alebei.
　热　酒　喝　牛　　羊　　杀

Shaolang Junde derege suobei,
　少郎　军德　并肩　　坐

Houyiruo　yiruo　dagebei.
　两个　　伊若①　跟着

Zhongkuikeni zhongkuikeni,
　钟魁克尼　　钟魁克尼

Bareken aixilebei jiya yirebei.
　巴日肯　保佑　　福气　来

Duoluo age du wuguge wannege nege sanna,
　七　兄弟　死　掉　　一　心

Manggen nase gouji xiluoriya.
　千　岁　求　　祝愿

Bareke aixile,
　巴日肯　保佑

---

① yiruo,伊若,神。

Houni houni kuji baireji murugepa.
年　年　香　拿　　磕头

Mogure ailede huire guarebo wantese,
莫胡　屯　两　三　　睡了
Bei　gairinai kujide bolese.
身子　手　有力量　有了
Nege gaijire agede amele wugui,
一　地方　住　安全　不
San erigong hadei yaobidai.
好　男人　什么　去哪里

（六）大闹葛根庙佛堂

"Enne waire xige baiyin biya?
这里　近　大　财主　有吗
Ereji jiaga mo'ongni youluomoqiya."
　　找　　钱　　挪用
"Aleti mogei aowose waye sumode yiqituo,
金　钱　要　王爷　庙　去
Alete mo'ongni① terege shuoribei!"
金银财宝　　车　拉

"Menggulu oluo bolege bara,
蒙古　人　贡品　多
Jigaye jiareji wule bara amone yideji wule bara.
钱　花　不　完　粮　吃　不　完
Anie sarede chamu heserebei,
正月　　查麻　跳
Sai erengong "barikan sumude yiqituo."
好　男人　巴日肯　庙　去

---

① alete mo'ongni，金银财宝。

75

Shaolang wangye sumude yiqiyebei,
　　少郎　王爷　庙　　去
Merei miaoqiang ne belekebei.
　　马　枪　　准备
Baran agedu buguxibei,
　　多　兄弟　跟着
Ku bara merei bara kuqiti bolese.
　　人 多　马 多　力量　有

Hareben namu ku wangye sumude kuqierese,
　　十　八 人 王爷　　庙　　到来
Houtuo giayinei aidegu yenuo boluose.
　　城　街巷　真的　热闹　有
Hulan kuku wakele enmoseji yaoyibei,
　　红　绿　衣服　　穿　　走呢
giayin olundin① jiake duru oluo barekebei.
　　市场两边　东西　卖　　喊

Houtunne waijiji mereiti katelabei,
　　城　进来　马　快马
Gegen suomi tousuoji yijibei.
　　葛根庙　　奔　去
Gegen lama eriji jiga aobei,
　　葛根　喇嘛　找　钱　要
Kuji baireji bariken wule murugun.
　　香　拿　巴日肯　不　磕头

Gegen suomi doutuori aidu yenuo,
　　葛根庙　里面　特别　热闹
Chama houruoline gegen dualibei.
　　查麻　会　葛根　发光

---

① giayin olundin,市场两边。

Hukur arese tongku turuqiongkuneibei,
　　牛　皮　鼓　　　咚咚响

Duolunben xilasidi huaqiangse taitibei.
　　四　　线　华昌子　　拉

Kuji hutayinei bogubei,
　香　　点　　缭绕

Gaole zhuninei guangge'neibei.
　铜　　钟　　　咣咣响

Baran lama chamu heserebei,
　多　喇嘛　查麻　　跳

Gureisei magela ensebei.
　动物　　帽子　戴上

Bali heke magela bogei heke magela,
　虎　头　冠　鹿　头　冠

Anmeinun nuwa wujiedebei.
　　活　　像　　看

Enne kuqierese enneli gaijiere kuqiere nuwa,
　这里　到了　神仙　地方　到来　像

Sumudine warese tenggeri waresen nuwa.
　　庙　　进　腾格日　进　　像

Chamu wujige sannawuwei,
　查麻　看　　无心

Hareben namu rengun huntaji waijirebei：
　　十　八　男人　急忙　　进

"Lame siruo sunsuotuo,
　　喇嘛们　　听啊

Ba agese Shaolang Daifuba.
　　我们　　少郎　　岱夫

77

"Barekeinei wule yitege　tengri　wule yitege,
　　巴日肯　　不　相信　腾格日　不　　相信
Wuguge age wuleaima!"
　　死　　生　　不怕
Hulan gexiukedi aminun barekeni,
　　红　　袍子　　活　　佛
Bareke suomolin shuoruo bolegese.
　　巴日肯　　庙　　　扯下　　了

Miaoqiang amusere bakeni tuoluose,
　　枪　　口　　佛　　对着
Aminu bareke nine　neji wujiebei：
　　活　　佛　眼睛　张开　　看
"Zhuregutanne yame aidigu xige?
　　胆量　　怎么　特别　大
Hareben naimu yiqikere aidugu samo jiaketa!"
　　十　　八　孩子　特别　淘气　崽子

Doumoliji luomo enxibei,
　　嘟囔　　咒语　　念
Houluoyere jueruoji amo nebei.
　　用手指　　指向　　口　张
Amennun bareken allege jialebei,
　　活　　佛　巧计　用
Sai erigunsuli dige kege bailegase.
　　好　男人　定　用　站住

Haleben namu eregong elise,
　　十　　八　男人　傻眼
Miaoqiangne goukedasenni wule daoguare.
　　枪　　搂火　　没有　声音
Hareben naimu erigong dike baise,
　　十　　八　男人　定　站住

Huailedeye emoledeye huduliji wule xiande.
　后面　　　前面　　　动弹　不　会

Amunuo barike lamuqileji enxibei：
　活　佛　　合掌　　念
"Erei barenken kukuremi,
哎呀　巴日肯　我的孩子
 Ta aku yamore oluota,
你们 都　什么　　人
Enne yiregeji sumumini daixibita?"
 这　来　　庙　　闹

"Hourudong bobi mogong garegajiukuo,
　　快　　宝贝　钱　　拿出来
Wule galagaqi xianmi yilebenhan wukuqibei."
 不　拿出的话　叫你　阎王爷　　　送
"Mini aletimi yi taisei nuwa,
我的　金子　　碾盘　像
Ta   aiqiji wule xianteta."
你们 拿　　不　　能

Junde Shaolangni jude elebei：
军德　少郎　　对　说
"Barikeni aoliese muruge,
　巴日肯　见到　磕头
Bariken baini aixiletan,
巴日肯 我们　保佑
Quetuoruo axili wule boluo.
　暴躁　闹　不　行

"Jiya houbei hasuoya,
福气　命运　问

79

Oluoge osege① hasuoya,
　　出头露面　　　问
Geli allege hasuoya,
　　家　平安　　问
Hareqi mereqi hasuoya."
　　祸　　福　　问

Shaolang Daifu tanqilase,
　　少郎　岱夫　跪着了
Aminu bariken dere suoyebixie:
　　活　佛　上　　坐
"Shaolang aidegu turugumei,
　　少郎　　特别　　太急性
Shaolang aidegu oruobei."
　　少郎　　特别　　太急躁

Aminu bareken② haha xinedebei:
　　活　佛　哈哈　乐
"Yiqigere yiqigere yousuo wugeita③,
　　孩子　　孩子　　礼貌　没
Ta hareben nameire,
你们　十　　八
Hourundun namude taiqiladuo.
　　快　　给我　跪

"Ta hareben nameire,
你们　十　　八
Shaolangni dagensenta,
　　少郎　　跟着了

---

① oluoge osege,出头露面。
② aminu bareken,活佛。
③ yousuo wugeita,没礼貌。

Wubaxitentanne houbide kurese,
　　你们造反　　命运　到了
Bareketani aixileya."
　　佛爷　　帮你

Lamo luomo enxibei①,
　　喇嘛　念　经
Gunli nongguoji barenke keibei.
　　面　和面　巴日肯　做
Hareben naimen xiakexia bareke②,
　　十　八　下克下　巴日肯
Sanerogongsulikuzhudieluoguose.
　　好　好男人　脖子　挂

Anmunuobarikenbojiurise,
　　活　佛　下了
Saierugongsulihekennibilegubei:
　　好　男人　头　摸
"Barikennakujiedineeruguobei,
　　巴日肯　脖子　挂
Amule tigong③deredute.
　　平安　　飞翔

"Mogulanwulenuorendeta④,
　　子弹　不　打着
Zhuoguoluntane zhalegele boletegai.
　　凶祸　吉祥　变
Deritetuo teritetuo hourundun teritetuo,
　　飞吧　飞吧　快　飞吧

---

① luomo enxibei,念经。
② xiakexia bareke,佛的一种。
③ amule tigong,平安。
④ wule nuorendeta,打不着。

Kurixini xiwayi① nuwa houlu deritetuo.
驯出的雄鹰　　像　远　飞

"Ta　saini yaotuo,
　你们　好　　走

Bareken tani halemoya.
巴日肯 你们　保护

Baiji tuguli② yaowose,
　下贱　路　　走

Bariken bi sainitan wule olegamen.
巴日肯 我　好　没有　好运

"Bi amunu lama barekenbei,
　我　活　喇嘛　佛

Tani huosun wule yilegemai.
你们　空　不　　来

Mini enneminei bobei jiaga ba'neibei,
　我　这里　宝贝　钱　很多

Kukure mine zhalase aiqituo."
孩子们 我的　花　　拿去

Shaolang Daifu san eregong,
　少郎　岱夫　好　汉子

Wule aiqima wule teema.
　不　拿去 不　装

Menrei onuoji gegen suomore galese,
　马　骑　葛根庙　出来

Houtunne gareji mereiti dedebei.
　城　　出　马　跑

① kurixini xiwayi,驯出的雄鹰。
② baiji tuguli,下贱路。

（七）军德联合唐哥

Sai eregongsuoluo chama houruoli daixiese,
 好 汉子们 查麻 会 闹
Wale oluo oge'ne walegase.
 众人 佳话 进来
Sai eregong guaireben zhuo chuagei madelegase,
 好 汉子 三 百 官兵 打败
Wuruguli bolagaji zhanabei.
 故事 变成 唱

Sai erungongsuoluo neme keqide nereqinyebei,
 好 汉子们 嫩江 边 活跃
Nemen keqi① yilini saiken.
 嫩 江 风光 好
Sai eregong neme keqide alaqibei,
 好 汉子 嫩 江 战斗
Daguruo oluo nuomo keqie ke'niubei.
 达斡尔 人 嫩 江 赞美

Sai eregong ailide yaojiabei,
 好 汉子 屯子 走
Yirengge yaogedi'ni hadake ku wuwei.
 来 走 阻挡 人 没有
Sai eregong baiyin'nei aliji mogunda aixilebei,
 好 汉子 富 杀 穷人 帮助
Hanlen kuye houle wule olega.
 穷 人 伤 不 得

Baiyin ole saieregongni yirebei sunsese,
 富 人 好汉子 来 听

---

① nemen keqi, 嫩江。

Hourugu gaijiere wule oluo.
　　藏　　地方　　不　得到
Tanrai yiregen sunses,
　　种地　老百姓　　听
Gage alebei hunnie alebei.
　　猪　杀　　羊　杀

Sai eregong balengme Daifu,
　　好　汉子　勇猛　　岱夫
Sai eregong alegeti Shaolang,
　　好　汉子　智谋　　少郎
Sai eregong Junde Juanlan,
　　好　汉子　军德　军兰
Sai eregongsuli nerenei durenben talede① dereqige'nebei.
　　好　汉子　　名　　四　方　　　震

Guarenben zhao alebi chuageti daixiese,
　　　三　百　官　兵　　打
Ma shizhangni alete huainare,
　马　师长　杀了　以后
Gaxinda zhurugeini tamorese,
　嘎新达　胆量　　破了
Nuiyin jiangjun xulekuten.
　官　　将军　　哆嗦

Dujunfu douturu buguaresen,
　督军府　里面　　乱糟糟
Mo　baiti zhayi inresen.
　不好　事情　告诉　来
Shizhangni emengni walibei,
　　师长　　老婆　哭

①　durenben talede,四方。

Dashuai zhuruguni tanmorese.
　大帅　　心　　吓破胆

"Wu wu chanduyi baijie wule olunta,
　呜呜　土匪　抓住　不会　得到
Wu wu mashizhangni maderegasenta.
　呜呜　马师长　　打死
Wu wu ede kere keibei,
　呜呜　现在　怎么办
Wu wu dawore mo jiage① ."
　呜呜　达斡尔　坏 东西

Nege ku dashuaide wukuan jiabei：
　一个人　大帅　　主意　告诉
"Dureboti tere gaijiere tarekeqide mangge ku② gaiqirese,
　杜尔伯特 那个　地方　　打仗　　能人　　出现
Aidige xige nere garese,
　真　　大　名　出
Nere garese bai shizhang."
　名　出　白　师长

Dashuai kuyi jiareji sunleqigalabei,
　大帅　人　让去　　邀请
Duerbote bai shizhangni suiliaiqirese：
　杜尔伯特 白　师长　　邀请来
"Bi zharen chuga aopei,
　我 六十　兵　要
Tarai yirege houboleji baichaya!"
　种地 百姓　化妆　　暗访

---

① mo jiage,坏东西。
② mangge ku,能人。

Hetegere aili daixiebei,
　瞎乱　屯子　闹
Dawoer oli geregetinei warebei.
　达斡尔人　各家　　进
 Kuage ailide bolegu yiqibei.
　人住的 屯子　都　　去
Enggeli tali baichabei.
　辽阔　草原　查访

Habaide kede modai yiqise,
　罕伯岱　几　趟　去了
Motereqige suokure ku① enmeledusiye yangtulagei nuwa.
　好像　　盲人　　南墙　　　撞　　像
Nemu keqi kede mudan baiqiase.
　嫩江　　几遍　　查访
Mutereqige osui doutuore salaoli sugei nuwa.
　好像　水　中　月亮　捞　像

Ole Shaolangni ose dere dedebei elebei,
　人　少郎　　草　上　上　说
Ole Daifuyi doulungai dere debuxibei elebei,
　人　岱夫　波浪　　上　跳跃　说
Ole san erugongni suiduren wujiji wulu oluo elebei,
　人　好　汉子　影子　看　没　有　说
Ole san erugongni mogongli tanle yiqiti elebei.
　人　好　汉子　蒙古　草原　去　说

Bai shizhang zhare chuaye dagelaji,
　白　师长　六十　兵　　跟着
Mogongli tanle baichaqibei.
　蒙古　草原　暗访

---

① suokure ku, 盲人。

Guaireben zhao chuati taregentini sunsuose,
　　三　　百　　兵　　打　　　听

Shaolangni bareken sumi daixieseni bole modengbei.
　　少郎　巴日肯　庙　　闹　都　　知道

Ku san'ande poke Daifuye wujiye elebei,
　人　想法　猛　岱夫　看　　说

Ku aku alegeti Shaolangye wujiye elebei,
　人　都　有智谋　少郎　　看　说

Ku aku zhurukuti Junlanni wujiye elebei,
　人　都　勇猛　　军兰　看　说

Hani yaosenine wule mede.
　哪里　　走　　不　知道

Shaolang Daifu koutunne waijierese,
　少郎　岱夫　城　　　进了

Dangmu poseli benlese,
　当铺　柜台　抢了

Hexianglong poseli benlese,
　和祥隆　　柜台　抢了

Alete mogong zhusei poseili benlese.
　金子　银子　珍珠　柜台　抢了

Tuogei teregere shuoleyebei,
　绸缎　　车　　拉

Aleti aiqiumode teyibei.
　金子　用袋子　装

Suole jigayi giayi durukun qianqibei,
　碎的　钱　街　满　撒

Halen oluo tongkuobei.
　穷　人　捡

Bukui koutun bugualese,
　卜奎　城　　乱

San erugong nemi gouli heserese.
　好　汉子　嫩江　　渡过

Yiresininei suidunre wuwei yaoseninei baran wuwei,
　来的　　影子　　没有　　走的　　也　没有

Motere qige enduli chuage tenggerere bojiese nuwa.
　好像　　神　兵　　腾格日　下来　像

Dujun jiamende xizhuodi,
　督军　府里　有奸细

Mogulan miaoqiang wukurebei.
　弹药　　枪　　　送来

Dujun niamede kutie,
　督军　府里　有人

Aluri ximoli① gurubei.
　消　息　　知道

Honggongre huaili aidile,
　旋风　　雨　特别

Sunne wudure wuwei alebi daixiebei,
　黑天　白天　不分　官府　　闹

Haore namere duleji houmo bolese,
　春　　秋　　度过　　一年了

Nemu guole oletuu osuiyebei.
　嫩江　　长　　流

Nemu keqi talinnei keijiare wuwei,
　嫩江　草原　无边　没有

Nemu more osuinei dourugan hunleqiadebei.
　嫩江　　水　　波浪　　翻滚

---

① aluri ximoli，消息。

Nemu keqide san erugong barang,
 嫩江 好 汉子 多
Newu morede jiyazhuogulun zha'naleketi.
 嫩江 有悲壮 歌

Tenggeli gasikun hukuri husei aidele,
 腾格日 灾难 牛 毛 一样
Hanleng oluo mogende kukure hure① durebei.
 穷 人 穷的 孩子 卖
Ten'nege hou tanlengase,
 那 年 出槽
Tanran mode aoledese.
 田地 房产 受淹

Hanleng ole hunsebei,
 穷 人 饿呢
Baiyin gereti qiange durukuo.
 富 人 仓 满
Hanleng oli hutannyi qiakerebei,
 穷 人 烟 断
Baiyin gereige airege miagere sebujibei.
 富 人 酒 肉 作乐

Anian kuqiere yileyebei,
 年 快 到来
Shaolang Daifu sanna zhuoguobei:
 少郎 岱夫 心里 犯愁
Enne ainianyi kere dulebei,
 这个 年 怎么 过
Gere gere moguoninei nemen osuore gun.
 家 就爱 苦处 嫩水 一样

---

① kukure hure,大小孩子。

Sairedi ku ainian arige wuwei,
　老年　人　年　酒　没有
Yiqigere ainina wakere wuwei,
　孩子　年　衣服　没有
Wugure suru ainian yilega wuwei,
　姑娘　们　年　花　没有
Zhaluo suluo ainian paozhang wuwei.
　小伙　们　年　鞭炮　没有

Shaolang Daifu zhuruge bailagebei,
　少郎　岱夫　决心　　下定
Hareben naimen age du hebuxiebei.
　十　　八　兄弟　商量
Baiyin① gereti kuliqiya,
　百音　家　到去
Xiangyaolin neji jiga'ni aoqiya.
　响窑　打开　钱　要

Junde elebei harege honggurudu yiqiya：
　军德　说　黑　岗子　去
"Wang baiyinde baine jigadi,
　王　百音　多　钱
Gerei ejiminei wang bogetu,
　家　掌柜　王　罗锅
Hareti sannanei gusekeyele hari.
　黑　心　狼　黑

"Tere xiangyaoyinei bi gurupei,
　那个　响窑　我　知道

---

① baiyin,百音,富人。

Tawun houni oredong kuqi yaose asemen.
　五　年　以前　到　走　过
Gadegei kuyinei bi medebei,
　院里　　人　我　知道
Hareben kede ku hareben kede miaoqiangti.
　十　几人　十　几条　　枪

"Duruben kuku duruben beretie,
　四个　儿子　四个　　妻子
Kuku benren'ni miaoqiangti.
　儿子　媳妇　　有枪
Sunni boluosen kuji gali① tarekebei,
　夜　　到　香火　　打
Wule keqiegese houre olebita.
　不　注意　　遭殃

"Enne xiangyaoli tarekegede katu②,
　这　响窑　　打　硬
Durubennuodewennuorepaotaiti.
　四　角　高　　炮台
Naimidenekeageduti,
　我　有兄弟
Niakeerigongtanghareti.
汉人　汉子　唐　姓

Terierejiaixilegaya,
　那找　帮忙
Doutuorebodelieredieya."
　里面　外面　毁掉
Shaolangsunsegeibaisese,
　少郎　听后　高兴

---

① kuji gali, 香火。
② katu, 硬, 在此句里是指"难打"。

Sannadoutuorebodegentarekebei:
心　里　　主意　　打

"Foulenakuqirese,
　运气　　到
Halemijiagelebei.
　手　　痒
　Ede wangbaiyindarekeqiese,
现在　王　百音　　打
Quesequeregerebuaiye.
　血　　流　　不害怕

"Junde aga darelega,
　军德　哥哥　　领
BiDaifudinegedireyiqiya.
我 岱夫　　一起　　去
　Aka naimiyitegeqin,
哥哥　我　　相信
Hekewannegerewuleaiyemei.
　头　　掉　　不　害怕

Wangbaiyinnigadegennimodebixie,
　王　百音　院子　　知道
Baxinihusungeixinsunsuoya."
我 你　你的话　　听
"Shaolang aka sannaamele,
　少郎　哥哥　心　放心
Wuleetesewugudekerekebei!"
　不　胜利　死　怎么　办

Saneregongharehonggongrekaoyi dulese,
　好　汉子　黑　岗子　　过去了

Wangbaiyigerewujideyebei.
　王　百音　家　　看着了
Kejinineiaiduguwunere,
　院墙　　特别　　高
Dunrebennuodeyilanti.
　四　　角　灯光

BaranBaran bidemianlilekageretie,
　西　边　　　趴趴　　房子
Kuqin'oli ayigemogelinei.
扛活的人　住　破　房子
Bangran bidigegenduanlebei,
　西边　　亮　闪烁
Bainekutaran weilebei①.
　很多人　　打场

ZhuoregexigetiJundeemengleyaobei,
　胆量　大　军德　前面　走
OlongsuretiJunlanjunluoyekebuxibei.
　勇敢　　军兰　缰绳　　抖
ShaolangDaifukachati,
　少郎　岱夫　卡查
Dedeweinuwadagebei.
　飞　　像　跟着

Baragangseidoutuorehourugubei,
　柳条　　里　　藏
Jundeemenglewujiqibei.
　军德　前　　看
Niankentangakayeereqibei,
　汉人　唐哥　找

---

① taran weilebei, 打场。

Xiangyaolitakekehebuxieye.
响窑　打　　商量

Kesihusuguguorebude,
口令　话　　三星
Hailegahusuguchuoluopen.
回答　话　　启明星
Sunnidounuorekuyitannagekatuo,
夜　中　人　认　难
Miaoqiangsenlemiyekeqietuo.
枪　　刀　　注意

Douneresurebalegasen duode①kuchebei,
弟兄们　　柳条通　　　等候
Gairekulehudulejihamuhamusuobei.
手　脚　活动　紧　紧　坐着
Jiusareitenggeriaidiguqikuitong,
九　月　腾格日　实在是　冷
Saneregongsureqikesuojikuleqiebei.
好　汉子们　静静坐　　等

Jundetemenglejiyaobei,
军德　摸　　走
Xiangyaolibangranbikuqirese.
响窑　西　边　到
Yansentantuogekuituiqiase,
骨　透　冷　雪
Hanronggaisundesaluoriwuwei.
黑　　夜　月亮　没有

---

① balegasen duode,柳条通。

Jundeheilejitawenhoubolese,
军德 离开 五 年 了

Tangakakerbuleayebijie.
唐 哥 怎么样 住 呢

Generewuweigeretikuqieresebei,
 突   然 家   到了

Baisegeaosalegeimedenya.
 高兴 忧愁 知道吗

Kenigereinuo'ongnieyuese wuwei,
 谁 家   狗   不通礼

Xigenuogongyiqigenuogongwangwangkeiji houquebei.
 大 狗 小 狗 汪 汪   咬

Kedemantouyeerekejienonggei qige bolese,
几个 馒头 扔 狗 消停 了

Jundecharesitualikeitemolebei.
军德 桦木 柱子   摸

Mode tualigei Jundebailegase,
 木桩 军德 立

Tanggabenregenminwurekelederegeditai.
 唐 嫂子 衣服 晒

Ennegadege ta akamineigelinai,
 这 院子 唐 我哥哥 家

Metereennegereteayibei aijiya.
 是 这 房子 住吗

Choukiemelinkuqijigetegongwujibei,
 窗户 前面 到 仔细 看

Chasichoukeineiyilantantuobei.
 纸 窗户 灯 透光

Niumoserechaseihutelejihatele nide①wujiebei,
　唾沫　纸　捅破　单眼　　看
Tanggaberegemineiwutumebanglayebei.
　唐　嫂子　饽饽　　团

Kedehouwuxiedewuweisairedihayase,
　几　年　看见　没有　老　　在
Talakenhaiqili'neihaipeilibei.
　溜光　　脸　　　皱纹
Yiqikelineigaliqikeiyebei,
　小孩子　　火　　烧
Gali pile pala lurugeiyebei.
　火　噼里啪啦　　着呢

"Achaminei　kejie　hajierebei?"
　爸爸　什么时候　回来
"Amimelejibarejisunnidounehajirebei."
　粮　背着　完　夜　中　回来
"Achayehuanlineihouluolegaya,
　爸爸　炕　　烧热
Achaminhajieresebudareta."
　爸爸　回来　别　冷

Jundeakayeduorejibagerebei,
　军德　哥哥　学着　　喊
Egei'neielejichongketarebei.
　孩子娘　说　窗户　　打
Tanggaberegeigagei qike yilanebaireji,
　唐　嫂子　猪　耳朵　灯　抓
Ode neji wujibei.
　门　推开　看

---

① hatele nide,单眼。

Enexi'neiyamerewutaqiase：
　这是　哪个　爷爷　在

Hunnugeiaresemanggelineisaguse，
　狐狸　皮　帽子　挂霜

Sairemutisagujisairedinuwabolese，
　眉毛　挂霜　老　像　成

Baretasegeiadilebudubeidie.
　虎　熊　如同　壮　身体

Kunledeemengsennichagami，
　脚　穿　查卡密

Garedebaisemiyiqigemiaoqiang.
　手　抓　小　枪

Tanggabenrengenaijihuanna bolebei，
　唐　嫂子　怕　后面

Nekebuserehuanledekeqidesouse.
　一个　屁股　后面　炕沿　坐

"BiJundedouxineibei，
　我　军德　你弟弟

Tanggaberegenbubende.
　唐　嫂子　别　慌

　Aka haijirewudi，
哥哥　回来　没有

Bixianmisaigeya."
　我　你　陪伴

"Xikuyeailegaseixi，
　你人　吓

Taseresen Jundekubixinxie.
　该死　军德人　不是

Endekedenhouhaneasexie,
　这　几　年 哪里　在
Garede yougu miaoqiangbaisexie?"
　手里　为什么　　枪　　拿

"Bihanbaidaideyireyebei,
　我　罕伯岱　　来
DaifuShaolangnidagaiyebei.
　岱夫　少郎　　跟着
Hanlengolebaisebeibaiyinaibei,
　穷　人　高兴　百音　怕
Biennehuiremiaoqiangneyiteyebei.
　我　这　两　　枪　　靠

"Enne wuduruwangbaiyin'nieeredebei,
　今天　　王　　百音　　打
Tangakayaaixilegaya.
　唐　哥　帮忙
Tang oke sankuase,
　唐　大爷 好人　在
Takejialesiteng!
　被打　　死

"Wangbogetusanna'nihare,
　王　罗锅　心　狠
Ennekeimonitangakabumareta.
　这个　仇恨　唐哥　别　忘
Ennekeimoniennesunnieaoya,
　这　仇恨 今　夜　报
Wangbogetuoyegaledeshaleya!"
　王　罗锅　火　烧

"Jundeyageikuyesenta,
　军德　多少人　来了
Enchuokuo bolesealegewalebita.
　　人少　　网　进来
Harebenjiuruokugadegeisagebei,
　十　　六　人　院子　护着
Arekumiaoqiangti.
　都有　　枪

"Amule wuguielejieaigede,
　安全　　　说　害怕
Alebichuagedihoukuolibei.
　官兵　　　勾搭
Nekepaibaoweituan'nisunli aoqirese[①],
　一个排　　保卫团　　　请来了
Dalegage kuyenei liu hareti paizhang.
　领队的　　人　刘　姓　　排长

"Goukuorekan kere wule agese,
　弯弯的　　肚子　没有的
Goukuo haduli bu jianlege.
　弯勾　镰刀　别　咽
Ereteken ennere jialetuo,
　　早　　这里　离开
Mo boletan aini ailebei?"
　危险的　　谁　承当

"Tangga benrengen zhuruguxini yiqige,
　唐　嫂子　　　胆　小
Yiqige zhuruguxini xilani nuwa.
　小　　胆　　　瞎虻　像

---

① sunli aoqirese,请来了。

"Xilahai hukuli hakubei,
　瞎虻　牛　盯
Keimo aobo eli wule sannexie."
　仇　报　说　不　　想

"Kuimo aobei eli wule sanegemi bixie,
　仇　报　说　不　　想　　不是
Chachuoge erediji xili gebitan aiyepei."
　碗　　打破　汤　洒　　害怕
"Tegese dou bi haireya,
　那么　弟弟 我　回去
Beregen naimi guobude.
　嫂子　　我　原谅

"Xiangyaoli ba wenreti takepa,
　响窑　　我们 自己　　打
Ba wenreti bengsentiba.
我们　自己　　有力量
Wucheyi aobei eleji laoxisi alesenma,
　　仇　　报　说　老西子　杀了
Mereirei wanji ma shizhangni alesenma.
　马　掉下　马　师长　　杀

"Doule ku guareben zhao chuagei tarekesema,
　七个　人　三　百　　兵　　打
Gegen sumude aminu barekeni① daixiesenma.
　葛根　庙　活佛　　　闹
Sunni dunnuori bukui houtunne wansenma,
　夜　中　卜奎　城　进了
Xige poseli benlesema.
　大　商号　抢过

① aminu barekeni,活佛。

"Dujun niamonere mogulan wukubei,
　　督军　　府　　　子弹　　给

Wu dashuai sunsouji zhurugei tanmorebei.
　　吴大帅　　听　　心　　　崩裂

Nemu guoli huire keqiere hasuoji wujituo,
　　嫩江　　两　岸边　　问　　　看

Shaolang Daifuyi aini wule mede.
　　少郎　岱夫　谁　不　知道

"Wang bokuotu kejieni zhurugun tanmorese,
　　王罗锅　　早就　　胆　　吓破

Alebi chageti houkuolibei.
　　官兵　　　勾结

Yiqike dou tangga benregenni wule xiuremei,
　　小　弟　唐　　嫂子　　　不　牵连

Benlegen bu aiye amenkea.
　　嫂子　别　害怕　放心过

"Akamini jia eretegen jiali yaota,
　　哥哥　告诉　早点　躲开　走

Panqigun dunne houre bu oletegai."
　　乱　　中　伤别　　得

Junde bosuo yaogedinei,
　军德　站起　　走

Tangga benregen hatabei：
　　唐　嫂子　拦住

"Doumini doumini bu panqie,
　　弟弟　　弟弟　别　生气

Akaya hanjielegenei kuleqie."
　　哥哥　　回来　　　等

Huire ku gedoutuore husulibei,
　两个人　　房中　　说话
Gadigei dunde kuli ainiere sunsuodebei.
　　院　中　脚　声音　　听

"Baoweituan oluo kuqiereyebu gu,
　保卫团　　人　　来到
Doumini naimi dageji hourundun houregong."
　弟弟　我　跟着　　快　　藏
Xianyou dunsei doutuore goukuoreji suo,
　土豆　囤　　中　　蜷着　坐
Hati osere① hekexini boteya.
　带捆的草　　头　盖

Tangga benrengen ode neji wujibei,
　唐　嫂　门　开　　看
Eregongni xianrenei xuerebise.
　丈夫　　脸　　瘦
Tang aka gennere wuwei waijiese,
　唐　哥　突然　　进屋
Xianre xuereji hasuobei：
　脸色　拉长　问

"Gere doutuore yougu huire suidure ase?
　屋子　里面　为啥　两个　人影　在
Te nege② suidurenei haide yiqise?"
　那个　　人影　　哪　去了
Tangga benregen sunsouji xinnedebei,
　唐　嫂　听　　笑
Xuetuguli nuwa xiboliqinxie.
　鬼　像　小心眼

---

① hati osere，带捆的草。
② te nege，那个。

"Yiqike'nere eremejidai."
　从小　　　夫妻

"Eregong ku suidureni hudunreyase,
　男　人　影子　　晃荡

Sunnere getegun wuqitiwubei,
　夜晚　看准　　看

Eregong ku daoyine sunsuolete."
　男　人　声　　听

"Eqigeinei　hetegele　bu sanna,
　孩子他爸　胡思乱想　不　想

Pisege　wutumu naine① anti　aijiya?
黏豆包　咱们的　　滋味 怎么样

Ege　kuku houyuele yidege wudima,
妈妈 孩子　俩　　吃　　没有

Xini haireqinei nekenere yidiya."
　你　回来　　一起　　吃

Tang aka doutuoruo sannabei,
　唐　哥　心里　　想

Wutumo yidijie eleye sannebei:
　豆包　吃　啥　　想

Emege minei buya bixin,
　老婆　我的　不下贱

Ene baite naimi aidegu buguregayebai.
　这 事情　我　特别　　糊涂

Tangga benregen elebei:"kata nuwa aobixin?
　唐　嫂　说　咸　菜　要吗

---

① pisege wutumu,黏豆包;pisege wutumu naine,咱们的黏豆包。

Xianyou dunsi ayebei,
　土豆　囤子　有呢

Yidese wente aoqie,
　吃　自己　取

Bi base yare youbiye①."
我 也　正在　忙呢

Tang aka gairai sun'niji dunsie tenmolebei,
唐哥手　伸手　囤子　摸

Junde doutere sannebei:
军德　心里　想

"Taseresen tangga benregen kuyene nadebei,
　该死　唐　嫂　人　玩

Naimi dunsi doutunre hourubei."
把我 囤子　里　藏

Junde heke yide qide jialebei,
军德 头　这 那　躲

Hunlete xinede tanlikese②.
　扑哧　笑　了

Tangga aka watase,
　唐　哥 吓一跳

Dunsi doutuore ku hourureyebei.
囤子　里 人　藏

"Ende ku hourureyebei,
这里 人　藏着呢

Xi yamere sannatixie?"
你 什么　心肠

---

① yare youbiye, 正在忙呢。
② xinede tanlikese, 笑了。

Junde xianyou dunsi gaiqirese,
军德　土豆　囤子　出来

Tangga benregen yilana bairebei.
　唐　嫂　灯　拿

Tangga aka wujiji bodebei,
　唐　哥　看　算

Jundeti houyueluo mure mure tourebei:
军德　俩　肩膀　抱

"Xi Junde dou asexie?
你　军德　弟　是吗

Sunnele yougu yesenxie?"
夜间　为啥　来

Junde yiresen baite zhabei,
军德　来的　事　告诉

Tangga benregen tousei dere gaili nemupei.
　唐　嫂　油　上面　火　添

Tangga aka quituoruo,
　唐　哥　痛快

Bolebei bolebei aixileya.
　好　好　帮忙

Tangga aka haijileji bada yidebei,
　唐　哥　回家　饭　吃

Kede kuyi ereji ami meleqibei.
几个　人　找　粮　背

Yitulugei doutuore kede zhuo kule amuti,
场院　里　几　百　担　有粮食

Enne sunde qiangende bolugu wanlabei.
这　一夜　仓　都　进入

Ainieke kuyi gali tanlegelin aibei,
　　生人　　火　点　　怕
Hanleng kuyi benlegelin aibei.
　　穷人　　抢　　怕
Shaolang Daifuyi yiregelin aibei,
　少郎　岱夫　来到　怕
Shaolang Daifu yilesen bole wu bolebei.
　少郎　岱夫　来　都　没了

Tangga aka arege garegabei,
　唐　哥　办法　拿出
Xiteye tarekeji ame nebei:
　炕沿　敲　口　张开
"Aregei garegaji gade gedin wareya,
　办法　拿出　院子　进去
Leregen kuqiku houboleji ami meleqiya."
　临时　工人　装　粮　扛

Junde sunsuoji baisebei,
　军德　听了　高兴
Shaolangde alunli zhaqibei:
　向少郎　消息　告诉
"Baoweituan aalide qikerebei,
　保卫团　屯子　转
Yimu dunrenti gareji wule buluo."
　这样的　出去　不　行

Tangga benregen aregen garegabei,
　唐　嫂　办法　拿出
Mahua nemese shouruobei.
　麻花　被子　拽下
Tangga beregen nekulebei,
　唐　嫂　盖

Jundeyi nemesedi hourungabei.
　军德　　被子　　　藏

"Tangga benregen egei nuwa,
　唐　嫂　妈妈　像
Benregen xianmi wukugareya."
　嫂子　你　　送去
Tangga beregen souluogei gairede mode touluobei,
　唐　嫂　　左　　手　木头　挂着
Baren gairedi balegasi kuanse bairebei.
　右　手　柳条　　筐　　抓

Oluokuoqixi ali bode chasei tuleqibei,
　　装着　屯外　纸　　烧
Kuanse doutuli kuji qiase tesen.
　筐　　里　香　纸　装
Huiyere ku ali dunde kuqise,
　两　人　屯子　里　到了
Baoweituan chuageinei emelin yaoyibei.
　保卫团　　兵　　前边　　走

Nege chuageini heten'gere daribalibei：
　一个　官兵　　乱　　瞎嘞嘞
"Doutuminei aidugu amule wuwei,
　心里　　特别　安心　不
Enne oruokuo longguobei kaowo?
　这　晚上　　倒霉　　要
Keqie Shaolangni bu aoliya!"
　千万　少郎　别　碰上

Neke chuageini zhurugu xige bolegaji elebei：
　一个　官兵　　胆量　大　肯定　说

107

"Egexini negele① hentegele bu sanna,
　你他妈的　　　胡思乱想　　别想
Shaolangde aixikai garesen wuwei,
　少郎　　翅膀　出　没有
Dedegei tuoluo baideni　keqi keijie② wule xiande?"
　飞　　就是　我们　怎么也不能　不　　会

Alebi chuage kunle tebuxibei,
　官　兵　　脚　　跺
Alebi chuage geigebei,
　官　兵　　哼哼
Alebi chuage dalebalibei,
　官　兵　　瞎嘞嘞
Keledinei ketese garesen nuwa.
　舌头　　疮　出　　像

"Baide tangga gereti yiqiya,
　咱们　唐　家　　去啊
Tangga emegeinei　aidi　sake.
　唐　　老婆　　特别　漂亮
Emegelin nadeji sannaya neya,
　他老婆　玩　　心　开
Halongkong huaili ketiqia."
　暖　　　炕　　躺着

Nege chuage'nie daoyinnie aidigu wunure,
　一个　官兵　　声音　　　特别　高
Miaoqiangne tulekuji amo nebei：
　枪　　　拉　　口　张开
"Egexini negele bu dalebalie,
　你他妈的　　别　胡诌

---

① egexini negele，你他妈的，脏话。
② keqi keijie，怎么也不能。

Heke gabulin hageregen keche!"
　　头　壳　　裂　　当心

Nege chuageini ku suiduli wujiji oluose,
　一个　官兵　人影　　看　到了
Miaoqiangnere keipore kapore kelegebei：
　　　枪　　咔　嚓　做呢
"Ani sunnere yaoyibei?
　谁　夜里　走呢
Aali doutuore hentengere yaoji wule boluo!"
　屯子　中　　乱　　走　不　能

Tangga benregen elebei：
　　唐　嫂　说
"Kuye ailegabita bi tang haletibei,
　人　吓死我　唐　姓
Gereti mi yiqile ayawutaya①,
　家里 我　经常去
Daoyin mini wule tan'nentaya②?"
　声音　我的 没　认出吗

"Eren wuwei sunde③ hani yiqibixie?"
　　深更半夜　　到哪　去
"Eqige egede chasei tuleqiyepei."
　爸爸 妈妈　纸　　烧
"Yougu gashaga yaoyebixie?"
　为啥　一个人　走呢
"Tangga ami meleqise."
　唐　粮　背

---

① yiqile ayawutaya,经常去。
② wule tan'nentaya,认不出来吗？
③ eren wuwei sunde,深更半夜。

"Tangga benregen wule aiyexia?"
　唐　　嫂　　不　害怕吗
"Ta wale'nere qigere yebita①,
　你们　大家　　转　悠
Tangga benrengen bi tani wule maretenmei,
　唐　　嫂　我 你们 不　　忘记
Gerentemi yiqiji areigei woqituo."
　到我家　　去　酒　　喝

"Benregen keji gerete hairebixie?"
　嫂　　何时　家　　回呢
"Guoribudi wudere bolegeti harepei."
　三星　　正午　到了　　回去
"Edenqiere geteqie'nei yiqipa."
　一会儿　　你家　　去
"Hourundun hareji areige hareka."
　快　　回去 酒　烫

Baoweituanni qilegei danlegong xilegong② axilebei,
　保卫团　　兵　　嬉皮笑脸　　　那样呢
Tangga benregen ara xide③ kapulibei;
　唐　　嫂　咬紧牙　咯嘣响
"Habeile setuoluo④ wugutan'ne waretese,
　王八蛋　　　死　　近了
Saireidi eetanne baren aili yiqiya."
　老　娘　西　屯　去

（八）袭击王家大院

Junde baragasi duode yirensen,
　军德　柳条　通　来

---

① qigere yebita,转悠。
② danlegong xilegong,嬉皮笑脸。
③ ara xide,咬紧牙。
④ habeile setuoluo,王八蛋。

Emeleti huainiti nairenlekaji husulibei.
　　前面　　后面　　细细　　讲
Shaolang Daifu xigere baisese,
　　少郎　岱夫　大　　高兴
Walen chuaye batelebei.
　　众多　　兵　　用

Hareben namu eregong halege xikebei,
　　十　　八　　汉子　手掌　　搓
Hareben namu eregong wakele halabei.
　　十　　八　　汉子　衣服　　换
Moketere miaoqiangne bosede karukuobei,
　　短　　枪　　　腰　　插
Olete miaoqiangne meirete eluogebei.
　　长　　枪　　　马　　挂

Gadegedin walese,
　　院子　　进来
Tenggeli zhude guareben miaoqiang taketuo.
　腾格日　向　　三　　枪　　打
Hulese dounere hamu ketetuo,
　　剩　　兄弟　紧贴　趴着
Aluli sunsuose menrei kebuxituo.
　　消息　听　　马　　抖

Junde kuye dagelegaji ailide waijiriyebei,
　　军德　人　领着　屯子　　进了
Tangga aka turugude kuqieyebei.
　　唐　哥　道路　　　等
Shaolang saike walede jiabei,
　　少郎　好　众位　　讲

那音太鸟钦曲目

111

Age dusuru① husugei mini sunsuotetuo：
　兄　弟们　　话　我的　　听

"Gadegedin warese kuye houbotu,
　　院子　　进　人　　分
Baiti chakuore yisheketuo.
　事　　恰当　　　办
Nege bangleoluo baran dukan'ne ware,
　一　　伙人　　西　大门　　进
Warege garege bu maretetuo.
　进　　出　别　忘记

"Nege bangleoluo baoweituanni keqietuo,
　一　　伙人　　　保卫团　　　注意
Tede jun bei gete ayibei.
　他们　　东屋　　　住呢
Paotai amesenren hatatuo,
　炮台　　口　　　堵
Elegeli miaoqiangni erikeletuo.
　逼　　枪　　　扔

"Hulesen dounere naimi dagetuo,
　剩下　　弟兄　　我　跟着
Hourundun xige gerentini waireqiya.
　　快　　大　屋子　　　进
Wang bogetuoye amonu baireya,
　王　　罗锅　　活　　捉
Bogetuye bairese miaoqiang tareke.
　罗锅　　抓住　　枪　　打

---

① age dusuru,兄弟们。

"Bogetuoyi bailese aminuyi baire,
　　罗锅　　抓　活　　抓
Miaoqiang tarekeji hesen tuoretuo.
　　枪　　打　　命令　定
Wang bogetuoye budun kujin enqiere ailega,
　王　罗锅　　粗　脖子　刀　　吓唬
Kuke beren bole miaoqiang wukutugai.
　儿子 媳妇 都　　枪　　　给

"Miaoqiang daogulesan bode douterere tarekediyebei,
　　枪　　出声　外　　里　　　打
Wang hali beigun kuitun bolibei.
　王　姓　院　凉　变
Baoweituanni qiregeini doufei nuwa zhoulen,
　保卫团　　　兵　豆腐　像　软
Miaoqiangni sunsougei guiyebei."
　　枪　　　听　　　跑

Age dusulu bare dukuade kuqierese,
　兄弟们　　西门　　到来了
Tangga aka bukuayi takebei.
　唐　哥　门　　敲
Huiredere shaoye'ne dukuye saigebei:
　二　　少爷　　门　守
"Ani dukuaye takeyebei?"
　谁　门　　敲

"Bi jun ali tang halati kubei,
　我 东 屯 唐　姓　人
Amexini walegagei tuoluoya.
　粮食　　入　　为
Age dusuole aiqisenmei,
　兄弟们　　带来

113

Boluoguo Shandong oluo.
　　都是　　山东　　人

"Yiken baran age dusulu aidigu kuqitie,
　　这些　　兄弟们　特别　有劲
Wunteye mele mele yaobei.
　　自己　扛　扛　走
Sairedi wutaqi hese bolegebei,
　　老　爷爷　吩咐　下
Xianre boqiuyi waregaji bara gaoliangni warega."
　　黄　豆　进　完　高粱　入

"Shaolang Daifu tenggeri baireken nuwa,
　　少郎　岱夫　腾格日　巴日肯　像
Zhalendere bojieji miaoqiang enqie huduoregebei.
　　下界　下来　枪　刀　动
Shaolang Daifu chandu nuwa,
　　少郎　岱夫　土匪　像
Kuyi alebei kuyi benlebei baide keqieye."
　　人　杀　人　抢　事　注意

Kachare keige dukuanyi neredese,
　　咔嚓　做　门　打开
Huirede shaoye tangga aka elebei：
　　二　少爷　唐哥　说
"Hourundun waijiretuo hourundun waijiretuo,
　　快　　进来　　快　　进来
Hourundun ami qiegende warega."
　　快　粮仓　进

Daifu xiuru keige hesere yirese,
　　岱夫　嗖　做　跳　来

Wujiereti enqiere enruqiyinei tabu hakusen.
　　尖　　刀　　胸　　透　　扎
Gerere bolegu tanleqilase,
　　家人　都　　跪下了
Gairai erruguoji xuerukutebei.
　　手　抬起　　发抖

"San wutaqi aimi hureke,
　　好　爷爷　命　留
Geteminei sairedi acha owodi."
　　家　　老　爸爸　妈妈
Geli huire kuyini bolegu bokese,
　　家　两　人　都　　捆
Amidi kugun qikeji douture erekebei.
　　嘴　棉花　塞　里面　　扔

Shaolang garai laixiji hesen bolegabei,
　　少郎　手　甩　命令　　下
Walen age dusuolu emele wairebei.
　　众　兄弟们　前面　进去
Shaolang kuyi dalegaji bede gereti① waijirebei,
　　少郎　人　领着　上　屋　　进来
Junlan haixi gete② waijirebei.
　　军兰　厢房　　进来

Daifu dukuayi sagebi,
　　岱夫　门　看守
Kacha durunben tali kechebei.
　　卡查　四　方　注意
Kejin zhaokere tmerebei,
　　墙　顺着　　摸

---

① bede gereti, 上屋, 即正房。
② haixi gete, 厢房。

He hede erredemo karekabei.
　各个　　本领　　显

Tangga aka halengoli erebe,
　唐　哥　穷人　　找
Enne bolende'nei ami teji aiqituo.
　这　　机会　　粮　装　拿走吧
Pengzi houlongkere teyebei,
　盆子　　口袋　　　装
Yake tegese yakei aiqituo.
　多少　装　多少　拿走吧

Xige kadega ainie're wuwei,
　大　　院　　动静　　没有
Deresi heiyin① serekerebei.
　北　风　　　呼呼刮
Saluori gege houduo xingge ku wantiyebei,
　月亮　亮　　多　　星　稀　人　睡觉
Jun haixi gere banran haixi gere oluo zhoudelejie wantiyebei.
　左　厢房　　右　　厢房　　人　做梦　　　睡觉呢

Bode getini xigere bakerege ainianriti,
　外边　房　　大的　　喊　　　动静
Huaquanlijie bakaridin geri wa'nege'nebei：
　　划拳　　　喊声　　房子　　震
"Durunben jiya naimu merei",
　　四　喜　八　马
Aregei wayinei chongkei bode sanlegebei.
　酒　味　　窗　外　　飘

---

① deresi heiyin, 北风。

Houluoyere chongkei huletuoluoji dotuori wujibei,
　手指　　窗户　　捅破　　往里　看

Gerei doutuoreini gegen dualebei.
　屋里　　里面　　亮　亮

Name nedeli xileye xilede tanlese,
　八　　仙　　桌　　地　　放

Huaili dere hangri danggei darai tanlese.
　炕　　上　　大烟　　烟袋　放

Xiredin guanriben ku suoyibei,
　桌子　　三个　　人　　坐着

Dunne suose'ni jinsimalin nuwa budun.
　中间　　坐　　地缸　　像　粗

Geilebalike xiase'ne beide eluogese,
　闪亮　　匣子　　身上　　挎了

Duru'nin wujiese liu paizhang kaowo.
　样子　　看了　刘　排长　　像

Wang bogetu yiqike emegeti,
　王　罗锅　　小　　老婆

Suolegei baranbide suoji xi'nedebei.
　左边　　右边　　坐　乐

Yiqike emege'ni liu paizhangti,
　小　老婆　刘　　排长

Kuzhu toureqipai.
　脖子　　搂着呢

"Liu paizhang xi baranken wo,
　刘　排长　你　多　　喝

Douxi xianmide durunkun sureji wukeiya.
　小妹　给你　　满　倒　　给

Ede neke choumo wo,
　现在 一个　酒杯　喝

117

Paizhang mande barake aixile.
排长　给我们　多　帮忙

"Paizhang chugei dagelegaji aiqinresenxie,
　排长　　兵　　领兵　　来了
Shaolang Daifu aidegu kechugu."
　少郎　岱夫　特别　　难搪
"Terei husugeinie bu sunsuo taoli bakeregei sunsuo,
　那个　　话　　别　听　兔子　叫　　听
Naimi kerekeiji xiandebei① ?"
　我　　怎么　　样

Gairemo sunniji hakara kuili bairebei,
　手　　伸出　　鸡　　退　抓
Amede qigeji jianjileji yidebei.
　嘴　　塞　　嚼　　吃
Jingke'ni aregei wo gerende,
　正在　　酒　喝　时候
Gennere wuwei odi daoguarese.
　忽然　　　门　　响

Odi bodere jiuruguo ku waijirebei,
　门　外　　六个　　人　进来
Nide tutiji miaoqiang bairebei:
　眼睛　睁　　枪　　拿
"Yideji woji chatentaya,
　吃着　喝着　饱了吗
Shaolang naimi youwu wule sunleta?
　少郎　把我　为什么　　不请

---

① kerekeiji xiandebei, 怎么样。

"Shaolangni wule sunlegeitan'netuoluo Shaolang yisenmen,
　少郎　　不　　请　　　　少郎　带来了
Age dude wule kunreta　taati　bodugun bodiya."
　兄　弟　不　够　对你们　算账　　算
Xigeere bakerebei "bu huduretu!
　大　　喊　　不　动
Aini tanne hudurese yinlebenhanni yiqibita!"
　谁　　动　　阎王爷　　　去

Digangzi jisimale huire gare errugubei,
　地缸子　　缸　　两　手　举起
Yiqike emegeini gaijire dere mianli wase.
　小　老婆　　地　上　瘫　摔了
Wang bogetuo xiazi taitiyebei,
　王　罗锅　匣子　拽出
Hourundun enqi gaili gaba① hakuse.
　快　　刀　手　嘎巴　　扎

Quese wujiji querekerebei,
　血　看　　惨叫
Wang bogetuo xiarukun wasi nuwa.
　王罗锅　　　墙　倒　像
Shaolang nide aiduge houreben,
　少郎　眼睛　特别　　快
Tantugelin xiazi garegabei.
　抽屉　匣子　拿出

Nege wurike anukui galegase,
　一串　钥匙　拿出
Sanggeli neeji hourugeini senmebei.
　仓房　打开　柜子　　搜

---

① gaba，嘎巴，拟声词。

Shaolang odi bode kesen bobei,
　少郎　门　外　命令　下
Guareben miaoqiang tarekeji aluli zhabei.
　　三　　枪　打　消息　告诉

Miaoqiang ainiere balegasei duode sunsedebei,
　枪　声音　柳条通　　听到
Mereiti ole ailide waijiyebei.
　马队　屯子　进来
Miaoqiang ainiere yite'regude sunsuoredebei,
　枪　声音　场院　　听见
Tairai yiregen sulu① ami benlebei.
　老百姓　　粮食　抢

Miaoqiang ainiere haixi gete waijierebei,
　枪　声　厢房　　进来
Baiweituanni oluo miaoqiangni biluogebei.
　保卫团　人　　枪　摸
Miaoqiang moguolan'ninei boluoge wuwei bolese②,
　枪　　子弹　　全部　没有了
Hourundun gairai erugeji dagebei.
　快　手　举起　投降

Miaoqiang ainiere dunrunben paotai sunsedebei,
　枪　声　四　炮台　听到
Gadigei sage ku bodegu wu bulese.
　院子　看守的 人 主意　没有
Gadigei bode gadigei doutuore wubaxiyebei,
　院子　外边　院子　里面　　乱
Miaoqiangni doutuore bodere hatage katuo.
　枪　　里面　外边　挡　难

---

① tairai yiregen sulu,老百姓。
② wuwei bolese,没有了。

Miaoqiang ainiere huanne gadige sunsedebei,
　　枪　　声　　后　　院子　　听

Kuku berenni watabei.
　　儿子　儿媳　着了慌

Achaye maderegere aibei,
　　爸爸　　怕死　　害怕

Erilegedixi miaoqiangne wukubei.
　　逼迫　　　枪　　　给

Shaolang gadigei dunne yirejie,
　少郎　　院子　中　来

Xigere husugelibei：
　大　　声讲

"Ba hanbaidaidire yisema,
我们　罕伯岱　　来了

Mini nere Shaolang.
我的 名字　少郎

"Enne wudure bi enne yiriji,
　今　天　我 这 来

Boguotuo ereji zhangni bodiya.
　罗锅　 找　账　算

Enne hou aidii mu,
　今　年 特别 不好

Keni gereigeini ami baran wulu oluo.
　谁　家　　粮食　多　不　得

"Chuguni wukuose yidige bada wu bolebei,
　租子　　交　吃 饭 没 有

Wuguli dugelede kugunti wakere wuwei.
　冬天　 度过　 棉花　衣服　没有

121

Hanleng oloude wuwei enne bie,
　穷　　人　没有　这里　有
Haoyere aku aixini oluotuo①.
　大伙　都来　沾光吧

"Ende anuku neke wureke bie,
　这　钥匙　一　串　有
Nemu hourugeini netu.
　箱子　柜子　打开
Xianline alete qigan'nine mengge,
　黄　金子　白　银子
Tuore giangchuo yilanti wakela.
　绸子　绫罗　花　衣服

"Luozi merei talase luozi merei kutuletuo,
　骡子　马　喜爱　骡子　马　牵
Gage hunni talase gaige hunni geiletuo.
　猪　羊　喜欢　猪　羊　赶
Ele haqin aminei duregen tejie aiqituo,
　各　样　粮食　满　装　拿去
Terege kuoleji durukun tetuo."
　车　套　满满　装

Shaolangni huseigei madeni,
　少郎　话　刚说完
Hesere hese nuwa bolewubolese.
　扫帚　扫　像　扫光
Yitulegudin gale talese,
　场院　火　放
Gaili yisan tenggeli tulese.
　火　光　腾格日　烧

① aixini oluotuo, 沾光吧。

Emele gadigedin nege hasuku① gaili tanlese,
　　前　院　一　把　　火　放了

Haxi geli tenggeji xige gerei tenggebei.
　厢房　　着　　正房　　着

Huaine gadegegeini nege hasuku gaili tanlise,
　　后　　院　　一　把　　火　放

Katen gale tenggeli kuoneide piareqige'nebei.
　烈　火　腾格日　空　　　噼啪响

Daifu wang bogetuyi shuoruji aiqirese,
　岱夫　王　罗锅　　落下　　拿来

Bokuoji geli tabude erugebei：
　捆绑　　房梁　　吊起

"Hanleng oli garairai yakei alesenxie,
　　穷　　人　手　多少　　杀了

Xianmi gali doutuore madegaya."
　叫你　火　中　　　杀

Guaiden wuwei gereti gale tuosite,
　　霎时间　　房子　火　点着了

Wang bogetu haretiji barekaji nege ami madelese,
　王　罗锅　　惨叫　　一个　命　死

Kuku benrenni tarekeji alese,
　儿子　媳妇　　打　死了

Liu paizhang yinlebenhande kunrexide.
　刘　排长　　阎王爷　　　到了

Tangga aka enne ailide ajie butege hese②,
　　唐　哥　这　屯子　住　　不成了

---

① nege hasuku,一把。
② butege hese,不成了。

Merei terege tuoguoji enchuoge gaijiere yiqiese.
马　车　套　　外地　地方　　去了

Hainere nekeqi allure wuwei,
后来　一直　消息　没有

Bi base duodunregen zhanaji wu xiandemei.
我 也是　往下　　唱　不　能

Shaolang Daifu alaire gase,
少郎　岱夫　屯子　出

Amotiken nanwu muren dulese.
平安　　嫩江　　过去

Bukui houtunne waireji kiureken baitere jialebei,
卜奎　城　进　　暂时　　事情　躲事

Murun jun bide murei baren biyede san.
江　东边　江　西边　好

（九）为护百姓英雄被捕

Wang hali boguoni madenlesenni,
王　姓　院　　　打破

Allure aixika galesn nuwa.
消息　翅膀　长出　像

Nekere harebu hareben zhao,
一　　十　　十　百

Eli ailigelesen eli ole ke'niebei.
越　传　越　敬仰

Shaolang Daifuyi san erregong elebei,
少郎　岱夫　好　汉子　说

Naimei zhao endili chuge bojiese elebei,
八　百　神　兵　下来　说

Tanlesen gaili guareben sunne guareben wuduri tenggese elebei,
放的　火　三　夜　三　天　着了　说

Xiangyaolin tenggeji quese ositeng elebei.
　　响窑　　着的　　血　流　　说

Shaolang gaijiere bugudin aleteng wukubei,
　少郎　　地方　　到处　　金银　　给
Shaolang gaijiere gaijiere amu wukubei,
　少郎　　地方　　地方　粮食　给
Shaolang junrunti① moku baiyinni alebei,
　少郎　　专门　　坏　百音　　杀
Shaolang junrunti xunbingni miaoqiangni benlebei.
　少郎　　专门　　巡兵　　　枪　　　抢

Alure hanbaidide kuqierese,
　消息　罕伯岱　　到来
Dagure wutaqi tuoluo② Shaolangni keniebei.
　达斡尔　老爷爷们　　　少郎　　称赞
Alure dunjun niame kuqiese,
　消息　督军　府　　到来
Dunjun nianme huoduorebei.
　督军　府里　　乱

San erugong koutunne waijireji aluli aobei,
　好汉子　　　城　　　进来　动静　要
Sunni boluosenni hanleng oli huanledinei wantebei.
　夜晚　　到　　　穷人　　炕上　　　睡觉
Hunsese chagulede waireji airege taitebei,
　饿了　　馆子　　进　　酒　喝
Eitese yilega yaowo shulebenni suobei.
　闷　　花园　　乘凉　　坐

---

① junrunti,引申为"专门"。
② wutaqi tuoluo,老爷爷们。

Shaolang koutune agedi'nei,
少郎　城　　住着
Dashuai chuage bolegeji aili yilebei.
大帅　兵　下来　屯子　来
Aili aili bole qigerebei,
乡乡都　　转
Shaolangni wujiji wule oluo.
少郎　　看　不　得到

Alebi chuage koutunne haileyebei,
官　兵　城　　回来
Shaolang ali bojierebei①.
少郎　屯子　下来了
Nemu guoli huire keqier alang merei onuo yaoyibei,
嫩江　　两岸　战　马　骑　走呢
Baiyinni alebei halenggei aixilebei nere garebei.
百音　杀　穷人　　救济　出　名

Xunjing aolese takebei,
巡警　遇到　打
Xunjing aimin qiakabei.
巡警　命　打死
Baiyin ku haleng kuyi mowujiesenei,
百音　人　穷　人　　欺压
Baiyin beigunxini madebei.
百音　大院　　遭殃

Hanleng ku jiga wubolesenni,
穷　人　钱　没有
Hanleng ku yide bada wu bulesennei amu wukubei.
穷　人　吃　饭　没有　粮食　送

---

① ali bojierebei，下乡了。

Hanleng ku Shaolangni yiregeini aidi talebei,
　　穷　人　少郎　　来　特别　喜欢
Wuqin zhanale boluoguoji Shaolangni zha'nabei.
　　乌钦　唱　编　　少郎　唱

Wugule duleji haoliere haijiese zhao yilega huanletebei,
　　冬天　过去　春天　　来　百　花　　开
Bianlure degei oli dere daodebei.
　　百灵　鸟　云上　　唱
Haore dulejie naijire ere bolese tenggere aidi haoluo,
　　春天　过去　夏天　　到了　腾格日　特别　热
Tanle kukurebei yilega huaiteleji wayi'ne sailegebei.
　　田野　绿　　花　开　味　　飘香

Sai errugong suluo wengudade yirese,
　　好　汉子　　文古达　　来
Houbulegang bolejie ose tanleyese①.
　　化装　　成草　打
Osei tanledere kaine hadeku baran,
　　草打　羊草　割　多
Waleng oluo Shaolangni aidige sainebei.
　　众　人　少郎　　特别　想

Ereti ere shanduye laixijie kaini hadebei,
　　早　晚　刀　打　羊草　　割
Hanleng akasulede aixi wukubie.
　　穷人　哥哥们　给帮忙
Wuduli halunde wopengne waireji amorebei,
　　白天　热　窝棚　进到　休息
Kuyin kuxiti bolese merei miagejibei.
　　人　有力量　了　马　　长肉

① ose tanleyese，打草的人。

127

Tenggerei heiyin oli'nin houbulegei wu mode,
　腾格日　风　云　　变化　　不　知道

Kuyi zhuoguolun jiya kuqie're wu mede.
　人　　祸　福　到来　不　知道

Kude tale ameleti gaijiere eleseixi'nei,
　草原　　吉祥　　地方　　　说

Tenggeri zhuolun bojierebei.
　腾格日　祸　　下

Bai shizhang kuyi dalegaji wuduri wuduri qigerebei,
　白　师长　　人　跟着　　天　　天　　转

Shoumukei tenggeli alege erekebei.
　暗暗　　腾格日　网　　扔

Alebi chuage hanleng age du houbelebei,
　官　　兵　　穷人　兄弟　　化装

Ose hadiyebei eleqi'nei kuyi baichayebei.
　草　　割　　说　　人　　暗访

Shaolangni olin medese,
　少郎　　一伙　知道了

Doutuonere bai shizhangne zhabei.
　暗暗地　　白　　师长　　告诉

Dashuai sunsouji ke'nuguxiebei,
　大帅　　听　　心里怀疑

Hualegei bairebei ele huarekede bu wantuo.
　土匪　　抓　说　套子　别　套住

Eremenqi ailide lin pangzi bie,
　额尔门沁　屯子　林　胖子　有

Dagulu oli jigeisese'nie.
　达斡尔人　败家子

Yiqige xigeleqi'nei alebu hayebei,
　　小　　　大　　当官　的
Kelingen duruku mo sana①.
　　肚子　满　坏 想法

"Shaolang Daifu aidige jilege②,
　　少郎　岱夫　狡猾
Hese'regere wule tage heserege wule waijire.
　　明　　不　打　明　　不　进
Baireken xuture elie waijiesenie wule medexi,
　　巴日肯　鬼　说　进来　　不　知道
Alebi chuage kaini tanleyise."
　　官　兵　羊草　甸子

Alebi chuage tairai yiregen houbulebei,
　　官　兵　老　百姓　　装成
Houbilegang ku boleji kiani hadabei.
　　化装　　成 人 羊草　割
Alebi chuage maima ku houbulebei,
　　官　兵　买卖人　　变
Elige terige geileji arigen saitangne durubei.
　　毛驴 车　赶　酒　糖　　卖

Alebi chuage merei panzi houbulebei,
　　官　兵　马　贩子　装成
Kaini wopeng waijiji amorebei.
　　羊草　窝棚　进来　休息
Alebi chuage gureleku houbulebei,
　　官　兵　猎人　　装成
Merei ouni zhuli jialebei.
　　马　骑　黄羊　追

---

① mo sana,坏想法,坏心眼。
② aidige jilege,狡猾。

Ma shizhang suojie kuyi jialebei,
　白　师长　坐着　人　使唤
Shoumukuyere houreji Shaolangni bairebei.
　暗中　　包围　少郎　　抓
Shaolang Daifu sannayin salebare,
　少郎　岱夫　心里　　粗
Amelege bodese keqie wuwei.
　休息　只顾　注意　没有

Ende ariku hanleng oluo,
　这　都是　穷人　们
Hunni aduote gusekeye waijiegei meten wuwei.
　羊　群　狼　来　知道　没有
Shaolang Daifu amoreyase,
　少郎　岱夫　正休息
Dere daore ku bakebei hourundun mani daga!
　大　声　人　喊　快　我们　跟着

"Shaolang Daifu hourundun gaiqire,
　少郎　岱夫　快　　出来
Wutaqi zhuoguose aishuwie.
　爷爷　费事　不好
Ede miaoqiang takeji alebikuyi aleqin,
　现在　枪　打　官兵　杀
Tani boluku tenggeri galegabei."
　你们　都　腾格日　出（上）

Junde sumuye tukubei,
　军德　子弹　推
Daifu miaoqiangne bairebei.
　岱夫　枪　拿

Age dunure kediji hesei sunsubei,
　兄弟们　　卧着 命令　　听

Weili oluo aiji walebei.
　干活　人　害怕　哭

"Mini wugudemin baite wuwei,
　　我　死的话　事　没有

Emege kukumini aji xiadebiya?"
　老婆　孩子我的 生活　　能行吗

"Mini moqi boleseimi,
　我的　坏　有了

Acha owomini aini tejiebei?"
　爸爸　妈妈　谁　养

Shaolangni sannayenie jiulerebei,
　少郎　　心里　　软了

Waleng oli moguoji wule boluo.
　众人　　难处　　不　行

Shaolang yide qide qigerebei,
　少郎　　这　那　转

Wopengni zhaogelaji bede wujibei.
　窝棚　　扒开　外面　看

Houlu warai wujieqinei bolugu taran yiregen,
　远　近　看　都　老百姓

Tanrai yiregen yougu miaoqiang bairebei?
　老百姓　　为啥　枪　抓

"Bi aidigu buguaresenmen!"
　我　特别　　粗心

Shaolang sanna douture aidigu aosalebei：
　少郎　心　里　特别　犯愁

"Ede daokure daokure houreteng,
　现在　　层　　层　　被包围了
Alebi chuage tairai yiregetin houkurexite.
　官　兵　　老百姓　　　　混合
Enne wuduli alanni kere takebai?
　今　　天　　战场　怎么　　打
Shaolang Daifuyi zhurugei'ng tuxibei.
　少郎　　岱夫　　心　　　　跳

"Sannade yangtuolege galeye elegede,
　心里　　　拼命　　出去　　说
"Heke wannege yamere baite bie.
　头　　掉　　有什么　事　　有
Yimere bolese huire heregen hougureqibei,
　这样的话　　两　方　　　　混合
Kene kene wu mede miaoqiang kene takebei?
哪里 哪里 不 知道　　枪　　哪里 打

"Garesen suomu nide wuwei,
　射出　子弹　眼睛　没有
Kaini oluo houru oluobei.
　打草的人　伤　　得
Hanleng oli houru olesennei naimide suitie,
　穷　人　伤　　得　　我　罪
Tumu jielegeite① turugong wu boluo."
　万万　　不能　　盲从　不　行

Alebi chuage gusege bunigei nuwa bakerebei：
　官　兵　狼　　嚎　　像　　　喊
"Tarekeyemixie dageyemixie?
　　是战呢　　是投降呢

---

① tumu jielegeite,万万不能。

Shaolang wunun san erugongxi,
　少郎　真是　好　　汉子

Gaiqireji husugunlie!"
　出来　　说话

Shaolang aoleken'ne agu xiaterebei：
　少郎　　肺子　都　　炸

"Alebi chuagesuoluo saba wuweita,
　官　　兵　　猖狂　太

Hanleng age dusuoluo wule bodugeayese,
　穷人　兄　弟们　　不　　算计

Bi tani yilebenhande aoliqigeasemen!"
　我 你们　阎王爷　　　见了

Shaolang junrenti zhoulun tuguli arekuya,
　少郎　有决心　灾难　　路　　走

Daifuye ereji hebuxiebei：
　岱夫　找　　商量

"Alebi chuage baiden huire touluo yiresen,
　官　　兵　咱们　两个　　来

Takeqiese quesei zhuogulun garebei.
　打仗　　血　灾难　　出

"Bade houyueluo san erugong agese,
　咱们　两个　好　汉子　　在

Wanleng oli bu moguoya.
　众　人 别　受冤枉

Bade houyueluo beiye abuqiya,
　咱们　两个　　身　交代

Alebi chuagesuoluo miaoqiang wule tage.
　官　　兵　　　枪　　不　打

那音太乌钦曲目

133

"Alebi chuagei turugule neji wukusennei,
　　官　　兵　　　路　　打开　给的话
Wanleng oluo gareji yaotegai.
　　众　　人　　出去　　走
Bade age du wugude yamere baitebie,
　咱们　兄　弟　死的话　有什么　　事
Tounukuo alukeiji galeya.
　　直　　迈出　出去

"Aka dounesuru amereti yaotugai,
　兄　　弟们　　安全　　走吧
Hanleng age dusuru houru bu oletugai.
　穷人　兄　弟　　伤别　　得到
Bukui houtunne yiqijie wu dashuaide aqileqiya,
　卜奎　城　　去　吴　大帅　　　串门
Baden huire age duyi kerekeiji xiadebei?
　咱们　俩　兄　弟　怎么办　　　会

"Heke wan'nege touluoya chachuoguo eleden nuwa balade,
　　头　　　掉的　　　　碗　　坏　像　那样吧
Zhuiruguna houkuoji xile baiqilaya!"
　　心　　挖　汤　熬汤
Daifu bolebei bolebei elebei,
　岱夫　好　　好　　说
Wanleng aka dounere nide jiumusunre hongkurebei.
　大家　哥哥　弟弟们　眼睛　　泪水　　　流泪

Shaolang Daifu odi bode gaiqirejie,
　少郎　岱夫　门　外　　到了
Huire gairere xiazi miaoqiangne bairese.
　两　手　匣子　　枪　　拿
Alebi qilegesuoluo getegun sunsetuo:
　官兵们　　　清楚　　听

"Ba　huiyueluo Daifu Shaolangba.
　我们　两个　岱夫　少郎

"Shaolang Daifu san erugong,
　少郎　岱夫　好　汉子

Miaoqiang suomi eruchuye galegelin wule aiye.
　枪　子弹　胸膛　穿　不　怕

Aile wuwei mani wule takenta,
　不　敢 我们 不　打

Mani alese zha'na apoji wu xiandeta.
　我们　死　仗　交代 不　能

"Mane houyueuo aiminu baireye eli sannase,
　我们　两个　活　捉　说　想的话

Neke husugeima alibita.
　一　句话　接受

Bixin kuyi bole yaolega,
　别　人　都　走

Ba　houyueluo housen garairai① bokuorediya.
　我们　两个　束手　绑

Kuye　mane　wule taleqin,
　人　我们的　不　放的话

Quesere alaji miaoqiangne tuoluoqiya."
　血　杀　枪　对着

"Shaolang wunu husugelibei?"
　少郎　真的　话

"Bobugu boru husugulibei!
　狗熊　乱　话

---

① housen garairai,束手。

"Erugong bi husude kurupei,
　汉子　我　话　到

San erugong san baiti da'nabei!"
　好　汉子　好事　当

"Bi kuyi bole tanli yaolegaya!"
　我　人　都　放　走

"Miaoqiang bu tarege kuyi houru bu'oluga!"
　枪　不　放　人　伤　不得

"Ede bi turuguli nege hesen bolegeya!"
　现在 我　路　一个　命令　下

"Kuyi yaowasen houyuele bokuodiya!"
　人　走　俩　绑

Waleng ku nidi jiumusuoru chuolegaji heileqi yaoyibie,
　众　人　眼睛　泪水　淌下　分别　走呢

Shaolang Daifu miaoqiangne erekese.
　少郎　岱夫　枪　扔

（十）火烧芦苇塘

Taali duruku geiluoqie heke namekese,
　田野　满　黄花　头　低

Tengreri derei bianlure daodege hese.
　腾格日　上面　百灵　唱　停止

Daguli oli san erugong,
　达斡尔人　好　汉子

Ede xi hane bita?
　现在 你 哪里 去

Erugong emugong Shaolangne niarebei,
　男人　女人　少郎　留恋

Saireti zhaluoti Daifuye dousuobei.
　老　少　岱夫　叨念

Tenggeri barekende jianbulebei,
　腾格日　巴日肯　　　祈祷

Kujie xitaji kereteji murugebei.
　香　　点　卧倒　　磕头

Shaolang Daifu san erugong,
　少郎　岱夫　好　汉子

Dujun niameni daixiese.
　督军　府　　闹

Tarekede taibudegere wule aiye,
　打　　挨打　　不　害怕

Ele zhabuni antese dulese.
　各　刑　　尝　过

Suoreti nimayere chugutulugese,
　皮　　鞭　　狠狠抽

Beiyi duruku qirati.
　身子　都　伤

Hulan kasuoyere guaiyinne chuorongtase,
　红　　铁　　大腿　　穿透

Beiyi qigaiyinei quese querebei.
　身子　伤痕　血　流淌

Hunni areisei echudini qiwadaji,
　羊　皮　　胸　贴

Herekeji tanteji wannabei.
　拉　　拽　　掉下

Miageinei dageji bojierebei,
　肉　　跟着　掉下来

Kataqi osui qiaqibei.
　盐　水　泼身

那音太乌钦曲目

Shaolang Daifu xide zhuobei,
　少郎　岱夫　牙　咬

Zhabune wule aleng sannayinei gangne katuo.
　口供　不　应　心　钢　硬

Beideredijie suojie handemen danggei taitebei,
　受刑　坐着　哈德门　烟　抽

Gerete suogei nuwa alebi tagei ailegabei.
　家　坐　像　官府 大堂　吓唬

Shaolang Daifu wunu san erugong,
　少郎　岱夫　真的　好　汉子

Dashuai douturu sanbei：
　大帅　心里　想

"Wu wu naimi dagei yaowosei,
　呜　呜　我　跟着　走的话

Wu wu bi yingzhang bolegepei.
　呜　呜我　营长　成

"Wu wu ma hali emegeni aimi aoge xutuguli nuwa,
　呜　呜 马 姓　老婆　命 要　鬼　像

Wu wu Shaolangni ami dalegabei elebei.
　呜　呜　少郎　命　偿命　说

Wu wu bi alege aiduge hailipei,
　呜　呜我　杀　特别　舍不得

Wu wu douluo houni tuxing galegaji houlesen duode yiqigeya."
　呜　呜　七　年　徒刑　出来　芦苇塘　去吧

Shaolang Daifu houlesen hadebei,
　少郎　岱夫　芦苇　割

Gaile kunle houlegeti.
　手　脚　锁链

Aolere heilesen bara degeiyere chuguolesen galuo,
　山　离　虎　鸟　离　大雁

Shaolang Daifu gensenlin abei.
　少郎　岱夫　凄凉　　住

"Age dunurumi,
　　兄弟们
Geretin kere ayebei?"
　家里　怎么　过呢
San erugong paponi dagebei sanna wu dage,
　好　汉子　法　　跟着　心　不　服
San erugong kerede houlesen duode hourudebei.
　好　汉子　怎能　芦苇　　塘　　被困

Xiwa tegelite deredetuo,
　鹰　腾格日　　飞
Bara aolide haretuo.
　虎　山　　回去
Shaolang Daifu bodougun sannebei,
　少郎　岱夫　主意　　想
Kere keigese houlesei douyere garebei.
　怎么样　　芦苇　　荡　　出去

Hala wusu housei duo,
　哈拉 乌苏　苇　塘
Zhao xulu xigee gaijire.
　百　多　大　地方
Hainere heisibei houlesi longmoliebei,
　北　　风　　芦苇　　晃动
Turugu enqiere houlesen wannabei.
　推　　刀　　芦苇　　倒

139

Zhao xulu mogong age du① hun'nere weilebei,
　百　多　　难友　　　重的　活
Houlesi haderedebei getesi qiagerebei.
　芦苇　　割断　　　肠子　断了
Xunjing dageji sagebei,
　巡警　跟着　守着
Heli nougou hunni saigei nuwa.
　野狗　　羊　守着　像

Gujieye aqia owoyi wukesen miage,
　可怜　爸爸 妈妈　给的　　肉
Houluogude xingkeredixi quesi chuorebei.
　镣铐　　　摩擦　　血　流
Xunjing danle gaijili② erebei,
　巡警　背风　处　　找
Miaoqiangne toureji narei xielebei.
　　枪　　抱着 太阳　晒

Mogun age du weile keiji zhouguobei,
　难　友　活 干　累
Beide wareke wuwie kelede amu wuwei.
　身　衣服　没有　肚子 粮食　没有
Beiyi duruku qirati,
　身子　满　伤痕
Aoleti gala erechuyi durukuo.
　怒　火　胸膛　满

Mogun age du huasen tuleyi nuwa,
　难　友　　干　柴　像
Gali wujinkei lurigubei.
　火　见　　容易燃

---

① mogong age du, 难友。
② danle gaijili, 背风处。

Shaolang Daifu jiurunu toutuobei,
　少郎　岱夫　决心　　定
Galeti　gabuxiji　houlesei duoyi tenggeya.
　火　火上加火　芦苇　塘　　着

Wunuru beiti xunjing,
　高个　身材　巡警
Nailiken xialegeli nuwa oretuo.
　细　　竿子　像　长
Beide anukei eluokeyabei,
　身子　钥匙　　挂上
Xunguan li haleti paizhang.
　巡警　李姓　　排长

Qiabisen xianre'nei chasere qigan,
　白色　　脸　　纸　　白
Nidinei luogutiji niusen chuorubei.
　眼睛　眼屎　鼻涕　流
Enxin agese hale dang'ng eleyebei,
　这　真是　　大烟　　找
Egenmailese① ele ebuxieyebei.
　　　　　说　　骂

Shaolang ere tuosuolie baisebei,
　少郎　时机到了　　乐
Orukuoqi babei eli saibei hongkuobei.
　假装　大便　鞋　　掏
Nege hareqi hanggei danggei galegase,
　一　个　　块　大烟　拿出
Wutaqi antiji wujie.
　爷爷　尝尝　看

---

① egenmailese，骂人语。

Xianlegeli nuwa xunguan xinedebei：
　　竹竿　　像　巡官　　乐

"Shaolang Daifu houyeleta?
　　少郎　岱夫　哥俩

Qikere sunsehu nidere wuxiten wule dengge，
　　耳　　闻　眼睛　看　　不　赶上

Ta　wunu katuo erugongta."
你们　真是　坚强　　汉子

"Xianmi wutaqi hundere wujiya，
　　你们　爷爷　　高　　看

Age du nuwa zhuogeleqiya.
　　兄 弟　像　　　投缘

Nege age du tannese shulu nege turugulu，
　　一个　兄 弟　认识　　多　一个　　路

Yamere moguntita bi aixileya!"
　　什么　　困难　我　帮忙

Huirede muda dangga wukubei，
　　　第二次　　　烟　　送

Shaolang Daifude zhayebei：
　　少郎　岱夫　　告诉

"Weili kegese daobu kuqieretuo，
　　活　　干　不要　　使力气

Qianggelese suoji naren xieletuo."
　　累的话　坐着　太阳　　晒

Guanrebudere mudan dangga wukuwibei，
　　　第三次　　　　烟　　　送

Husuguliebei xinediyebei.
　　　说呢　　　笑呢

Durubude mudan dangga wukuqibei,
　　第四次　　烟　　送

Guanreben ku negedere airege tatebei.
　　三个　人　一块　酒　喝

Gaireini aleji chuomoye pengnereqibei,
　　手　解开　酒杯　　碰

Kunlin aileji gujieni husugeliebei.
　　脚　解开　可怜　说话

Kuitunnere xi'nedebei,
　　冷　　笑

Hare dnaggei kuqi ertonggong.
　　大　烟炮　力量　强

Tere wudure tenggeri gege heiyin etegong,
　那　天　腾格日　晴　风　特别大

Guanreben ku gerei huseku husulebei.
　　三个　人家　话　说话

San airege li xunguanni suotuoresen,
　　好　酒　李　巡官　　灌醉

Beiyin chaken huyase.
　　身子　紧紧　绑了

Zhuogexide age duye,
　　投缘　兄弟

Li xunguanni alesen wuwei.
　李　巡官　杀　没有

Amigei duruku buli qigese,
　　嘴　满　布　塞

Shaolang li xunguanni miaoqiangni tante.
　　少郎　李　巡官　　枪　　拽

那音太鸟钦曲目

143

Ddaifu annekui baireji guijibei,
　岱夫　钥匙　拿着　跑
Mogong'oli houlugeng'ng alebei.
　难友　镣铐　打开
Xunguanni tebukere nuguni hongkubei,
　巡官　兜里　火镰　掏
Shaolang gale taleji housei duoyi tengkebei.
　少郎　火　放　苇塘　放

Xige gala lulegeji tenggebei,
　大　火　点　着
Hanronggai huta narei hase.
　黑　烟　太阳　遮挡
Tenggesi gala moderun nuwa soule laixibei,
　着　火　龙　像　尾　甩
Gaili ainiere kurechu'nebei.
　火　声音　旺

Keden zhuo mogun age du bakerebei,
　多少　百　难　友　喊
Kiuren erete① enne gaijiere paiqiugurese.
　瞬间　这　地方　乱了
Xunjing aiji chong'guleji milekubei,
　巡警　待着　滚　爬
Hourugu gaijiere wule oluo.
　藏　地方　没有　得到

Shaolang Daifu haha xinedebei,
　少郎　岱夫　哈哈　笑
Gaili wujiejie baiseibei.
　火　看　高兴

---

① kiuren erete，瞬间。

Xige gala gasuguni geituolebei,
　　大　火　灾难　　解脱

Xige gala ganliao nonggou gusigeyi tenggese.
　　大　火　疯　狗　　狼　　着

Enne wudure etugu baran aolete haileyebei,
　　这天　　猛　虎　山　　回

Enne wudure kurexin xiwa derediyebei.
　　这天　　　雄鹰　　飞

Neye niye zha'naya,
呢呀 呢呀　唱呢

Shaolang Daifu houlesen duyere galese.
　　少郎　岱夫　芦苇　　塘　出去

Bare aolede hairese ele doukexi bolebei,
　　虎　山　回去　更　凶　　了

Kurexi xiwa aixiga galese douruoguoruo dedebei.
　　雄鹰　　翅膀　拿出　　任意　　　飞

Huayase tairai huali olese,
　　干旱　土地　雨　得

Hanleng oluo Shaolangni sanneyebei.
　　穷　　人　　少郎　　　想

Shaolang waleng oluo aolise,
　　少郎　　众　人　见面

Merei katelaji miaoqiangni meleji ailede haileyebei.
　　马　跑　　枪　　背　家乡　　回

Neme guoli huire keqin ng'gele,
　　嫩江　　两　岸　　宽

Osuo osuo queruguji osuibei.
　　水　水　带声　　飘

145

Kene baideni gaijierenaini san wule ele,
谁　咱们　　地方　　好　不　说

Saiken baiyinti eluntin gaijire.
好　富有　富饶　地方

Zhure bokei zhaleji wule bare,
獐狍　野鹿　追　不　完

Hukure hounei tanle duruku.
牛　羊　放　满

Hanleng oluo Shaolangti sannaya hourububei,
穷　人　少郎　想　　心连心

Nanwen muli osui oretuo.
嫩江　水　长

Aili oluo aixili kuye wule marete,
屯子人　帮助的　人　不　忘记

Zha'nage garegaji Shaolangni zhanabei.
唱　出　少郎　唱

Huainare kerebose eli hasugetanne,
后来　怎么样　说　你们的话

Medegemini echuoge zhanaji wu xiandemei.
我知道　少　唱　不　会

Ku aku Shaolangni aleteng elebei,
人　都　少郎　杀　说

Hekeini houtun dukua dere ereguoreteng elebei.
头　城　大门　上　挂　说

Ku aku Shaolangni aminuo elebei,
人　都　少郎　活　说

Baiyinni aleji hanlengei aixileji meregenni yixide elebei.
富　杀　穷人　闹　嫩江　去　说

Ku aku Shaolangni aolede wasen elebei,
人　都　少郎　山　进　说

Jidendawa gareji gusekeyi tarekeyebei.
　兴安岭　　上去　　狼　　　打

Waleng ku egun husegeinei bi getekun zha'na wu xiandemai,
　众　人　传说　　话　我　清楚　唱　不　会
Waleng oluo naimi guobutuo.
　众　人　我　原谅
Dunlegesen zhanalege getegong exitemen,
　　过的　　　唱　　清楚　　记得
Shaolang sannademi aminuo ayibei.
　少郎　我的心里　活着　　在呢

Alexian aregei qianqilayebei,
　美　酒　　弹
Yanmi tuoluo zhanayepei.
　为　　他　　唱
Shaolang Daifu san erugong,
　少郎　岱夫　好　汉子
Nige'ne sainademini aminuo ayebei!
　永远　　心里　　活　　在呢

【译文】

（一）老西子欺百姓

过去的扎恩达勒，
罕伯岱屯传出来。
过去流传的故事，
一代一代讲不完。

罕伯岱出来的故事，
达斡尔屯子传遍了。

莫日登哈拉好小伙，
少郎和岱夫出名了。

特别黑暗的年代，
黑暗年月特别长。
十几岁那年开始，
给嘎新达放牛羊。

穷人家没有酸奶，
烧开库木勒填肚子。
穷人家没有稷子米，
糠麸团团抵干粮。

少郎岱夫特遭难，
度过困苦累活年。
破房子怕漏雨，
穷人们怕阎王。

腊八月天更冷，
老西子来逼债。
老西子像狼样狠，
像阎王爷鬼一样。

老西子张开铺子，
啃吃屯里穷人们。
老西子狠心汉人，
暗暗勾结嘎新达。

和嘎新达拜把子，
焚香磕头称兄弟。

老西子妹夫督军府当官,
卜奎城里做师长。

他们的黑心一样,
他们的黑肠一样。
铺子犹如摇钱树,
穷人百姓来遭殃。

拿来卜奎高粱酒,
拿来富拉尔基麻花,
拿来糖果哄小孩,
拿来头绳哄姑娘。

种地拿来铁铧子,
打鱼拿来丝渔网。
达斡尔人爱喝酒,
老西子一坛坛拿。

装上一斤酒,
到家变八两。
装上一斤油,
一半变饭汤。

好酒送给嘎新达,
穷人喝酒有水浆。
好东西送给嘎新达,
穷人账簿狠记账。

三人喝上二斤酒,
记上三人各三斤。

老西子让人糊涂，
记上每人二斤酒。

可怜达斡尔没文字，
狠心老西子记黑账。
明知他记的是黑账，
嘎新达爷爷却帮腔。

少郎岱夫来到铺子，
老西子拿酒特高兴。
直说和嘎新达是兄弟，
孙子辈们喝酒来品尝。

想吃什么买什么，
想用什么买什么。
想吃麻花爷爷拿，
想喝酒来爷爷烫。

手里没钱没关系，
爷爷给你们记上账。
何时还上何时还，
爷爷把你们不欺骗。

兄弟两人喝了酒，
壮了胆子心头热。
欠了一笔阎王债，
越欠越多还不上。

夏秋过去冬天冷，
腊月二十三送灶王。

扛活一年空手回,
老西子敲门来要账。

横眉立眼进屋来,
账本扔向四面八方。
"欠了一百八十吊,
何时才能还上账?"

少郎赶忙求爷爷:
"爷爷爷爷好好听,
我欠账没有那么多,
是不是记错了我的账?"

"吃了我的麻花,
吃了我的糖,
喝了我的高粱酒,
没有记过此黑账。"

少郎岱夫求爷爷:
"爷爷,我们多可怜,
扛活一年没得钱,
再等几天能还上。"

一阵算盘珠子打,
"没钱用何来抵账?"
"家里没有值钱物,
只是光炕和破锅。"

"后面窗外灰毛驴,
炕上还有二斗粮,

全部合钱交给我,
全都给你爷爷吧!

欠下的钱以后还,
少郎岱夫怎么样?"
"拿走毛驴我断了腿,
拿走粮食我没了命。"

老西子瞪眼往外走,
解开钢绳乐开怀:
"黑驴可以驾车辕,
灰驴能够拉帮套。"

牵着毛驴要出去,
岱夫上前来阻挡:
"快快留下我毛驴,
大天白日竟敢抢。"

老西子推倒岱夫,
大摇大摆往外走。
岱夫把脚一甩出,
老西子朝一边倒。

一条钢绳两人抢,
一头毛驴两人拽。
老西子来打岱夫,
少郎横过来阻挡。

少郎来把弟弟劝:
"岱夫请听我一言,

一头毛驴算什么,
谁让咱欠人家账。"

老西子牵驴往外走,
岱夫咬牙万愤恨。
少郎心情如刀绞,
三九严寒下风雪。

嘎新达门前放光彩,
小铺门前鞭炮响。
少郎岱夫屋里坐,
捧着饭碗喝稀汤。

门槛外面有哭声,
哭天喊地好凄凉。
听声好像冬格勒①,
年迈善良我大娘。

少郎岱夫到下槛,
气坏岱夫和少郎。
老西子行凶霸道,
举着木棍打大娘。

门后孙子有哭声,
媳妇吓得身哆嗦。
苦苦哀求没有用,
心如豺狼猛发疯。

---

① 冬格勒,是冬格勒大娘。

"背着孙子去小铺,
又赊麻花又赊糖。
说我多给记了账,
诬赖爷爷不应当。"

"今天不给我的钱,
扒你身上这衣裳。
今天你不还此账,
登高扒你这草房。"

大娘身上在流血,
白雪出现血红色。
胆大的岱夫一看,
怒火胸膛烧又烧。

"牵我毛驴我不恼,
打我大娘不答应。
不撵走这老西子,
不是达斡尔好儿郎!"

岱夫愤恨蹿上去,
拽倒凶狠老西子,
揪住辫子踩又踩,
老西子喊疼直叫娘。

"少郎岱夫好大胆,
爷爷我告你们状。
嘎新达爷爷要知道,
你们家里全遭殃。"

"嘎新达爷爷管不了,
找我姐夫马师长。"
少郎一旁没有话,
大娘害怕搭了腔:

"岱夫岱夫快放手,
不要为我惹祸殃。"
岱夫好像没听见,
一拳一拳腰上打。

老西子趁机爬起来,
捡起毡帽戴头上。
脸上血污没顾擦,
抱头鼠窜跑掉了。

一边跑着还嚎叫,
一边跑着还嘟囔:
"少郎岱夫等着吧,
爷爷叫你们见阎王!"

"我到城里告你们,
姐夫能为我做主,
让你们去坐牢房,
你们不要太猖狂。"

(二)岱夫寻枪马

兄弟两人回到家,
前前后后想一想。
少郎来把岱夫问:
"弟弟我们怎么办?"

"天亮就要灾祸到,
岱夫你把灾祸闯。
灾祸怎么躲过去,
逢凶能够化吉吗?"

"岱夫生来不怕死,
怕死不是男儿郎。
即使死了也要拼,
塌天大祸我不怕。"

"罕伯岱呀我家乡,
穷人为啥没福享。
年年劳苦年年累,
穷人为啥没钱粮。"

弟弟岱夫猛如虎,
哥哥少郎智谋广。
兄弟二人细商量,
少郎岱夫愁断肠。

点燃"猪耳朵"油灯,
照得屋里亮堂堂。
少郎岱夫年轻人,
达斡尔人好儿郎。

刘老西子真可恨,
肚子仇恨记住了。

波阔①木头拿上手，
风雪扑面分外凉。

岱夫出了屯，
冒雪过山岗。
快到洪河屯，
借点粮食吃。

岱夫到了叔叔家，
叔家大门有楔子。
三条横棍在前面，
三条横棍把岱夫挡。

岱夫门外大声喊，
四条大狗狂咬叫。
大狗围着岱夫咬，
岱夫气得脸发青。

图杰布日守大院，
大狗不断在咬叫。
急急忙忙跑出去，
"晚上谁在乱喊叫？"

"我是罕伯岱的岱夫，
看望叔叔和婶婶。"
岱夫进屋举目看，
婶婶坐在南炕上。

---

① 波阔，曲棍球。

婶子来把岱夫看,
急急忙忙下地来:
"过年东西可备好,
少郎哥哥怎么样?"

婶子眼睛太不好,
拉过岱夫仔细问。
摸脸感觉好可怜,
脸上怎么这冰冷?

"今天晚上雪太大,
路上恶狼没怕吗?
身子怎么这发抖?
快快烫酒喝两口。

"暖暖身子就会好,
热热乎乎喝一场!"
一串钥匙给岱夫,
"孩子你到仓房取:

"'巴仁达勒'①拿一块,
稷子米舀一下,
酸菜粉条也拿来,
把那好菜炒一炒。"

娘俩对坐喝起来,
喝起热热的美酒。
婶子越喝越高兴,

---

① 巴仁达勒,猪的肩胛骨。

心里话都说出来。

千言万语说出来，
什么事都论起来：
"你妈在世与我好，
情同手足没两样。

"你妈妈没过好日子，
一辈子挨累生活着。
我的孩子多可怜，
快给婶子倒盅酒。"

一盅两盅给倒上，
三盅四盅来喝上。
岱夫喝半盅，
婶子接连倒。

婶子接连喝八盅，
岱夫半两没喝上。
醉酒的婶子连着喝，
清醒的岱夫等待着。

"今晚叔叔没在家，
我得快快想办法。"
在柜子后面，
看到了长枪。

岱夫见枪心高兴，
浑身上下添虎劲。
有它什么也不怕，

那音太鸟钦曲目

岱夫心里壮了胆。

岱夫接连来敬酒，
婶子醉倒南炕上。
老婶子你好好睡，
岱夫跳到北炕上。

柜子下面摸子弹，
柜子后面拿出枪。
背上长枪挎子弹，
分外精神英雄样。

掏出婶子钥匙来，
岱夫倒柜又翻箱。
看到箱里红绸子，
红绸盒子枪拿出来。

里面也有子弹袋，
两百子弹里边装。
岱夫小枪腰上插，
又把大枪肩上背。

手里有这两支枪，
老西子仇恨就能报。
抓住手里两支枪，
嫩江边上闯一闯。

岱夫大声叫婶子：
"婶子睡觉别着凉！"
老人枕头给枕好，

拉过被子盖身上。

"孩子拿走两支枪,
叔叔婶子别生气。
你的孩子没走错路,
这口气实在难平息。"

岱夫来到马圈里,
专挑好马解绳缰。
"叔叔婶子别生气,
明借你们准不让。"

黄骠好马高六尺,
拴在西窗马桩上。
又挑一匹枣红马,
马鞍缰绳全配上。

岱夫牵着两匹马,
来到前院大门旁。
图杰布日大叔急忙问:
"黑夜牵马去何方?"

"你是一个外姓人,
孟家事情别参与。
婶子叫我去接叔,
叔叔白天去卖粮。

"现在世道这么乱,
路上土匪又很多。
今晚就要接回来,

万万不能误时光。"

笨手笨脚老更佰,
横棍木头拉一旁。
岱夫上马冲出去,
扬鞭催马向前方。

(三)火烧老西子

好像老鹰空中飞,
好像猛虎下山来。
一口气跑回罕伯岱,
骏马拴在马桩子上。

怄气的哥哥在睡觉,
喜事的弟弟正高兴。
少郎哥哥在睡觉,
岱夫跑进屋里来。

岱夫进屋抬头看,
哥哥炕上在睡觉。
手持短枪喊哥哥,
开言透语把话讲:

"你还在家睡大觉,
快快醒来好商量。"
"弟弟你到哪去了?
半夜回家莫嚷嚷。"

"弟弟想出一条路,
一条新路咱俩闯。"

"什么新路你快说，
哥哥和你共存亡！"

"我们有了两匹马，
我们有了两支枪。
别人不会再欺压，
报仇雪恨要飞翔。

"哥哥是否跟我去？
咱俩一起飞远方，
你若不去报仇恨，
我先给你来一枪！"

"枪马你从哪里得？"
"婶子借给马和枪，
马也快啊枪也好，
好马快枪配成双！"

少郎连说好好好，
"跟着弟弟干一场！"
哥哥理解弟岱夫，
不嫌弟弟鲁莽撞。

少郎岱夫像雄鹰，
万里长空要飞翔。
少郎岱夫像猛虎，
辽阔大地任驰骋。

扔了那破烂的房，
走出那贫穷的家。

两匹骏马飞出村,
英雄胆壮抖绳缰。

骑马在甸子上跑,
飞奔岗跟①道路上。
岗跟后面听歌声,
达斡尔人拉草忙。

"百音"②家的勒勒车,
一人赶着三辆车。
为了养活老婆孩,
顶风冒雪慢慢行。

"可怜的穷苦人家,
惊动他们不应当。"
少郎岱夫心有数,
专门来等老西子。

少郎岱夫树下坐,
骏马拴在树身上。
少郎岱夫抽着烟,
眼看腾格日③亮起来。

忽听远方车轮响,
少郎岱夫拿起枪。
"咔嚓"一声上子弹,
扣灭烟袋上土岗。

---

① 飞奔岗跟,地名。
② 百音,财主。
③ 腾格日,天。

忽听远方传歌声，
老西子把曲子唱：
"天的地方哼一哼，
好好的哥哥想一想。"

老西子驴车赶过来，
前仰后合正高兴：
"快快回到罕伯岱，
好好坐着把酒喝！"

他在城里办来货，
一笔钱财柜里装。
他在城里告了状，
妹夫答应抓少郎。

老西子心里正高兴，
忽听路旁有声响。
两个人影蹿过来，
老西子一见心发慌。

"难道胡子敢抢我，
怕他们没有这胆量。
也许胡子胆包天，
不知我妹夫是师长？"

老西子正在发怔时，
岱夫少郎走过来。
两座铁塔车前站，
手里端着长短枪。

那音太乌钦曲目

老西子吓得滚下车,
扑通跪在雪地上。
岱夫举枪就搂火,
只听"当"的一声响。

多亏少郎托手腕,
老西子脑壳没受伤。
头上毡帽穿了个眼,
老西子心里惊一下。

"头一颗子弹莫伤人,
我们年轻路还长。
我们枪口多洁净,
老西子血太肮脏。"

少郎说完这番话,
岱夫后面收起枪。
老西子磕头如捣蒜,
浑身上下筛了糠。

"你们要钱给你钱,
你们要粮给你粮。
要喝烧酒车上有,
要吃甜的有砂糖。

"如若要穿大皮袄,
我脱下给你们穿。
昨晚牵你灰毛驴,
这事办得不应当。

"我跟你本家爷是兄弟,
看爷爷面子把我放。
写信告诉我妹夫,
你们都当营排长。"

岱夫气得眼瞪圆,
推倒老西子踩脊梁。
少郎车上解开绳,
把他绑在车轱辘上。

棉花蘸豆油,
拴在驴尾巴上。
着急点着火,
毛驴屁股燃。

少郎岱夫哈哈笑,
一口冤气出胸膛:
"欺压穷人的坏人,
快去见见老阎王!"

驴快车快火势猛,
一团火光过岗子。
老西子可遭了罪,
像狼一样在嚎叫。

头脚颠倒随轮转,
靴帽年货全丢光。
头破血流要断气,
火势扩大上车厢。

多亏毛驴记得路,
冲进院里撞南墙。
孩子老婆吓怕了,
这是什么鬼在闹腾?

快找刀子割断绳,
老西子爸爸炕上抬。
身上盖了两床被,
老婆哭喊在一旁。

快要咽气的老西子,
喊叫老婆和孩子:
"少郎岱夫害了我,
这个仇恨可别忘。"

话没说完断了气,
天下少了一条狼。
小脚女人哭皇天,
嘎新达那里去告状:

"你的弟弟他死了,
你的弟弟太冤枉。
少郎岱夫特别狠,
这事你可记心上。

"为你弟弟要报仇,
去找我妹夫马师长。
抓住少郎和岱夫,
剁成肉泥和肉酱。

"少郎是你家孙子，
岱夫是你败家子。
你要护短我不让，
咱俩去见马师长。"

（四）枪杀马师长

小脚女人和嘎新达，
进城去找马师长。
马师长进到督军府，
吴大舌头开了腔：

"唔唔反了真反了，
唔唔土匪真太坏，
唔唔给你三百兵，
去抓岱夫和少郎。"

放了三声出征炮，
吹起九音军号响。
大兵直奔罕伯岱，
一路百姓遭了殃。

官兵才是真土匪，
人行道上一路抢。
抢了鸡来又抢鸭，
抢下柜子里好衣裳。

见了小伙用脚踹，
见了壮汉马鞭扬，
见了老太太要白面，

见了老爷爷要牛羊。

官兵走后都议论：
"为啥抓岱夫和少郎？
他俩不知惹何祸，
引出城里一群狼！"

官兵来到罕伯岱，
嘎新达迎到村头上。
敲锣招来众百姓，
马师长站在高台上：

"本村孟家有几户？
少郎岱夫在哪藏？
说出下落赏银圆，
特意收藏坐班房。"

各位亲友被询问，
哭声传遍全乡村。
左邻右舍挨个揍，
追问少郎在何方。

人人摆头说不知，
个个摆手说不详。
官兵喝得醉醺醺，
调戏媳妇和姑娘。

少郎岱夫在何处？
听我慢慢对你讲：
自从那天燃驴车，

一直转悠在家乡。

联合弟兄六七个，
要和官兵拼一场。
奇克耐屯河套地，
少郎岱夫那里转。

正是大年三十夜，
奇克耐屯鞭炮响。
少郎表叔嘎新达，
招待少郎宰牛羊。

"我们像雄鹰飞出来，
不怕死来不怕伤。
要走新路干大事，
为穷人除霸安良。

"官兵正要抓我们，
表叔不要心惊慌。
有我少郎岱夫在，
好汉做事好汉当！

"屯子四周要守住，
不让坏人出村庄。
官兵就在罕伯岱，
官兵犹如狗豺狼。

"谁给官兵去报信，
我就叫他见阎王。
我认嘎新达是表叔，

我这枪口可不认账。"

嘎新达连说没有事：
"这事不用挂心上，
谁敢出屯找官兵，
砍他脑袋开他膛。"

嘎新达把话告大家，
如同圣旨一个样：
"不许出屯去拜年，
这个命令勿违抗。"

摆上大席烫上酒，
七个兄弟饮酒浆。
接连就是好几天，
平安无事心欢畅。

坏人名叫莫诺古，
莫诺古是个黑心肠。
达斡尔人的败家郎，
报信去找马师长。

莫诺古见到马师长：
"莫吓我来有话讲，
少郎岱夫我知道，
奇克耐屯把身藏。

"嘎新达家过大年，

又跳罕伯①又欢唱。
去得快了能抓到,
去得慢了跑掉了。"

马师长吩咐快拿钱,
给莫诺古作奖赏。
军号吹响快集合,
奇克耐屯抓少郎。

官兵偷奔奇克耐,
奇克耐屯要遭殃。
偷偷进来把人抓,
好汉没有设提防。

黑夜包围奇克耐,
男女老少在梦乡。
挨近屯边埋伏好,
为捉好汉撒下网。

偏偏就在这几天,
少郎病倒躺床上。
少郎重病浑身疼,
六个兄弟守身旁。

一晚谁也没睡觉,
出出进进紧着忙。
为了少郎病快好,
端茶熬药喂米汤。

那音太乌钦曲目

---

① 罕伯,即哈库麦舞,达斡尔族舞蹈。

少郎病重话语少,
病痛缠身脸瘦削。
身热好似一团火,
烧得少郎难入睡。

正在三更半夜时,
忽听屯边枪声响。
岗哨听见有动静,
那是报警枪声响。

很快知晓被包围,
岱夫搬梯忙上房。
东南西北细察看,
不见官兵在哪方。

岱夫冲着官兵喊,
炸雷一样震上苍:
"不怕死的就上来,
爷爷送你见阎王!"

一边喊着一边看,
有个黑影在摇晃。
好像一个骑马人,
要过树林奔上岗。

岱夫心想你别走,
给你子弹尝一尝。
抬手叭地一搂火,
黑影哎哟掉地上。

岱夫看看没动静,
急忙下房来商量。
你言我语出主意,
一招要比一招强。

有人主张黑夜跑,
有人主张等天亮。
有说往东才是好,
有说往西最应当。

少郎病重怎么办,
人家一时没主张。
有人主张留少郎,
嘎新达家把身藏。

少郎要有好和歹,
就找嘎新达算总账。
有人觉着不放心,
真有闪失谁承担?

大家正在想主意,
少郎醒来开了腔:
"我虽有病莫担心,
不要为我费时光。

"几百官兵围住咱,
咱得好好想一想。
黑夜外冲咱不利,
咱们就会多受伤。

"明枪咱不怕,
暗箭最难防。
咱们白天往外冲,
受伤不会有太多。

"他枪法没有咱们好,
咱人少灵活好抵挡。
哪里兵多哪里去,
哪里兵近哪里打。

"咱们拼死不害怕,
他们官兵不能挡。
远处官兵想开枪,
害怕伤着自己人。

"我们胆大枪法准,
不怕死来不怕伤。
打得官兵乱了套,
咱们乘机钻出网。"

岱夫乐得高声喊:
"这主意呀实在强!"
军德竖起大拇指:
"少郎哥哥有计谋!"

"少郎哥哥正有病,
怎么骑马上战场?"
"我能骑马闯重围,
兄弟们不用挂心肠。"

少郎咬牙坐起身，
三十二颗钢牙响。
少郎翻身下了炕，
要闯重围奔他乡。

有人递过一碗酒，
少郎举碗脖子仰。
咕嘟咕嘟喝下去，
伸手抓起大杆枪。

发热怕冷穿皮袄，
红绸腰带系身上。
头戴一顶狐狸帽，
脚穿一双"查卡密"①。

"嘎新达表叔你听清，
快叫乡亲去躲藏。
人说枪弹不长眼，
免得错把乡亲伤。

"岱夫岱夫你开路，
军兰在后来断路。"
军兰连说对对对：
"我在后阵最相当。"

"军德在右往外冲，
卡查在左往外闯。
众家兄弟要齐心，

---

① 查卡密，长筒靴子。

那音太鸟钦曲目

听我喊打快开枪。"

子弹上膛刀出鞘,
七人来到屯外边。
少郎勒住黄骠马,
细细观察暗思量。

前边是片小树林,
后面有个大山岗。
少郎一看明白了,
官兵就在林里藏。

当官可能在这里,
打贼就要先打王。
说话之间天放亮,
果然林中枪声响。

林中枪声刚落音,
奇克耐四边枪声响。
官兵绕屯包围来,
一涌而上进屯来。

千丈百丈几十丈,
眼看进到屯子里。
一边进来一边喊:
"少郎岱夫快投降!

"投降才能有活路,
不降命就没保障。
要想逃命不容易,

快快跪下扔下枪!"

少郎一看时机到,
蹬上黄骠马背上。
喊了一声跟我来,
马出屯子弹出膛。

七个好汉踩马镫,
七匹快马冲出屯。
七只雄鹰齐飞翔,
七只猛虎共跳跃。

七条枪来齐开火,
打得官兵喊爹娘。
七个兄弟齐上阵,
官兵吓得傻了眼。

近的就用马刀砍,
远的就用枪弹开。
一刀一个砍下马,
一枪一个见阎王。

打死官兵四十多,
镫子下面枪来打。
杀开血路冲出去,
官兵还没转过神。

好汉穿过小树林,
气得师长直骂娘:
"真他妈的吃屎兵,

屎堆虫子赶不上！

"快点追呀快点打，
死的活的都重赏。
少郎岱夫要跑了，
你们都得子弹尝！"

师长好像要疯狂，
少郎岱夫上山岗。
马蹄踏得尘飞扬，
官兵只得空枪放。

师长高喊跟我追，
带着骑兵要来到。
很多官兵靠近来，
嗷嗷喊叫抓少郎。

战马不停快飞跑，
很多子弹射进来。
越来越近快到前，
少郎昏迷趴马上。

几个弟兄过来了，
赶快保护咱少郎。
直奔景星那条路，
官兵眼看到近前。

七个好汉遇危险，
子弹眼看要打光。
七个好汉难逃生，

官兵紧追不肯放。

后面道路军兰挡，
军兰心里暗思量：
"我的弟兄快出去，
我拼性命干一场。

"哥哥弟弟赶快飞，
我护你们送远方。
如若我要被打死，
各位兄弟莫悲伤。

"告诉你们好嫂子，
我死不要去守寡。
弟兄不要把我忘，
把我埋在咱家乡。"

弟兄擦泪快马跑，
军兰的话高声唱。
绝命歌儿唱几遍，
军兰心里有主张。

军兰红马落后面，
马上回头细端详。
有匹白马要来到，
好像是个当官样。

打兵先打指挥官，
擒贼应该先擒王。
军兰是个好猎手，

那音太鸟钦曲目

要给野兽厉害尝。

身后枪声正在响,
军兰身体晃了晃。
军兰翻身落下马,
落马躺在雪地上。

一支大枪扔老高,
正好落在他身旁。
枣红战马竖前蹄,
军兰松手撒了缰。

骑白马的他是谁?
正是坏人马师长。
他见军兰落下马,
话说抓活要领赏!

军兰马上落下来,
盼着不死受重伤。
到了升官领赏时,
死和没死不一样。

"想立功的跟我来,
死了就要割下头,
送到卜奎督军府,
你们营长连长当。"

官兵步步又逼近,
军兰心里暗暗想:
"近点近点再近点,

爷爷送你们见阎王！"

距离只有三十步，
军兰突然抓住枪。
说时迟来那时快，
飞快子弹跑出膛。

子弹好像长了眼，
师长穿个透心凉。
军兰连连子弹射，
一枪一个不空响。

打得官兵乱了套，
瞎虻一样东西撞。
战旗一倒兵就散，
争相逃命快速跑。

好似耗子见了猫，
好似群羊遇虎狼。
师长死活全不顾，
官兵贪生全跑光。

军兰身单不恋战，
快速拿起大小枪。
军兰吱吱吹口哨，
枣红大马到身旁。

军兰牵着枣红马，
又有几匹全连上。
军兰还嫌不够本，

那音太乌钦曲目

又到死的师长旁。

朝着死尸踢一脚,
师长胸前冒血浆。
"你也是个豆腐官,
一枪你也赶不上。

"摘下他的金壳表,
给少郎哥哥戴手上。
摘下他的小撸子枪,
给少郎哥哥别腰上。"

军兰上马哈哈笑,
笑得积雪闪银光。
来的是帮怕死鬼,
欺压百姓凶似狼。

薄薄的白云飞散了,
蓝蓝的天空出太阳。
胜利的军兰心中喜,
迟出的太阳暖洋洋。

军兰策马缓缓行,
照着空中打三枪:
"不服的孙子上前来,
改日相会再较量!"

(五)西莫胡屯庆功酒

莫胡屯雅得干跳,
男女老少多欢畅。

东屋玩起"嘎拉哈"①
西屋玩起纸牌来!

老少跳起罕伯舞,
一片欢腾似海洋。
老人拉起四弦琴,
萨满曲儿多嘹亮。

嫩江边上好地方,
无边原野像田地。
嫩江鱼虾非常多,
辽阔草原牛羊满。

莫胡屯里正欢乐,
忽听一阵马蹄响。
少郎岱夫进了屯,
不知是祸是吉祥。

老人们上前迎过来,
七嘴八舌问短长:
"你们都是什么人,
要抢要夺只管讲!

"莫胡屯的受穷人,
没有金银没有粮。
要抢应该抢百音,
穷人东西不能抢。"

---

① 嘎拉哈,用猪骨做的一种玩具。

少郎闻听笑哈哈：
"大爷大娘别害怕，
咱们穷人是一家，
自家不抢自家人！"

少郎突围实在累，
满身热汗湿衣裳。
大汗赶跑少郎病，
只觉头清身体爽。

有人细看众好汉，
叽叽喳喳偷着讲：
"枣红马上是岱夫，
黄骠马上是少郎！"

罕伯岱方圆十八里，
认识达斡尔好儿郎。
奇怪奇怪真奇怪，
他们为啥拿起枪？

每人都有一匹马，
好似神兵从天降。
每人都有一杆枪，
好似猛虎生翅膀。

好马配着好鞍鞽，
五彩绸带腰身系。
达族青年好威武，
英雄魁梧真漂亮。

狐狸皮帽头上戴，
羊皮长袍过膝盖。
腰系宽幅红绸带，
脚穿靴子查卡米。

少郎翻身忙下马，
身体虚弱打冷战：
"屯子亲戚别害怕，
少郎和你们说话。

"我们家住罕伯岱，
这里也是我家乡。
我们是达族后代，
嫩江边上任飞翔。

"穷人家里没活路，
我们决心拿起枪。
杀老西子杀官兵，
走出屯子飞四方。

"今早曾被官兵围，
咱跟官兵打一仗。
杀死官兵真是多，
三百官兵乱一团。

"杀出一条血路来，
休息几天奔他乡。
军兰断后还没到，
不知生死和存亡。"

那音太鸟钦曲目

说话之间军兰到,
拿来很多马和枪。
弟兄相见忙拥抱,
一片欢腾像海洋。

老人拉起华昌子①,
年轻人跳舞歌唱,
姑娘去玩"嘎拉哈",
小孩忙着放鞭炮。

莫胡屯雅得干跳,
萨满曲儿真动听。
莫胡屯人真高兴,
喝上热酒宰牛羊。

少郎军德并肩坐,
双双都把神歌唱。
钟魁克尼②钟魁克,
巴日肯③保佑福气来。

弟兄七个同生死,
祝愿千年要久长。
巴日肯多多保佑,
年年烧香去磕头。

莫胡屯住了两三天,
浑身上下有力量。

---

① 华昌子,四弦琴。
② 钟魁克尼,敬神调子。
③ 巴日肯,神佛。

久住一处不安全,
好汉不知去何方。

(六)大闹葛根庙佛堂

"附近可有大百音?
找他借点钱和粮。"
"要钱就奔王爷庙,
金银财宝用车装。"

"蒙古人进贡礼品多,
花不完的钱吃不完的粮。
正月里来查麻跳,
好汉可去巴日肯庙。"

少郎要去王爷庙,
准备马匹和枪支。
很多兄弟要跟上,
人多马多有力量。

十八人来到王爷庙,
这里街巷真热闹。
行人穿红又挂绿,
市场两边东西卖。

进到城里催快马,
直奔葛根庙方向。
找葛根喇嘛要金钱,
拿着烧香不磕头。

葛根庙里特热闹,

查麻会葛根庙发光。
擂打皮鼓咚咚响,
拉起四弦琴声扬。

点燃烧香烟缭绕,
铜钟阵阵咣咣响。
喇嘛们在跳查麻,
头上戴着动物帽。

虎头冠和鹿头冠,
看上就如真模样。
好像到了神仙地,
进庙犹如入天堂。

无心细看查麻会,
十八条好汉急忙闯:
"你们喇嘛好好听,
我们是岱夫和少郎。

"不信佛来不信天,
是生是死都不怕!"
把穿红袍大活佛,
拽下巴日肯庙堂。

枪口对准活佛胸,
活佛睁眼来张望:
"谁人胆量这么大?
十八个孩子太猖狂!"

默念咒语施法术,

用手一指口一张。
活佛巧用定身法,
定住好汉在佛堂。

十八个好汉傻了眼,
枪支搂火没声音。
十八个好汉定住身,
前后进退动不了。

活佛合掌念佛经:
"巴日肯啊我的孩儿,
你们都是什么人,
来到这里闹佛堂?"

"快把财宝拿出来,
不拿叫你见阎王。"
"我的金子向碾盘,
你们不能拿动它。"

军德忙对少郎说:
"见到巴日肯要磕头,
巴日肯保佑咱平安,
不能暴躁闹一堂。

"问问命运好不好,
问问出师怎么样,
问问家人可平安,
问问是福还是祸。"

少郎岱夫跪着了,

那音太鸟钦曲目

活佛又在上面坐：
"少郎粗鲁太性急，
少郎粗鲁太急躁。"

活佛捻珠哈哈笑：
"孩子孩子没礼貌，
你们一伙十八人，
快快跪下听我讲。

"你们一十八个人，
跟着少郎结成帮，
造反命运已到了，
佛爷也要帮你忙。"

喇嘛来把佛经念，
用手捏面做佛像。
"下克下"①做十八个，
好汉挂在脖子上。

喇嘛活佛下佛台，
抚摸好汉头顶讲：
"巴日肯挂在脖前，
能保平安快飞翔。

"枪林弹雨打不着，
保你逢凶化吉样。
飞吧飞吧快快飞，
要像雄鹰远飞翔。

---

① 下克下，传说中的护身佛。

"你们要是行好事,
神灵保你安无恙。
你们要走下贱路,
神灵怪罪没好运。

"我是喇嘛大活佛,
不让你空来一趟。
我这财宝有很多,
孩子要用尽管拿。"

少郎岱夫好汉子,
不去拿也不去装。
策马走出葛根庙,
出城飞驰马鞭扬。

(七)军德联合唐哥

好汉大闹查麻会,
传为佳话人人讲。
好汉打败三百兵,
编成故事大家唱。

好汉活跃嫩江边,
嫩江风光多美好。
好汉战斗嫩江边,
达斡尔人赞嫩江。

好汉走遍每个屯,
来来去去无阻挡。
好汉杀富又济贫,
不把穷苦百姓伤。

百音听说好汉来，
无处躲来无处藏。
百姓听说好汉来，
又杀猪来又宰羊。

好汉就是猛岱夫，
好汉就是智少郎，
好汉军德和军兰，
好汉威名震四方。

自从打败三百兵，
自从打死马师长，
嘎新达吓破了胆，
文官武将身发抖。

督军府里一团糟，
都因传来坏消息。
师长老婆失声哭，
大帅心里更惊慌。

"唔唔土匪没抓住，
唔唔打死马师长。
唔唔现在怎么办，
唔唔达斡尔人太狂妄。"

有人献计给大帅：
"杜尔伯特有能人，
能征善战有大名，
名字出来白师长。"

大帅差人去邀请，
特意请来白师长：
"师长只要六十兵，
化妆百姓暗查访。"

这屯那屯瞎乱窜，
走遍达斡尔人家。
有人屯子都要去，
辽阔草原也查访。

罕伯岱去好几趟，
就像盲人撞南墙。
嫩江边上搜几遍，
就像水中捞月亮。

人说少郎草上飞，
人说岱夫踩波浪，
人说好汉来无影，
人说好汉草原上。

白师长领着六十人，
到蒙古草原去暗访。
都听说打败三百兵，
都知道少郎闹佛堂。

都想见见猛岱夫，
都想见见智少郎，
都想见见勇军兰，
不知英雄在何方。

那音太鸟钦曲目

少郎岱夫进了城,
抢了当铺大柜台,
抢了和祥隆商号,
抢了珍珠和金银。

绫罗绸缎用车拉,
金银财宝用袋装。
散碎钱物满街撒,
穷苦百姓都来捡。

卜奎城里乱糟糟,
好汉渡过嫩江上。
来无影去也无踪,
就像神兵从天降。

督军府里有朋友,
送来弹药和枪支。
督军府里有内应,
消息灵通早知道。

好像旋风和暴雨,
闹得官府日夜忙。
春去秋来又一年,
嫩江流水长又长。

嫩江草原无边际,
嫩江清水翻波浪。
嫩江两岸好汉多,
嫩江歌儿悲又壮。

那音太乌钦曲目

天灾有如牛毛多，
穷人穷得卖儿郎。
那年江水出了槽，
水漫房屋和田地。

穷苦百姓饿肚皮，
大百音家粮满仓。
穷苦百姓断炊烟，
大百音家酒肉香。

眼看年关又来到，
少郎岱夫心惆怅：
这个年头怎么过，
家家苦水像嫩江。

老人过年没酒喝，
孩子过年没衣裳，
姑娘过年没花戴，
小伙过年没炮仗①。

少郎岱夫下决心，
十八好汉细商量。
大百音家走一趟，
好开响窑②要钱粮。

军德说去黑岗子：
"王家大院有钱粮，

---

① 炮仗，鞭炮。
② 响窑，四周有炮台的大财主庄院。

当家掌柜王罗锅，
也是一条黑心狼。

"那个响窑我知道，
五年以前扛过活。
院子的人我知道，
十几人十几条枪。

"四个儿子四个妻，
儿子媳妇有手枪。
夜打香火枪法准，
粗心大意要遭殃。

"这个响窑很难打，
四角都有高炮台。
我有一个好哥们，
汉人好汉他姓唐。

"把他找来帮帮忙，
里应外合能毁掉。"
少郎听后心中喜，
心里暗暗想主张：

"我们运气又来到，
我说手心又发痒。
现在去打王百音，
流淌献血也不怕。

"军德哥哥来领头，
我和岱夫一起去。

只要哥哥相信我，
脑袋掉了不害怕。

"王家大院你熟悉，
听你指挥莫推让。"
"少郎哥哥请放心，
不胜宁可死战场！"

好汉过了黑岗桥，
王家大院看到了。
那里院墙特别高，
四角炮台灯光亮。

西边是些矮房子，
扛活住的破草房。
西边灯光齐闪亮，
很多伙计在打场。

胆大军德前边走，
勇敢军兰抖缰绳。
少郎岱夫和卡查，
稳健如飞紧跟上。

柳条通里隐藏好，
军德上前察情况。
联络汉人唐大哥，
攻打响窑细商量。

询问口令是"三星"，
回答口令"启明星"。

深更半夜难认人，
枪刀注意要留神。

弟兄等在柳条通，
活动手脚紧紧坐。
数九寒天实在冷，
好汉静静等时机。

军德摸着向前行，
来到响窑西面地。
冷雪寒风真刺骨，
漆黑之夜没月亮。

军德离开五年多，
不知唐哥怎么样。
今晚突然到他家，
是喜是忧不知详。

谁家的狗不通情，
大狗小狗叫汪汪。
几块馒头堵狗嘴，
军德摸着桦木桩。

木桩原是军德立，
为给唐嫂晒衣裳。
这院就是唐哥家，
不知是否住此房。

走到窗前仔细看，
纸糊窗户透火光。

舔破窗纸单眼瞅，
唐嫂在那团干粮。

几年不见人见老，
溜光脸上现皱纹。
孩子地下在烧火，
噼噼啪啪火正燃。

"爸爸何时能回来？"
"等到半夜扛完粮。"
"我给爸爸烧热炕，
爸爸回来不着凉。"

军德学着唐哥声，
叩打窗棂喊孩娘。
唐嫂端起猪耳灯，
推开房门向外看。

这是哪来的爷爷：
狐皮皮帽挂满霜，
须眉挂霜像老人，
虎背熊腰壮身体。

脚上穿着查卡密，
手里抓着小手枪。
唐嫂害怕往后退，
一屁股坐炕沿上。

"我是你弟弟军德，
唐嫂不要心慌乱。

那音太鸟钦曲目

哥哥现在还没回，
我来给你做陪伴。"

"你可把人吓死了，
该死军德没人样。
这几年哪里去了，
手里为何拿着枪？"

"我从罕伯岱屯来，
跟着岱夫和少郎。
穷人高兴百音怕，
就靠我这两支枪。

"今天要打王百音，
来请唐哥帮帮忙。
唐大爷多好的人，
惨遭毒打一命亡。

"王罗锅人心太狠，
这冤仇唐哥别忘。
这个仇恨今夜报，
把王罗锅火里烧！"

"军德你来多少人？
人少就是投罗网。
护院就有十六人，
每人都有一支枪。

"他们还怕不安全，
又和官兵勾搭上。

请一个排保卫团,
领队姓刘是排长。

"你们没有弯弯肚,
想吃镰刀准遭殃。
不如趁早离此地,
出了危险谁承担?"

"唐嫂你也胆太小,
胆小就如那瞎虻。
瞎虻还敢叮老牛,
连说报仇不敢想。"

"不是不想把仇报,
只怕打碗洒了汤。"
"那么弟弟我回去,
还请嫂子多原谅。

"打窑我们自己打,
我们自己有力量。
报仇杀了老西子,
落马计杀马师长。

"七人打败三百兵,
葛根庙闹活佛堂。
夜间进了卜奎城,
抢过那里大商号。

"督军府有人给子弹,
吴大帅闻听心崩裂。

那音太鸟钦曲目

嫩江两岸问问看,
少郎岱夫谁不知。

"王罗锅早就吓破胆,
勾结官兵为虎作伥。
弟不牵连你唐嫂,
嫂子放心别害怕。

"转告唐哥快躲开,
战乱当中别伤着。"
军德站起就要走,
唐嫂上前忙拦住:

"弟弟弟弟别生气,
等等你哥细商量。"
二人房中正说话,
忽听院里脚步响。

"难道保卫团有人到,
弟弟跟我快躲藏。"
土豆囤里蜷着坐,
抱捆干草盖头上。

唐嫂开门抬头看,
原是丈夫瘦脸庞。
唐哥突然进屋来,
脸子拉长问短长:

"屋里为啥俩人影?
那个人影哪去了?"

唐嫂听后心暗笑，
疑神疑鬼心眼小。

"从小夫妻还疑心。"
"我见男影直晃荡，
夜晚眼花难看准，
我听男人话声响。"

"孩子他爸别乱想，
黏豆包滋味怎样？
我和孩子都没吃，
等你回来一块尝。"

唐哥心里犯疑惑，
嘴嚼豆包心思量：
老婆不是下贱人，
这事叫我好糊涂。

唐嫂说："吃咸菜吗？
土豆囤子那里有，
要吃自己伸手拿，
没见我也正在忙。"

唐哥伸手囤里摸，
军德心里暗暗想：
"该死唐嫂穷开心，
把我囤里暗收藏。"

军德脑袋左右躲，
不由扑哧乐出声。

那音太鸟钦曲目

吓了唐哥一大跳，
果然有人囤里藏。

"原来这里有人藏，
不知你安啥心肠？"
军德跳出土豆囤，
唐嫂端灯一照亮。

唐哥一看吃一惊，
军德两人搂肩膀：
"你是军德弟弟吗？
夜间到此是为何？"

军德说明此来意，
唐嫂添油紧加火。
唐哥是个痛快人，
连连答应要帮忙。

康哥回家来吃饭，
顺便找人去背粮。
场里有粮几百石，
今夜都要进入仓。

又怕生人来点火，
又怕穷人来抢粮。
还怕少郎岱夫到，
少郎一到全没了。

唐哥帮忙想办法，
一拍炕沿忙开腔：

"将计就计混进院,
假扮小工去扛粮。"

军德听了很高兴,
要向少郎报消息:
"保卫团正屯里转,
这样出去可不行。"

唐嫂想出好办法,
拽过麻花被一床。
唐嫂把被披身后,
招手军德被下藏。

"老嫂就像妈妈样,
嫂子送你出村庄。"
唐嫂左手拄着棍,
右手拎着柳条筐。

装着屯外去烧纸,
筐里放着纸和香。
两人刚到屯中间,
看到团兵在前方。

有个团兵瞎叨咕:
"我咋心里怕的慌,
莫非今天要倒霉?
千万别遇孟少郎!"

一个官兵大胆说:
"别他妈的胡乱想,

少郎他没长翅膀,
能把我们怎么样?"

有的官兵直跺脚,
有的官兵轻哼哼,
有的官兵瞎嘞嘞,
好像舌头长了疮。

"咱们去唐家串门,
唐家老婆特漂亮。
逗他老婆开开心,
暖和炕上躺一躺。"

一个官兵声音大,
拉着长枪张开腔:
"你他妈的别胡说,
当心脑壳挨了枪!"

一个团兵见人影,
掰得长枪咔嚓响:
"谁在夜里乱走动?
不许屯里乱游逛!"

唐嫂连忙搭上话:
"吓死人了我姓唐,
你们常去我家里,
难道听不出我声音?"

"深更半夜到哪去?"
"父母坟上烧纸去。"

"为啥是你一人去?"
"老唐那人正背粮。"

"唐嫂你就不害怕?"
"各位护屯我胆壮,
我把你们全不忘,
到我家里喝酒去。"

"不知大嫂们啥时回?"
"三星上空就回去。"
"一会儿就去你家里。"
"我快点回家把酒烫。"

保卫团兵笑嘻嘻,
唐嫂咬牙咯嘣响:
"王八蛋们死期近,
老娘就向西屯去。"

(八)袭击王家大院

军德来到柳条通,
前前后后细细讲。
少郎岱夫直高兴,
立刻调兵又遣将。

十八好汉摩擦掌,
十八好汉换好装。
短枪插在腰身上,
长枪挂在马鞍旁。

直奔院子就进来,

先向空中打三枪。
其余弟兄埋伏好,
听到信号抖马缰。

军德领人进了屯,
唐哥等在路口上。
少郎认真细吩咐,
各位弟兄听我话:

"进了大院分几伙,
办事一定要恰当。
一伙要进西大门,
进退有路不要忘。

"一伙注意保卫团,
他们住在东厢房。
要去堵住炮台口,
逼着他们扔出枪。

"剩下弟兄跟着我,
快速走进大屋子。
进屋活抓王罗锅,
抓住罗锅就打枪。

"罗锅要抓活罗锅,
打枪是打命令枪。
刀压罗锅粗脖子,
儿子媳妇都交枪!

"枪声一响里外打,

王家大院就变凉。
保卫团像豆腐兵，
听到枪响会跑光。"

弟兄来到西大门，
唐哥上前来敲门。
守门正是二少爷：
"谁在敲门有何事？"

"我是东屯唐姓人，
为了粮食进入仓。
我把兄弟全带来，
都是山东咱老乡。

"这些哥们力气大，
自己扛来自己走。
老爷爷早就吩咐，
入完黄豆入高粱。"

"少郎岱夫像天神，
他来下界动刀枪。
少郎岱夫像土匪，
杀人抢夺咱得防。"

"吱嘎"一声门大开，
二少爷对唐哥说：
"快快进来快快进，
快把粮食扛进仓。"

岱夫嗖地跳过去，

那音太鸟钦曲目

尖刀捅进他胸膛。
家人全都跪在地，
举起双手直抖动。

"好汉爷爷快饶命，
家有老爹和老娘。"
两个家人都捆好，
棉团塞嘴扔进房。

少郎挥手命令下，
众家兄弟往前闯。
少郎领人奔上屋，
军兰等人进厢房。

岱夫稳守大门口，
卡查注意四八方。
顺着墙根往前摸，
各出本领显英豪。

唐哥去找穷百姓，
借机乘乱来装粮。
盆子口袋多多装，
能装多少拿多少。

整个大院静悄悄，
北风吹得呼呼响。
月明星稀人入睡，
左厢右厢入梦乡。

唯有正房喊声高，

划拳酒令震房梁：
"俩好四喜八匹马"，
菜香酒气飘出窗。

捅破窗纸往里看，
屋里灯光亮堂堂。
地上放着八仙桌，
炕上摆着大烟枪。

桌前坐着三个人，
中间坐的像地缸。
闪亮匣子身上挎，
派头像是刘排长。

王罗锅和小老婆，
左右邻座笑哈哈。
小老婆和刘排长，
搂着脖子不像样。

"刘排长呀你多喝，
小妹给你倒满上。
现在再喝一杯酒，
请求排长多帮忙。

"多亏排长领兵来，
少郎岱夫真难搪。"
"别听他妈的兔子叫，
敢把老子怎么样？"

伸手抓起鸡大腿，

那音太鸟钦曲目

塞进嘴里大口嚼。
正在喝酒起劲时，
忽听房门一声响。

门外进来六好汉，
怒目扬眉手端枪：
"各位酒足饭也饱，
为啥不请我少郎？

"不请少郎少郎到，
不够朋友得算账。"
大喝一声"不许动！
谁动叫谁见阎王！"

地缸乖乖举起双手，
小老婆瘫倒在地上。
王罗锅伸手拽匣子，
快刀飞出插手上。

鲜血飞溅人惨叫，
罗锅好像倒了墙。
少郎眼睛特别快，
抽屉摸出匣子枪。

拿出钥匙一长串，
打开仓房搜柜子。
少郎命令门外人，
打出三枪发信号。

枪声传到柳条通，

马队飞驰进屯来。
枪声传到场院里，
百姓都来抢米粮。

枪声传到厢房来，
保卫团人去摸枪。
枪弹全都不翼飞，
很快举手全投降。

枪声传到四炮台，
护院主人没主张。
院内院外一片乱，
枪支内外难抵挡。

枪声传到后院里，
儿子媳妇着了慌。
害怕老爹丧了命，
被逼交出那手枪。

少郎来到院中央，
放开喉咙高声讲：
"我们来自罕伯岱，
我的名字叫少郎。

"今天我到这里来，
为找罗锅算算账。
今年年头不大好，
谁家粮食也不多。

"交了租子没饭吃，

那音太鸟钦曲目

过冬没有棉衣裳。
穷人没有这里有,
大伙都来沾点光。

"这有钥匙一大串,
箱子柜子全打开。
黄色是金白是银,
绫罗绸缎花衣裳。

"喜欢骡马牵骡马,
喜欢猪羊赶猪羊。
各种粮食都拿去,
套上大车满满装。"

少郎话音刚落地,
扫除一样全扫光。
场院点上一把火,
大火烧向天中来。

前院点上一把火,
烧着厢房烧正房。
后院点上一把火,
烈焰腾空噼啪响。

岱夫拉过王罗锅,
用绳捆绑吊房梁:
"多少穷人死你手,
叫你火海把身葬。"

霎时房子大火燃,

罗锅惨叫一命亡,
儿子媳妇被打死,
刘排长去见阎王。

唐哥这屯住不成,
套上马车奔他乡。
后来一直没消息,
我也不能往下唱。

少郎岱夫撤出屯,
平安无事过嫩江。
卜奎城里暂避风,
江东要比江西强。

(九)为护百姓英雄被捕

王家大院被打破,
消息就像长翅膀。
一传十来十传百,
越传越奇越敬仰。

说少郎岱夫是好汉,
说八百神兵从天将,
说大火连烧三昼夜,
说响窑血流四处淌。

说少郎到处给金钱,
说少郎到处送米粮,
说少郎专杀恶百音,
说少郎专夺巡警枪。

消息传到罕伯岱,
达斡尔老人赞少郎。
消息传到督军府,
督军府里乱一团。

好汉城里看动静,
夜晚住在穷人家。
饿了饭店饮酒喝,
闷了花园纳阴凉。

少郎住在城街里,
大帅派兵来下乡。
村村屯屯都转遍,
不见少郎在何方。

若是官兵返城来,
少郎转身又回乡。
嫩江两岸驰战马,
杀富济贫名声扬。

遇着巡警就开打,
巡警被打一命亡。
遇着百音欺百姓,
百音大院定遭殃。

穷人没钱他给钱,
穷人没饭他送粮。
穷人盼着少郎到,
编出乌钦唱少郎。

那音太鸟钦曲目

冬去春来百花开，
百灵声声云中唱。
春过夏来天特热，
绿野花开味飘香。

好汉来到文古达，
化装扮成打草人。
割羊草的人很多，
大家特别爱少郎。

早晚抡刀割羊草，
给咱穷人帮帮忙。
热天休息进窝棚，
人有力量马长肉。

天上风云人难测，
人有祸福难知详。
草原本是吉祥地，
谁料大祸从天降。

白师长领人天天转，
暗暗撒下天罗网。
官兵扮成穷兄弟，
明是打草暗是访。

看到少郎一伙来，
暗暗传给白师长。
大帅听后心生疑，
生怕再上剿匪当。

额尔门沁林胖子,
达斡尔人败家郎。
大小是个当官人,
满肚都是坏心眼。

"少郎岱夫太狡猾,
不能明打明里闯。
要神不知鬼不觉,
引领官兵草原上。"

官兵扮成老百姓,
装作干活忙割草。
官兵扮成买卖人,
驴车拉酒去卖糖。

官兵扮成马贩子,
路过草棚进休息。
官兵扮成狩猎人,
骑马去追那黄羊。

白师长坐镇指挥,
暗中包围抓少郎。
少郎岱夫太粗心,
只顾休息没提防。

这里都是穷百姓,
羊群进狼不知道。
少郎岱夫正休息,
有人大喝快投降!

"少郎岱夫快出来,
叫爷费事不应当。
现在开枪打官兵,
你们都要上天堂!"

军德枪支上子弹,
岱夫拿出大杆枪。
弟兄卧倒听命令,
百姓吓得泪汪汪。

"我死倒是不要紧,
孩子老婆活不长。"
"我要有个好和歹,
谁养我的爹和娘?"

少郎心里一阵热,
连累乡亲不应当。
少郎为难来回转,
扒开窝棚外面看。

远近都是"老百姓",
百姓官兵混一起。
"是我粗心坏了事!"
少郎心里犯愁肠:

"如今层层被包围,
官兵百姓浑了汤。
今天这仗怎么打?
少郎岱夫心着忙。

那音太鸟钦曲目

"有心拼命闯出去,
脑袋掉了有何妨。
一闯双方就混战,
敌友不分怎开枪?

"射出子弹没有眼,
打草兄弟得受伤。
穷人受伤我有罪,
万万不能行鲁莽。"

官兵像狼在嚎叫:
"是打仗还是投降?
少郎若是真好汉,
请站出来把话讲!"

少郎肺子要气炸:
"官兵胆大太猖狂,
要不考虑穷兄弟,
一定叫你见阎王!"

少郎决心要走险,
叫过岱夫细商量:
"官兵目标是咱俩,
一场血战要打响。

"咱俩要是真好汉,
不该众人受冤枉。
咱俩应该舍身死,
换得官兵不打枪。

"只要官兵闪条路,
放走弟兄众老乡。
我们哥俩就是死,
挺身而出又何妨?

"换得弟兄安全去,
换得穷人不伤亡。
卜奎去会吴大帅,
能把咱俩怎么样?

"脑袋掉了碗样疤,
把心挖出够碗汤!"
岱夫连说好好好,
众家弟兄泪水淌。

少郎岱夫到门外,
双手提着匣子枪。
口称官兵你听清:
"我俩是岱夫少郎。

"少郎岱夫是好汉,
不怕子弹穿胸膛。
可笑你们不敢打,
打死我俩难交账。

"要想活捉我们俩,
有个条件讲一讲。
你把别人都放走,
我俩束手叫你绑。

那音太乌钦曲目

"你要不放我们人，
咱就血战枪对枪。"
"少郎此话可当真？"
"狗熊他才乱说慌！"

"男子汉说话算数，
好汉做事好汉当！"
"我把别人都放走！"
"不准开枪把人伤！"

"我能传令让开路！"
"人走我俩服你绑！"
众人流泪离别去，
少郎岱夫扔下枪。

（十）火烧芦苇塘

遍野黄花低下头，
天上百灵不歌唱。
达斡尔人英雄汉，
如今你在何方向？

男男女女恋少郎，
老老少少念岱夫。
求巴日肯多保佑，
烧香卧倒来磕头。

少郎岱夫是好汉，
督军府里闹公堂。
严刑拷打全不怕，
各种酷刑都饱尝。

皮鞭沾水狠狠抽,
全身上下都是伤。
烧红铁棍穿大腿,
遍体伤痕血流淌。

羊皮刷胶贴前胸,
又拉又拽掉下来。
皮肉跟着扒下来,
盐水泼向全身处。

少郎岱夫咬紧牙,
一字不招心如钢。
刑间要烟慢慢抽,
悠闲自在惊大堂。

少郎岱夫真好汉,
大帅暗中细思量:
"唔唔他要是能跟我干,
唔唔一定让他当营长。

"唔唔老马老婆追命鬼,
唔唔定叫少郎把命偿。
唔唔我舍不得枪崩他,
唔唔七年徒刑去苇塘。"

少郎岱夫割芦苇,
手是锁链脚镣铐。
离山猛虎离群雁,
少郎岱夫好凄凉。

那音太乌钦曲目

"不知弟兄在何处,
不知家里怎么样?"
好汉服法心不服,
好汉岂能困苇塘。

雄鹰总要翱长空,
猛虎总要回山岗。
少郎岱夫想主意,
怎样逃离大苇塘。

哈拉乌苏大苇塘,
方圆百里野茫茫。
北风吹动芦苇摇,
推刀过处芦苇倒。

几百难友服苦役,
芦苇断处肠也断。
巡警跟着在看守,
好像野狗守群羊。

可怜爹妈给的肉,
镣铐磨处血水流。
巡警专找背风处,
怀抱长枪晒太阳。

难友干活实在苦,
身上无衣腹无粮。
满身伤痕四处痛,
一团怒火烧胸膛。

难友犹如干柴火,
点火易燃烈如焰。
少郎岱夫下决心,
用火点燃大苇塘。

有个巡官高个子,
好似竹竿细又长。
钥匙在他身上带,
巡官姓李是排长。

他的脸色如白纸,
满眼流泪鼻涕淌。
烟瘾犯了寻大烟,
骂东骂西直骂娘。

少郎看出时机到,
假装大便掏鞋帮。
拿出一块大烟来,
来请爷爷尝一尝。

竹竿巡官满脸笑:
"你是岱夫和少郎?
耳闻不如亲眼见,
你们真是英雄汉。"

"孝敬你老是高攀,
兄弟一样很投缘。
多个朋友多条路,
有啥困难我帮忙!"

那音太鸟钦曲目

第二次送大烟炮，
告诉岱夫和少郎：
"干活不用使力气，
累了坐着晒太阳。"

第三次送大烟炮，
说说笑笑情谊长。
第四次送大烟炮，
三人一块饮酒浆。

打开手铐好碰杯，
打开脚镣诉衷肠。
冷在心里笑在面，
大烟炮的力量强。

那天风大天晴朗，
三人一起唠家常。
好酒灌醉李巡官，
一根绳子紧紧绑。

兄弟投缘是兄弟，
没杀巡官把命留。
一块破布塞住嘴，
少郎拽下巡官枪。

岱夫拿着钥匙跑，
难友镣铐全打开。
巡官兜里掏火镰，
少郎放火烧苇塘。

大火熊熊燃烧起,
浓烟滚滚遮太阳。
风借火势龙摆尾,
火借风威噼啪响。

几百难友一声喊,
瞬间营乱奔四方。
巡警吓得滚又爬,
没处躲来没处藏。

少郎岱夫哈哈笑,
眼望大火心喜悦。
大火烧起灾难无,
大火烧死狗豺狼。

这天猛虎要归山,
这天雄鹰要飞翔。
"扎恩达勒"①唱起来,
少郎岱夫出苇塘。

猛虎归山更勇猛,
雄鹰展翅任飞翔。
久旱禾苗喜得雨,
穷人都想好少郎。

少郎会合众好汉,
跃马横枪驰家乡。
嫩江两岸多辽阔,

---

① 扎恩达勒,达斡尔族民歌的一种,是类似山歌和小调类歌曲的统称。

流水潺潺飘远方。

谁不说俺达乡好,
美丽富饶好风光。
獐狍野鹿猎不尽,
田野牛羊遍四方。

穷人少郎心连心,
嫩江流水长又长。
家乡穷人不忘怀,
编出歌儿唱少郎。

要问后来怎么样,
我知甚少唱不详。
人说少郎被杀害,
人头挂在城门上。

人说少郎还活着,
杀富济贫闹嫩江。
人说少郎进深山,
兴安岭上打豺狼。

众多传说不会唱,
还请众人多原谅。
过去的事唱得清,
少郎活在我心上。

端起美酒来敬他,
扎恩达勒为他唱。
少郎岱夫是好汉,
永远活在我心上!

2. 少郎和岱夫造反起义
SHAOLANG DAIFU TI WUBAXITE

乔福胜/注音

那音太/汉译

Eersuwei guate zhanag dao,
Eendur bitaane dao tailji dolike.
Eersuwei guate urgur,
Eede bi tande hekern tailike.

Xig nerosti Shaolang Daifu,
Xi nari yisanni nugan gegekn tos bei.
Mani Shaolang Daifu nerti yiao Derine,
Miang tum hon toro tailj ul bara.

Han leng mokur amnasen Shaolang Daifu,
Han maidi ailed ujurte.
Mai men niaken aildyirji,
Mani aimen madegenti jigadine uanse.

Moqirge aili pe le re daixebei,
Mogen qegen aimensule zhoglend uanse.
Enern badati daigeern bada uwei,
Eemeg yiqiker hunsiji tesuwei.

Aamnag mane maden mogun,

Aanie butu udur kuquribei.

Baiin gerqian hulang dennenine dere ergobei,

Baisiji gaga hone alibei.

Enhonimaden uduri dulegkequ,

Eerque tarkji wubaxiese saiken amnaji olebei.

Miaoqiangne menleji enqie bairiji,

Mosanati bain kuui ame ulun jigaine belesenma.

Moqirgi baiin kuine tarkialji,

Mogun amnaige aimenne boskaiia.

Eeden ujurtenere ienerq ulaiie,

Eerqu doturin panqigde galgarbei.

Horden bosqi mokuii alia,

Hotun qiqiharde wubaxiten.

Nannaken jiromere oenji,

Naun muri keqide alerqia.

Eeden meter shuanuga axikeie neji,

Eersue undur tengerder doregere derdubei.

Aimensul zhaln zhaln kenejlabei,

Aidunerti batur xiaolang daifu.

【译文】

好久好久的歌儿哟,
好久好久的歌儿哟。
少郎岱夫的美名哟,
世世代代绽放光芒。

好久好久的故事哟,
好久好久的故事哟。
少郎岱夫的业绩哟,
千年万载讲不完。

我出生在穷人家庭,
罕伯岱是我成长的地方。
奸商来到我们家乡,
乡亲们陷入了高利贷。

军阀官兵横冲直撞,
安宁的日子遭灾殃。
吃了上顿没有下顿,
孩子哭闹老婆饿断肠。

乡亲们生活多苦难,
三十初一要过年。
富豪人家红灯高悬,
杀猪宰羊忙过年。

这样的日子叫我怎么过,
只有造反才有好时光。
拿起刀枪上战场,
夺取黑心财主的钱和粮。

打死官兵土豪劣绅,
救济穷苦的众老乡。
我们生来不畏强暴,
愤怒的火焰充满胸膛。

那音太乌钦曲目

快快起来打土豪斩豺狼，
齐齐哈尔是我们的起义地方。
跨上我们的追风马，
飞驰在美丽的嫩江边上。

我们要像雄鹰展开金翅膀，
在蓝蓝的天空自由飞翔。
族人千秋万代赞美你，
巴图鲁男子汉岱夫和少郎。

二、歌颂家乡美

1. 回到故乡梅里斯(一)
MEISLDE HAJRSNB(一)

乌珠尔/注音

那音太/汉译

那音太乌钦曲目

Nendj yebyeg hairakn Meislde hajrsnb,
Naon mur holi kokure tiurej ortbei.
Urgun ho rld waln haoyara waqrsnda,
Udr su n ugei ha knbiej zhaandabei.

Nendj yebyeg hairakn Meislde hajrsnb,
Nandakn il talxin sonn saikn.
Undr leus gerxin eulnd tosn,
Urkun hailsi deerxin xiwa mieln.

Nendj yebyeg hairakn Meislde hajrsnb,
Naan keqd arxien suuyin chakrxugei.
Gern aimn nek sanayar gabxj temqj,
Gajr arn xinkn ger zhaadna bailgan.

【译文】

回到了梅里斯可爱的故乡,
嫩水拥抱着远方儿女飞回家乡。
庆祝会上豪情满怀汇聚一堂,

乡亲会见夜以继日地欢舞歌唱。

回到了梅里斯可爱的故乡，
故乡处处都呈现一片新气象。
绿树参天成荫，雄鹰在翱翔，
高楼从无到有，达乡追苏杭。

回到了梅里斯可爱的故乡，
嫩水草原牛羊成群奶飘香。
各族人民同心同德亲密无间，
改革开放奋发图强建设新家乡。

2. 回到故乡梅里斯(二)
MEISL DAGAIJIRDE HAIJIRSE(二)

乔福胜/注音

那音太/汉译

那音太乌钦曲目

Meisl dagaijiride haijirise,
Mani nawenmur baisij oretbei.
Niamen hornd nekede baisqi aorxte,
Nadeghon heilsen husuge nargatr husgulia.

Meisl dagaijirde haijirse,
Mani haoqindurne halase.
Uunnur leousine hailsinugan tonnoken baiibei,
Unusaiken shuuadegi xiuornbei.

Meisl dagaijirde haijirse,
Malutergurder tergemer idetide iaoibei.
Aamerg gaijir elaimensul mairxiji dolibei,
Aasen gaijirmane sumse zhouderemane ulgare.

Meisl dagaijirde haijirse,
Madensan tarider hukur hone miagine targun.
Batur aimensur nekesanabolji emenle bajilaia,
Bahaoiere xiaokang sanamnargjiude guijileie.

【译文】

回到了梅里斯可爱的故乡,
嫩水扬波表达着心中的欢畅。
"区庆会"上豪情洋溢相会在一堂,
话别情,续友谊,互诉衷肠到天亮。

回到了梅里斯可爱的故乡,
旧貌变新处处呈现蓬勃气象。
高楼林立达乡景致美丽赛苏杭,
绿树参天茁壮成长雄鹰在飞翔。

回到了梅里斯可爱的故乡,
柏油路上车水马龙穿梭来往。
香草园里各族同胞歌舞同欢幸福共享,
魂牵梦萦的故乡改天换地胜似天堂。

回到了梅里斯可爱的故乡,
神奇的黑土地上牛羊成群五谷飘香。
英雄的人民同心同德奋发图强,
与时俱进迈开大步奔向小康。

3. 可爱的呼伦贝尔
TAIERDEGE HULUNBER

乔福胜/注音
那音太/汉译

那音太乌钦曲目

Hulunber hulunber, zhurdesanse gaijirmane,
Hukur hone gaijiridurk, tumen mer xig talider perxijibei.
Eenkemde nendji baiinbolsen eleaimensul,
Eengeltengel anmnaiig kukomlsul tenger ejiner akuder.

Hulunber hulunber, talerdege gaijirmane,
Hugjusti imin naoriosine, xigdalizhugde orsiqibei.
Eenkemde nendji baiinbolsen eleaimensul,
Eede neksanabolji kejeqaku gun chan dangi dagiia.

Hulunber hulunber, saiken iltigaijirmane,
Hunur jidendaua derine, narsbails modine kukurbei.
Eedeni nendji baiinbolsen eleaimensul,
Eenkemde ameltaiben amderegeasa udurudur dediebolibei.

Hulunber, hulunber, saijirg baiin bolg gaijirmane,
Huktenger der zhusti eolnderdji shuuadegi lemerjibei.
Zhab nedji baiin baolse eleaimensul,
Zhannajedi saiken aimnarg udurmane maden ortabei.

【译文】

呼伦贝尔,呼伦贝尔,亲爱的家乡,
大草原上万马奔腾遍地是牛羊。
正在兴旺发达的各族人民,
子孙万代安居乐业赛过人间天堂。

呼伦贝尔,呼伦贝尔,亲爱的家乡,
伊敏河呀银波荡漾,奔向大海洋。
正在兴旺发达的各族人民,
团结一心永远紧跟共产党。

呼伦贝尔,呼伦贝尔,美丽的家乡,
兴安岭呀高又高,松柏永常青。
正在兴旺发达的各族人民,
平安吉祥的生活呀日日向上。

呼伦贝尔,呼伦贝尔,昌盛的家乡,
蓝天高呀,彩云飘荡,雄鹰在飞翔。
正在兴旺发达的各族人民,
安康长寿幸福永远乐无疆。

4. 美丽的家乡巴彦托海
BAYANTOHAI SEBJYNTY

乔福胜/注音

那音太/汉译

Bayantohai eueke agegaijirn,
Batur aimensul ende nannaken aimnaibei.
Sebjinjeqi kuqirse,
Sebjinlji lipaoidoine tengeriaku dergergebei.

Bayantuohai euenke agegaijirn,
Baiinnere ortemuri emelbiiernder suhang xine uldenge.
Aai men sul baisji leode neojiuarse,
Amltiken lelpialji amnaibei.

Bayantuohai euenke agegaijirn,
Baine tonnoken xiggiaine erper baige neknigen.
Zhusti denne eleisan gilgaqibei,
Zhurgde sansen sorun kiao aimen sul iiaogdine iiolon.

Bayantohai eueke agegaijirn,
Baisne sugdnarbn xigleus tengriarbn hoblg medqaibei.
Dedie peqig bular osine tengeri zhude peqiji,
Dedieujese haoieri sanaine engelkeli bolese.

Bayantohai eueke agegaijirn,
Bahaoiiere beimanekatu.
Eenni tali amtenine miagchosine san,
Eenni suqigaxionunine miang gaijirhol aku ualjolbei.

Bayantohai eueke agegaijirn,
Bahua changes tatiji shami zhannaia.
Shami tengergaijirinugan xuroia,
Shmieter sarol nariaidel isana gilgarqilge.

【译文】

巴彦托海鄂温克的家乡,
各族人民幸福的天堂。
"瑟宾节"喜临千里大草原,
庆典的礼炮震天鸣响。

巴彦托海鄂温克家乡,
胜似江南赛过苏杭。
各族人民乔迁新楼房,
安居乐业喜气洋洋。

巴彦托海鄂温克家乡,
笔直大街平坦宽广。
霓虹彩灯奇光闪烁,
索伦大桥连接四方。

巴彦托海鄂温克家乡,
气象大厦观测云雨风向。
灵性的喷泉直冲天际,

滋润着草原儿女心花怒放。

巴彦托海鄂温克家乡，
这里的人们长寿安康。
这里的草原牛羊肥壮，
这里的奶茶万里飘香。

巴彦托海鄂温克家乡，
我拉起胡琴把你歌唱。
祝愿您呀地久天长，
祝愿您同日月永放光芒。

那音太乌钦曲目

5. 福地巴彦塔拉（一）
HOTRTI GAJR BAYNTALE（一）

乌珠尔/注音

那音太/汉译

Imin goli orsolin ort,
Ig jidnes boojrj kudeyer dulebei.
Ilti saikn bayntalman,
Imin keqd hurkrj delgrn.

Hordn morie one,
Hangntra zhaandanb.
Hurjiyeg bayntale,
Hukr mo rxin tali duurkn.

Miangn nidti alga erknb,
Muri zhagsi tatya de elj.
Murdiyeg bayntale,
Murg keltg algi duurkn.

Imin keqi bargasin kukursn,
Ilgayin bas melglqj delgrbe.
Bayntale, hotrti gajrman,
Bayjj aagdman sain gajre.

【译文】

伊敏河水呀长又长，
流下兴安岭来到草原上。
巴彦塔拉幸福家乡，
水草丰美牛羊兴旺。

我跨着骏马飞驰在草原上，
挥动鞭儿放声歌唱。
蟠桃盛宴飘香天堂，
比不过我们的奶茶香。

我扬帆撒开银丝网，
鳌花鲤鱼盈满舱。
河水畅流碧波荡漾，
鱼儿满船歌儿满江。

河沿柳丛绿油油，
万紫千红百花争艳。
巴彦塔拉幸福地方，
生产致富好人间。

那音太鸟钦曲目

6. 福地巴彦塔拉（二）
BAIYINTAL HOTRTI（二）

乔福胜/注音

那音太/汉译

Baiin tal san gaijir,
Bailenti dauori kuine ulane kuxiti peslibei.
Torsi urgu udurn kuded kuqrse,
Tonsanati eleaimensul sanadoture baiste.

Yimin huigoli delnnine baiste,
Yileti shobger aoliderine shaiken justi eolen derdibei.
Baisten tutege eneurgun baited aixi keieneji derdibei,
Baisige lihua kuktengerder ileti hualterse.

Eendi ugursul guaburnbarang,
Eekiqiduo haikmagiang sine feng huang degiier nannaken.
Eendi iqiken nonkukursurine saikenbaiga buku,
Eengaijir beanlurdegi doiinugan zhannag doiinne talider guang gelbei.

Dang baiin bolg hes bolgase,
Dagur qan anmnagine san bolebei.
Wendur leosd neoj uarse,
Wnuen saiken ordonni iiek gilgaqbei.

Baiin tal baiin gaijr,
Baisj talider adoiie adolbei.
Muriosine gegken,
Murjias jebidurk zhanagdo muridurk.

Aaixkiie nej,
Argsanaiie baitlj.
Ordonig bumartie,
Ort bodgne zhomoj gun chan danggi dagiia.

那音太乌钦曲目

【译文】

巴彦塔拉好地方,
哺育达斡尔人丁兴旺。
乡庆吉日降临在草原上,
各族人民兴高采烈心欢畅。

伊敏辉河欢波逐浪,
"少布格热"山上彩云飘荡。
喜庆的鸽子展翅飞翔,
耀眼的礼花在蓝天上绽放。

这里的姑娘比天仙靓丽,
跳起"哈库麦勒"赛过凤凰。
这里的小伙英俊健壮,
百灵般的"扎恩达勒"在草原上传唱。

党的富民政策指引方向,
巴彦塔拉变了模样。
高楼瓦房美观敞亮,

博物馆内文物精品熠熠闪光。

巴彦塔拉富饶的家乡，
水肥草美六畜兴旺。
甘甜圣水银波荡漾，
鱼儿满船歌儿满江。

展开我们的金翅膀，
与时俱进奔向小康。
饮水思源既往莫忘，
达斡尔人民永远跟着共产党。

7. 回故乡巴彦塔拉
BAIINTAL DAGAIJIRDE HAIRSN MEI

乔福胜/注音

那音太/汉译

Bari hon ni ainede dagaijirde hairsnmei,
Baisebaise ujesmine iltiieke barang.
Ordonkemi hanleng durun nine ujirduuei,
Ortesosen hulang zhuan gerasa nidi durkei.

Tursen garsenne aolqi,
Tukrn xirede soji sanahusuge husuguljibei.
Eemleti iqkrsur xigsorgolde bitigdaodiste,
Eeaimnagde sangairsurine nenekerder.

Aimeni baiin bolgag dasnbadn iaoge terguli zhabei,
Aimen neksana bolse oingei.
Dauor olsuli sanaiine gegken,
Daqin hordun miri nimaqilji san anmnagi jude temqiiei.

Baiantli kusul gubd turlt hoki qiangaji dagiia,
Banni sai ken aggajire bailgaiia.
Eeos sanbaige hukur hone margun,
Eengel tengel amnargemane tumenhon ortei.

249

【译文】

　　虎年春节回故乡,
　　处处呈现新气象。
　　不见往日穷模样,
　　满眼尽是红砖房。

　　探亲访友会老乡,
　　促膝谈心诉衷肠。
　　争气的孩儿上了大学堂,
　　致富能手一个比一个强。

　　富民政策指方向,
　　民族团结做保障。
　　达斡尔人民心敞亮,
　　快马加鞭奔小康。

　　巴彦塔拉人民紧跟党,
　　建设美满新家乡。
　　草肥水美牛羊壮,
　　幸福生活万年长。

8. 巴特罕晨曲
BATEGEN NI ERTIDO

乔福胜/注音
那音太/汉译

Nariisan naunmurd tosten dine saikenk,
Narsbails mode narixerdine orgegiin kuxti.
Bensilti shuuadegi sarnderine derdubei,
Bategeni erti doiine sanaii nelgbei.

Kuktengeri zhaokdine qigan eouln derdibei,
Kuxti guiji lege honiado talidurk hukurmer margun.
Mais xiarborqio nariilga eousgin san,
Mani bategendauor dagaijirn madensan.

Bategenqiang sajihaldi hanni derhundulebei,
Batur saiairi durun nine hornti.
"Aaoli. ilan" geide airqoji atesnugang luaqiti alarqibei,
Aaorti "shaolang" baiinkui aleji mogu kuii aixilbei.

Dauorku sanane toned chuosine halun yesine hatu,
Daqiiere gurungere ununsanaire hadegalabei.
Eeden ueileqn nere bategeni ertidoie dolbei,
Eeden bas unen sanaiare gurun gerte san xureri ukse.

【译文】

美丽的朝霞映红了欢腾的嫩江,
苍松翠柏迎着阳光茁壮成长。
矫健的雄鹰穿越长虹展翅飞翔,
巴特罕的早晨歌声嘹亮。

蓝蓝的天边朵朵白云轻悠悠地飘荡,
雪白的羊群遍布草原牛马肥壮。
麦浪滚滚大豆飘香葵花向着金太阳,
这就是我们达斡尔人的巴特罕家乡。

巴特罕尊崇"萨吉哈勒迪汗"远祖圣上,
民族园里英雄豪杰的容颜焕发光芒。
"傲蕾·一兰"身佩宝剑严惩"罗刹"列强,
"少郎"好汉杀富济贫紧握手中钢枪。

达斡尔人心诚血热骨硬朗,
自古保家卫国从不惧怕虎豹豺狼。
他们用勤劳智慧谱写巴特罕晨曲深情悠扬,
也用真诚爱心祝福祖国和家乡永乐吉祥。

9. 赞美尼尔基街
NIRGI GIAAYL KEENIEYE

乌珠尔/注音
那音太/汉译

Aldr nerti Nirgi giaa,
Aol osxin ujxin saikn.
Talie sobrganxin eulnd tosn,
Turgulxin bas tand baiga talakn.

Merdn keqi zhen Nirgi giaa,
Murdg nari isann tossn.
Morn davva oll heke ergusj,
Mudri adl murdiyebei.

Nirqgn yeg zhen Nirgi giaa,
Nandakn manu tanar dastardsnx.
Naon muri keqi dagj sooj,
Naonchani uji ardninx.

Baynti zhen Nirgi giaa,
Batgnchan shami bailgasn.
Boign zhaadna nendlgj,
Baisj sebjlj amdayadei.

Derqgn yeg zhen Nirgi giaa,
Degi qiqmel lumerj dapdbei.
Gegen saikn antg ilga duaalbei,
Guasi niamn albi weilde hunzhern.

Eldnti zhen Nirgi giaa,
Endur mori adl axkie garj.
Ern qia gi sain ho blsndin,
Eli smldie yebj deer derdtgai.

【译文】

远近闻名的尼尔基街,
山清水秀景色美。
电视播塔耸天立,
柏油马路宽又齐。

岸边的城镇尼尔基街,
明媚的阳光照耀着你。
莫力达瓦人抬起头,
好似卧龙昂首望天际。

繁荣的城镇尼尔基街,
犹如美玉玛瑙装饰着你。
嫩江和你亲相依,
你是纳文人的根据地。

富饶的城镇尼尔基街,
英雄的达斡尔人创建了你。
双手开创新天地,

昌盛的乐园多壮丽。

欢腾的城镇尼尔基街，
百鸟齐鸣赞颂你。
映山红花开满枝，
达斡尔政府所在地。

美丽的城镇尼尔基街，
好似神马展双翼。
春光回到嫩水之滨，
愿尼尔基镇日新月异。

10. 赞美尼尔基

NIRGI KENIIA

乔福胜/注音

那音太/汉译

Hunjerg hotn nirgi,

Hukjusti aol osqinne iaki nannakn.

Tergurine erpr baige ortei,

Tengerijude churisosen losgerine barang.

Yisor emenleti hotn nirgi,

Yilti nariisan xemijude tosbei.

Eerdemti meridaua heketakiji tonnoken baijibei,

Eersuue xige mudurnugan tengeri madennine ujibei.

Nan nakn hotn nirgi,

Nomengoli osine aimesuli tejeibei.

Nannakn xigkiaoine sarnni nugan,

Nabixin ioleng bolsende haoiere iagbaistei.

Baiin hotn nirgi,

Bategen aimensul shami dastabei.

Bailenti osihoroggaijir erdeminexige,

Baisji aimnaggaijir haoiere dediebolgaia.

Kuk hotn nirgi,
Kuii sortlgege ilgaua qiqumoldegi daoine beierxine heiluuei.
Namgilga gaijiridurk huaiterbei,
Nannakn aimnaige dauoraimensul baisjiulbarn.

Uunun batur hotn nirgi,
"Uurke"xig mudur derten gaijirn.
Sanair batur ubaxitn,
Sankuqe gurun aimende gargasei.

Derdeg hotn nirgi,
Deleue barkn meri nugan dediederdusen.
Dangkii bailn sandine edegi shate,
Derderdug nirgi uduri miang gaijiriaoxa debei.

Xiadelti hotn nirgi,
Xinkn gurugeri pokonadeg gaijir bailgasei.
Dauor zhalo pokonadegre gurugerde sankuqe ukixiadiebei,
Dauori ulanmuqi sul bejin taiuand saikn dolji mairxi tei.

那音太乌钦曲目

【译文】

欢腾的浩通尼尔基,
青山绿水多么美丽。
柏油马路宽又长,
高楼厂房向天耸立。

奋进的浩通尼尔基,
明媚的阳光照耀着你。
莫力达瓦昂首挺立,

恰似巨龙遥望天际。

美丽的浩通尼尔基，
诺敏河水滋养着你。
大桥如虹通各地，
方便人民传递友谊。

繁荣的浩通尼尔基，
巴特罕人民建设着你。
水利枢纽工程显威力，
昌盛的乐园令人欣喜。

绿色的浩通尼尔基，
鸟语花香陪伴着你。
映山红花开满地，
达斡尔人民喜悦无比。

英雄的浩通尼尔基，
"乌尔阔"巨龙的腾飞地。
"巴图鲁""色爱日"揭竿起，
为国为民献计出力。

飞跃的浩通尼尔基，
好似神马展开双翼。
党的春光呈现生机，
尼尔基腾飞日行千里。

有为的浩通尼尔基，
国家级曲棍球训练场地。
优秀儿女代表国家现身国际国内大赛逐鹿竞技，
"乌兰牧骑"晋京赴台欢歌曼舞倾情献艺。

11. 歌唱扎兰屯市达斡尔族乡（一）
ZHALN HOTNI DAGUR TORSO ZHAANDAYA（一）

乌珠尔/注音

那音太/汉译

Zhaln hotni zhun beydin,
Zhalgn eldnti aoli gajr.
Dagur alli kotrti ailin,
Daada guasda Jin yaozhao bailgasn.

Yien hadi eml beydin,
Irgng niumna bailgasnx.
Derng tursn sure ollxin,
Dagur niamna hadglayabei.

Erti nari eldni ortj,
Enslgej zhaandag daoxin waalgn bei.
Durbn tald derqgnj,
Dagur ollo sana ukann neelgebei.

Eml beyerxin ujie ta liesmin,
Elegun ami qiagntixe.
Huain beyerxin ujie ta liesmin,
Had aolxin aydu saikn.

Barn beyerxin uje talesmin,
Bilkvi adl gegen turgultix.
Zhun beyerxin uje talesnun,
Zhadi osxin kuaagj orsbei.

Durbn talixin uje ralsemin,
Dagur ailin soozhosn.
Naimn kizharixin uje talesmin,
Nidimin darsag saikn iltix.

Hara obochani bailgasn ailin,
Holsti bulari llin saikn.
Hails moodri busand soosn,
Hailstickani amdagin sebjn.

Dobtichani bailgasn ailin,
Duaalsn Altn haalid soosn.
Zhabki ger qikeni ollsal,
Zhadi sain gajrdin soosn.

Hawri ern bolosin,
Had aolxin kukurbei.
Najr ern bolosin,
Nar ilgatan tarie duurkn.

Namri ern bolosin,
Nanda tebg idetan boojrbei.
Ugul ern bilisin,
Ung jastan eli gegekn.

Ordonar aasn dagur aimn,
Orn tegede ejn boljidi.
Oml kekure hurjlgej,
Obi deer zhargj amdatgai.

【译文】

山城扎兰屯市的东边,
青山绿水鸟语花香。
达斡尔人的幸福家乡,
金耀洲创建的好山庄。

音河山南边向阳坡,
达斡尔乡政府多壮观。
英雄儿女做主人,
同心同德建设新家乡。

迎着东方升起的太阳,
引吭高歌真嘹亮。
"扎恩达勒"歌儿响彻四方,
达斡尔人民心花怒放。

举目往南面一看,
谷仓林立装点富饶乡。
回首往北面一望,
群山起伏树木苍苍。

转身往西边一瞅,
油光大路穿越达乡。
回转身来向东一瞧,

那音太乌钦曲目

潺潺的音河流向远方。

四面环顾向远处眺望,
炊烟缭绕在大小村庄。
村前庄后水田旱地茂盛,
地边山坡更有牛羊群点缀。

哈拉村由敖包人开拓,
芦苇泉子水草丰美。
海拉斯人坐落的,
孔雀沟屯景致优异。

多布太人开辟了大西店,
阿拉坦哈里交通要道。
扎布哈奇可乃人坐落的,
靠山河屯农渔并举。

春风吹到达斡尔乡,
满山遍野披绿装。
夏日照到达斡尔乡,
葵花盛开闪金光。

秋风吹拂达斡尔乡,
田野稻谷瓜果飘香。
冬雪覆盖达斡尔乡,
银装素裹狩猎生产忙。

古老而勤劳勇敢的人民,
党的领导下当家做主。
生息繁衍子孙后代,
加倍努力勤劳致富!

12. 歌唱扎兰屯市达斡尔族乡（二）
ZHALAN EAILI DAUOR TORSI ZHANDAIA（二）

乔福胜/注音
那音太/汉译

Nannakn aolhotn zhalan aili zhun bidine,
Nek amlti sebjingaijirbei.
Aaol osine saikn ilga huai terbei qiqmoldaodebei,
Aajiguatn gaijirmane utegai nerti dauortors.

Iingoli emelaoli nartosge habrgdine,
Iiltidauor tors dasn ordn dirbaige nanakn.
Batur kuke ugun nine gerterge hadalaji,
Baidhaoiere neksanabolji agegaijire nannakn boskaia.

Baisgede nidetailji emele ujese,
Baine amteg haixiker unnur soibei.
Uunnurgaijir garji heke horqijihuan ne ujese,
Uurkur aol ualn baiga nars bails mode kukurbei.

Beiie horqiji barnbijude ujese,
Baine shuini tergurderine kumaide iidtide iaojilaibei.
Beiie horqiji junbijude ujese,
Bailenti gegkn ingoli osi delennine gilegaqibei.

Nanquan ailine emelbid saose,
Nannakn aolosti amide qegenni durk.
Eene utkai hara uoboqian kuiine bailgasn ailine,
Eenbas hotundauori huirder asngajirn.

Barnbide sosn daxidian ail,
Banni dobtiqian saikn amnaibei.
Iilga huaiterbei qiqmor bidabei,
Iilti althalidotur erdemtiku gaqrse.

Junbide sosn kao shanheail,
Jurnti haqnedlg kigde jigauaijir tergurine barang.
Niamal hailsideri horgine xittlg tatebei,
Niaknkui kisen torgine gurun bedi durxiadebei.

Haori hin dauor torsde kuqrse,
Hertaline kuke qinqi unste.
Naijiri huar dauor torsd uarjukse,
Narilga xinedqe nari ortibei.

Nameri nar dauor torsde toste,
Nairem handam kenk duangg hamelse shonun uaine sailgibei.
Uguli chas dauor torsi durke baise,
Ununkuqere mode kirodebei shuua nadebei aolaqbei.

Batur ueileqn dauor ku,
Baneksanaiara guen chan dangii dagiia.
Suxiti dauor tors,
Sunne udurti sanadoturere xemikeneia.

【译文】

山城扎兰屯的东边,
有一个快乐吉祥的地方。
青山绿水鸟语花香,
这里就是有名的达斡尔乡。

音河南山向阳坡,
达斡尔乡政府庄重又漂亮。
英雄儿女当家做主人。
同心同德建设家园士气高昂。

喜悦着举目往南看,
大地上林立着座座粮仓。
登高回首往北看,
群山起伏松柏苍苍。

转过身来向西瞧,
水泥大道连接四方人来车往。
回过身来向东眺望,
清澈的音河水银波荡漾。

南面坐落的南泉村,
山清水秀五谷满仓。
这是"哈拉""敖包人"开拓的村庄,
"浩通"达斡尔的第二故乡。

西边坐落的大西店村,
"多不替"人民在这里幸福又欢畅。
群鸟齐鸣百花齐放,

那音太乌钦曲目

"阿拉坦"哈勒里飞出金凤凰。

东边坐落的靠山河村，
多种经营财路多又广。
桑树林里桑蛾吐茧丝，
山村的丝绸商品打入国际市场。

春风吹到达斡尔乡，
满山遍野披绿装。
夏雨滋润达斡尔乡，
葵花笑迎金太阳。

秋阳普照达斡尔乡，
稻谷丰收瓜果香。
冬雪覆盖达斡尔乡，
采伐驯鹰狩猎忙。

勤劳勇敢的达斡尔人，
永远紧跟共产党。
生机勃勃的达斡尔乡，
我们从心里天天把你赞扬。

三、点赞"塔拉立"(表亲)民族

1. 热烈庆祝鄂温克族自治旗建旗五十周年
EUNK GUAS BAIJ TAIBEN HON URGUNDINE UQLIIA

乔福胜/注音

那音太/汉译

Zhakan bei sari nariisannine saikn,
Zhan naj dasen bodun nine keneiia.
Eunk guas iilti dagaijr,
Eunk guas haoqn durnne halase.
Elaimen hunjerj dolbei,
Ersuuei undur aoline jiden daua.

Naijr eren hertal kukurbei,
Niamenni dasen bodn aidugsan.
Saikn amnaig elaimen,
Sana kuqe barji baiin boliia.
Talider meronj jurorgaiia,
Talakn iimin gol miangg gaijr ort.

Eunk talider haiqn ilga hateerbei,
Eunk ku guase bailgaj taiben hon bolse.
Wrgun jeqd beiie dasiia,
Waren nere luosd neoj uarpa.
Ates ula tali durk,
Amnag sainineasa eunk ku.

Baisj amnag eunk aimen,
Batur kusul lipao tailj hunjerbei.
Sanagre hakmalj dolia,
Sana doturel bai sipa.
Gurgun huaitersen ilga shonun,
Gun chan dangni bailennine ulmarte.

【译文】

八月的阳光灿烂辉煌,
民族政策光辉照边疆。
鄂温克旗美丽的家乡,
鄂温克旗改变了旧模样。
各族人民欢腾歌唱,
巍巍的兴安岭高万丈。

八月的草原绿波荡漾,
民族政策光辉照边疆。
各族人民幸福的天堂,
勤劳的人民建设新家乡。
扬鞭跃马飞驰在草原上,
清清的伊敏河千里长。

鄂温克大地百花绽放,
鄂温克人建旗五十周年。
旗庆节日穿上盛装,
草原人们乔迁新楼房。
这里的草原牛羊肥壮,
鄂温克人民幸福欢畅。

鄂温克人民喜气洋洋,
欢庆的礼炮震天响。
跳起哈库麦勒飞舞歌唱,
欢天喜地心花绽放。
这里的鲜花千里飘香,
共产党的恩情永不忘。

那音太乌钦曲目

2. 鄂伦春南木好风光（一）
ORIQIAN GAJRI ILIN SAIKN（一）

乌珠尔/注音
那音太/汉译

Amjn aoli arbunn saikn,
Amjn orqieni ogi gajr.
Aoli zhawkarin Yadl gol orsbei,
Amjn orqien gojr ujmxti.

Eldnti nari isan tosj,
Edni vvaafan gerin duaalbei.
Ede dang bolo niamni ujgdin,
Erdm sorg iqkrin bas qia lnti.

Daayas mergn orgien oll,
Dawa Jidnde ejn bolsn.
Hordn miaochand harbasin,
Handg bog halgasin garn ye.

Orqien oll altn axkie orgj,
Ort engl kuendid derdbei.
Amjn gajri ilin saikn,
Aoli aimn orqien zharglti.

【译文】

高高的兴安岭新气象,
南木是鄂伦春的幸福家乡。
雅鲁河水银波荡漾,
鄂伦春山乡好风光。

党的光辉照猎乡,
鄂伦春人住上了新瓦房。
学生享受助学金,
鄂伦春儿女茁壮成长。

矫捷善射的鄂伦春人,
兴安岭上的主人翁。
莫日根射手显神通,
獐狍野鹿难脱手掌。

鄂伦春人插上了金翅膀,
穿彩云越长虹高歌翱翔。
千山万水披盛装,
鄂伦春山乡好风光。

那音太鸟钦曲目

3. 鄂伦春南木好风光（二）
EORQN NANMU GAIJIRINE SAIKEN（二）

乔福胜/注音
那音太/汉译

Undur jidndauaii baobi iekeni aolidurke,
Unun elgun amnag gaijirine asa orqn nanmu.
Zhags iide ialugoli doturine barang,
Zher zhur guresine margun.

Dangi nariisannine gurunkeqide toste,
Daqi orqnkuii xinkn uahijigerte ajiolse.
Bitige daodeg iqigersulde gurun nere bitig daodege jiga ukbei,
Bitege saikn soreg iqigersul barang.

Aaimenni dasn bodn meter saikn nariisanni nugan,
Aaidug emeleti orqnku elemgaijir albehaibei.
Mergen sul tairetairji maimangkiji xiadelti,
Meskuen qian neriine xig.

Wordnni orqn ku xirbsiine buku,
Warn aolaqnde enernqegi axikai karkuji ukse.
Bitigqn baiga baturti orqn,
Bimek elsen orqn zhalokuiine egegurund tonnokn baixiate.

【译文】

高高的兴安岭满山宝藏，
南木是鄂伦春富饶的家乡。
雅鲁河中鱼游虾戏，
獐狍野鹿膘肥体壮。

党的阳光照亮边疆，
定居的鄂伦春住上了新瓦房。
上学的孩子享受助学金照顾，
大中小学生在学校里茁壮成长。

民族政策像灿烂的阳光沐浴着鄂乡，
少数民族干部工作在四面八方。
神枪手莫日根会种庄稼会经商，
非物质文化遗产艺人放射着耀眼的光芒。

远古走来的鄂伦春无比坚强，
新中国的猎民插上现代文明的翅膀。
文武兼备是英雄儿女的特质，
一代新人屹立在祖国北疆气宇轩昂。

那音太乌钦曲目

四、节日同欢庆

1. 达斡尔人欢度"库木勒"节
DAUOR KU HUNJERJI KUMUL JEQLBEI

乔福胜/注音
那音太/汉译

Haor ern kuqr se,
Hao qn dauor baisbei.
Uqn zhandalg zhalosul amerele ulheilgei,
Ugunsuline asa perxiji haikumaiibei.

Haoiere horeqiji perxiji maria,
Haorern kumuli kuangse durterine tebei.
Kusulbaisji nekende horeqte,
Kumuljeqiasa madn sebjin.

Talgaijrele haijirsen beimine,
Talsenjeqd baisqe amqiji irsenmei.
Baisqi aoltn tursen garsen,
Baisten nere sanahusuge husugulia.

Zhurgere dolsen domane guang gelgebei,
Zhustikir hei ende laixidiji urgun paoidoine xige.
Nauen muriosine baisiji dodolibei,
Naorikeqi kuketalimadendine hunjerg kuibarang.

Kumul deguzhasti antixilkije,

Kukjusti antiideii elgog tugua olondine sojiidiiabei.
Honimiagine targun baiga shonun,
Hoturti airgere haoierde bairbei.

Kumul ximtid dauori xigidene,
Kuibeiine sanbolgag emeeuos liengzhi uldenge.
Ordonni mogun amnasenne martiulbolei,
Ortine tenger gaijiri nugang guade gine utgai dauor qiang.

【译文】

春回大地好风光,
达斡尔人民心欢畅。
小伙们"乌钦""扎恩达勒"不离口,
姑娘们跳起"哈库麦勒"传吉祥。

三五成群采撷忙,
"库木勒"装满元宝筐。
各族儿女齐相聚,
"库木勒"节日喜洋洋。

我从草原回达乡,
参与盛会心敞亮。
亲友老乡重聚首,
情意绵绵话儿长。

深情的音乐传四方,
礼炮声声彩旗扬。
嫩水和鸣汇交响,
河边草原成了欢乐的海洋。

"库木勒"鲇鱼炖鲜汤，
吊锅旁边美味享。
手把羊肉肥又香，
美酒佳酿敬客商。

神奇"库木勒"多营养，
灵芝仙丹比不上。
过去的苦难不能忘，
达斡尔人兴旺万年长。

2. 回乡参加"观鹤节"有感
TOGIOR WJIGJEQILEG WQIN

乔福胜／注音

那音太／汉译

Qiqigar hotnni jun eml bidine,
Qigan toglori san amerg gaijirine.
Oirgoli keqide kuk holsti,
Osidegi baisiji ag gejirine tengerduar bixien uue.

Saikn nariisanine halukn,
Sanadoterere baisji toglori ortiie.
Aaol muri derdijiq gaqirse,
Aortmuri emlbii xinkn sugdn arbun aiqirukse.

Honigulgun mink ula,
Horuair nadeg qikrgkusulde ortiji beiie ujirgebei.
Aamnaggaijire saiknnine kudujirgji,
Aamernadeje jigabas nemrdebei.

Toglor hotn kusuline bodegeti,
Toglor ujigjeqi bailgaji sanaukanna gargabei.
Ku kaqin anmtnti beibiiere ulheile,
Kuixitibolse hotnasa toglorbitigerine kuqiolse.

Nameri udur sesun,
Najirde hairige toglor ugun kuke dagelgaji emele derdibei.
San xurelukg husug manne aiqukbei,
San kiaobolji huirgaijiri nign iaojir qilaia.

Huairtersen ilga nannakn kemdine,
Hobjiia aiqirikuguge toglori haijrgine kurqeiia.
Degi kuti zhugulqese tumen bait salaruue,
Dedebolege toglorhotn elieli baiin boltage.

【译文】

塞外齐齐哈尔东南方,
丹顶鹤栖息的好地方。
乌裕尔河畔绿苇塘,
水禽乐园天下无双。

明媚阳光暖心房,
水肥草美迎鹤翔。
飞跃千山万条江,
衔来江南新气象。

春夏秋冬鹤繁忙,
恭迎万千游客赏。
展示卜奎别样景,
旅游创收添力量。

鹤城人民有眼光,
特设观鹤节表衷肠。
生态平衡长远计,

鹤文化助老城实力强。

秋高气爽天转凉，
鹤带儿女回南方。
驮去北方祝福话，
愿做南北沟通好桥梁。

只待来年花绽放，
盼鹤回家带福祥。
人鸟和谐万事顺，
鹤城腾飞更辉煌。

那音太鸟钦曲目

五、颂扬友情、亲情、爱情

1. 别耍钱
JIGA BU NADE

乔福胜/注音

那音太/汉译

Yiuan na yitiao yine buqinade,
Yidege uoge uloliixe;
Eeuan na ertiao yine buqinade,
Eemege kekuxine sanajegbe;

San uan na san tiao yine buqinade,
Sana ya ukuana barbixe;
Siuanna sitiao yine buqinade,
Serte bei ye ne barbixe;

Uu uan na utiao yine buqinade,
Uulun jiandine uannebixe;
Liuo uan na liuo tiao yine buqinade,
Liuo gur sogur bolebixe;

Qiuan na qitiao yine buqinade,
Qilmig dalgunqi sorbixe;
Bauan qi batiao yine buqinade,
Baba memexine sanajegbe;

Jiuo uan na jiuo tiao yine buqinade,
Jurgisanaya barbixe;
Sorkun qi pai yine buqinade,
Sorgi moyine sorbi xe;

Majiang pai yine buqinade,
Madegenti jiga dine uarbi xe;
Pai jiuo pai yine buqinade,
Paixikn doxikn derdube.

【译文】

一万一条你不要耍,
吃的喝的没有了;
两万两条你不要耍,
老婆孩子没钱花;

三万三条你不要耍,
操心费力熬心血;
四万四条你不要耍,
聪明反被聪明误;

五万五条你不要耍,
拉下饥荒难还账;
六万六条你不要耍,
二流子懒蛋不成器;

七万七条你不要耍,
游手好闲惹人烦;
八万八条你不要耍,

爸爸妈妈操碎心；

九万九条你不要耍，
费尽心机伤身体；
纸牌纸牌你不要耍，
学坏了以后难戒掉；

麻将麻将你不要耍，
高利贷永远还不完；
牌九牌九你不要耍，
国无宁日民不安。

2. 北京城里文人多
BEJIN HOTUNDE BITIGETIKUI NE BARANG

乔福胜/注音
那音太/汉译

Qiqigar, Qiqigar, ilti hotun qiqigar, han hai nu,
Qiqigar hotun dine qiqin sertekubaran, han hai nu;
Daqien, daqien, baiin hotun nine, han hai nu,
Daqien hotundine chuoluo tosine baran, han hai nu;

Ai huiya, aihuiya, aihui hotun nine, han hai nu,
Ai hui hotun nine altine baran, han hai nu;
Mugduna, mugduna, mugdun hotunnine, han hai nu,
Mugdun hotun nine mungine baran, han hai nu;

Suhang a, suhang a, suhang hotun nine saikn, han hai nu,
Suhang gaijirine saiken ugun non baran, han hai nu;
Hulunbeir, hulunbeir, kudetalinexiig, han hai nu,
Hulunbeiri kudetalede hukur hone maden baran, han hai nu;

Hunan, hunan, hulan gaijirine, han hai nu,
Hunan gaijir hulang hode mao zedun choro berse, han hai nu;
Bejin a, bejin a, olgti bejin hotunnine, han hai nu;
Bejin olgti hotundine bitigqnnine baran, han hai nu.

【译文】

齐齐哈尔,齐齐哈尔,繁荣的齐齐哈尔,汉海努,
齐齐哈尔聪明人多,汉海努;
大庆,大庆,富饶的大庆,汉海努,
大庆的石油多,汉海努;

爱辉呀,爱辉呀,边疆的爱辉,汉海努,
边疆的爱辉黄金多,汉海努;
沈阳啊,沈阳啊,古老的沈阳,汉海努,
古老的沈阳白银多,汉海努;

苏杭啊,苏杭啊,美丽的苏杭,汉海努,
苏杭二州美女美男多,汉海努;
呼伦贝尔,呼伦贝尔,辽阔的大草原,汉海努,
呼伦贝尔大草原牛马羊多,汉海努;

湖南,湖南,红色的湖南,汉海努,
湖南出了个救星毛泽东,汉海努;
北京啊,北京啊,文明的北京,汉海努,
文明的北京文人多,汉海努。

3. 怀念朋友
GWQIE DORSWG

乔福胜/注音
那音太/汉译

Gorgor chalba hailsi uje sei,
Guaburixine dao tailji zhannapei.
Udur sune uue sanerdeg agduomine,
Unun sanaiare tani sanni tane dors qilabei.

Terundur kuixti dedie eosege holrdan hailsi ujese,
Tengrijude jurntine sanagere zhannaia.
Beibeite sanaul huebelqi agduo,
Biele kejeqixini unun sanaixine ulmartmei.

Nannakn hodilan hailsi ujese,
Nauei xigdao tailji xemi iangs maigti xine zhannaia.
Meter kulgairi nugan zhugelqig agduou,
Maden tanisaneg kemde nidi niomsmine hantasmine akunergse.

Honigulgun kukurge narsmodine ujese,
Hon hon shami kuxtieosgxine zhannardebei.
Kejeq ulheilrqige agduo,
Kerkigese san shami ertekeli aolejolepei.

Saikn kukursn mails modin ujese,

Sannadotuiele shami unenti horjurgetixine zhannaia.
Sanaiere zhugulqisen agduoio,
Saneg sanaiie hulang galoii goji shangd urqleiia.

【译文】

看那亭亭玉立的白桦林哟,
我放声歌唱她的俊俏无比。
日思夜想的朋友呀,
我一直怀念你对我的深情厚谊。

看那高大挺拔的杨树林哟,
我纵情歌唱她的志在天际。
不分彼此的朋友呀,
我永远难忘你对我的真心实意。

看那婀娜多姿的柳树林哟,
我高声歌唱她的浪漫飘逸。
情同手足的朋友呀,
想念你时的我常常热泪湿衣。

看那四季常青的松树林哟,
我倾情歌唱她的顽强伟力。
难解难分的朋友呀,
我多么渴望与你早日相会表达谢意。

看那郁郁葱葱的柏树林哟,
我由衷地歌唱她的质朴刚毅。
心心相印的朋友呀,
托付南飞的鸿雁捎去我对你眷恋的心绪。

4. 弹起"木库兰"想娘家
MUKULAN TAIXIKLAJIE NAIJRE SANEG UQN

乔福胜/注音

那音太/汉译

Mogunk, bi unun mogunme,
Meme, mini anmine ker iimermo.
Mogun da, meme,
Mogun da, acha.

Mogun, bi unun mogunme,
Meme, bi iigu iimer mogeri hentiigsme.
Mogunk, meme,
Mogunk, acha.

Daiar saiken amnarber, sanse,
Dagije amnarsen ermine qirgd iiqsn.
Mogunk, meme,
Mogunk, acha.

Mogunda, kutiaidel aimnabelj sansme,
Mosumti ermine iiqe haijruue.
Mogunda, meme,
Moguk acha.

【译文】

苦哇,我真苦,
妈妈呀,我的命运为什么如此的不幸。
痛苦哇,妈妈呀,
痛苦呀,爸爸呀。

苦哇,我真苦,
妈妈呀,我为什么摊上了这么冷酷的家庭。
痛苦哇,妈妈呀,
痛苦呀,爸爸呀。

本想过一个像样的日子,
丈夫又从军去远方啊。
痛苦哇,妈妈呀,
痛苦呀,爸爸呀。

苦哇,本想过一个平平常常像别人一样的日子啊,
丈夫一去不回还。
痛苦哇,妈妈呀,
痛苦呀,爸爸呀。

5. 采"库木勒"的姑娘
KUMUL MARG UGUN

乔福胜/注音

那音太/汉译

Erti narine gaqirse,
Enkemede hulang horgi emlesosn ugun sanamine amuruue.
Udureken huaide soji ilga eiseme,
Unun lunsido turi degiaidel horedipei.

Chonki neji ujese,
Chualiji kukursin eosiine talidurku.
Eodetulkiji ujese,
Eolen uue tengger gegken.

Udursarine kursinuga qikerbei,
Ulbaige honsar osiaidel orsibei.
Haoriern bolesine,
Haoqin dauor gaijir talaken.

Nauen muri keqide,
Nannaken orgigine asa kumul.
Euo aqaie bailen nine hairgagede,
Endur ugunxine bi tande kumul ma riquke.

Argeti baobi ugun mine,
Aqaxine xemer aidug panqipei.
Aqamine panqesine,
Aairge aqade sureiuke.

Aqamine mini sureiuksen airgimine ogese,
Aje pan qisen aorine utgai ubolikbei.
Euo acha xine xemi tejeji kubolgase,
Enehon xi harben jurgoti bolsentolo gerel heilsuxe.

Xikejeqi naimer heilsuxe,
Xigeoder ulgare bixinkui eodine ulaiku.
Enudur xi kumul mariqibei,
Euoxini sanaine tesuue.

Xini eoder garegordonxine,
Xiemi eoxine bixian de husugjiaia.
Ugun mine hoblsnine saiken,
Unun dedul lianghuai aidl.

Ugun mine nannaken hobelse,
Ujesasa maden gegken.
Aaili nonkukursul ailikine xemiultale,
Aaili zhalosul ainekine xemiulkene.

Xiele iqigen ugunbei,
Xiheletalde iqese keriarbeiie ebqilbixe.
Yakiilti talider,
Yamerku akubei.

Xigtalde kursen hainare,
Xigdoti bu zhanna.
Yiilgaderi bermeti ujeolse,
Yimerbermeti buhororga.

Xieosidoturi qiarqiai ujeolse,
Xiiemi tarkiji horolgajiulbole.
Anmt amine oiing,
Anmnag man sanbolbei.

Eeuo ele euo,
Eede xemeti sana husug husglikui.
Naimisorgasen husugxine,
Nannaken sanade ejie.

Eendur ugunxine kumulmarukiji,
Eeuo aqaie bailennine hairgaia.
Nedem ugag pensi xiagiji, nergi bularosine teji,
Biluki emele baiji, bibeiie nek saiken dasiia.

Eeuoele euo,
Eede naimiuje beiiedastmine ker.
Mini huer orte gejigmineujese,
Meter tojn ni suolin nuga.

Ximini hueir sairmerti mine uje euo,
Xinen guarbenni salori aidel.
Mini guabur baiga sertguart ian bao juan,
Mini kuangsimine airqioji kuml mariiqe.

那音太鸟钦曲目

【译文】

清晨的太阳哟冉冉地升起来了,
唯有姑娘一人闷坐在红柜前。
成天在炕上把花绣,
真好比笼中一只鸟。

打开窗户瞧哟,
田野上披上了绿盛装。
推开房门瞧哟,
晴空万里全无云。

日月像轮盘旋转,
光阴像流水般过去。
风和日丽的春天,
又高兴地回到了人间。

流水潺潺的嫩江畔,
绿绿的"库木勒"放嫩叶。
为了感谢父母养育恩,
姑娘我今天去采库木勒。

姑娘呀我的宝贝,
父亲大人很生你的气。
爸爸他发怒生气,
我会给他斟上美酒。

爸爸喝上了我的酒,
他一定怒气消,答应女儿去采"库木勒"。

父母养你十六岁,
孩儿从未离过家。

今天你要出家门,
妈妈真是有些不忍心。
在你还未出门前,
有句话儿对你说。

姑娘你生就仙女模样,
好像德都勒莲花一样俏。
孩子你如出水芙蓉美,
看上去实在让人醉。

东西屯小伙子,哪个不爱你,
南北屯青年人,哪个不夸你。
你是一个小小姑娘家,
到了野外可要多加小心。

在辽阔无边的草原上,
扎恩达勒不要放声唱。
你要是看见了蝴蝶落花上,
千万不要伤害它。

你要是看见了蚂蚱嬉戏在草丛,
一定不要惊扰它。
爱护生物要记牢,
生态平衡心舒畅。

妈妈呀妈妈,
现在和你说说心里话。

你教导我的话,
我时时刻刻记心上。

今天我去采"库木勒",
是想将父母恩情来报答。
擦净洗脸盆,倒上清泉水,
站在镜子前,精心忙梳妆。

妈妈呀妈妈,
您看女儿粉妆和发辫,犹如孔雀来开屏。
您看我那两道眉,
就像初三弯月牙。

我的心肝宝贝,记住妈妈的话,
我的漂亮宝贝艳宝娟。
带上妈妈的元宝筐,
去嫩江之畔欢乐地采摘"库木勒"。

6. 音钦姑娘
IEQIN UGUN

乔福胜/注音
那音太/汉译

Xi naimi hane ujurtele hasogesqine,
Bi ele ieqin deuo ailide ujurtenkume.
Xi naimi achamine iamer iangsti kuele hasogeqine,
Yin ele ieqinaili nerti zhannaqin.

Xinaimer ene uguni iaimer iangstiku ele hasogesqine,
Biele ieqin aili derdege hankmaiqin.
Ximini menmemine iamer iangstiku elehasogeqine,
Yinele ieqin aili nerti lurgeleqin.

Mini ujurten kemede mine iamerhodurioser beiimeine uguase,
Terosasa tairaimiaoi doturi barken hodurigeanjin ose.
Bixine iamer pensi dotur ujirtenme,
Terasa aian tai ieiemine aihuiier aiqirsen altepense.

Mini iqiken nionio kemdmine iameriangsti dardede beberte,
Terasa bategen gaijiri kungeken dared.
Mememine naimi dardede bebegde iamer burele hoxite,
Terasa bejin hotun ni uang fujieng pesili qigang burine.

Yiqikennere euo achaia husugine sonsipe,
Kuii ulhara samouei kuku aku naimi san ugun elji kenebei.
Yiqikennere guarben huailider nadepei,
Udurtolo zhun barn geri eke duonerte saknadepa.

Nadegmane asa xiuadegi qurquii baireg nadege,
Mememine maden uarn nande haineka kiiukbei.
Kisen hanekaine saiken baiga ununkuiinugan,
Bi jurgo dolitiere iiqkrti shuua hakrabaireg nadpa.

Aainesarer mudur heke erguoge kemede memetie hakmaiqipa,
Mememine haikmaig iangsine aideg nannaken.
Memeier sorser bibas haikmaiqin bolsenme,
Haoreren muri keqide memete kumul mariqipei.

Mememine sanainsan sertegurte, kiaoxin uargiidsan,
Ugunnine memeie kiaoxilbei memeienugan altetojin bolese.
Biasa daqi ingoli keqidesosen ieqinaili saiken ugunnine,
Biasa dedur mokenni derenger ugun.

【译文】

你要问我出生在什么地方,
我本是音钦德沃屯生人。
你要问我的父亲是什么样的人,
他本是音钦屯的"扎那钦"。

你要问我这姑娘是什么样的人,
我本是音钦屯的德日德格罕伯钦。
你要问我的母亲是什么样的人,

她本是音钦屯的天鹅鲁日格勒钦。

我出生时沐浴的是什么井的水,
它本是土地庙里的圣洁的神井水。
我出生时降临在什么样的盆里面,
那本是我阿彦太爷爱辉带来的金盆。

我在婴孩娃娃时在什么样的摇篮里成长,
那本是巴特罕的柳树轻摇篮。
妈妈用什么布包裹我,
那本是北京王府井的白漂布。

我小的时候听从父母的话,
不淘气不骂人,人人夸我好姑娘。
我小的时候在三铺炕上玩耍,
每天都和东西院姐妹们玩嘎拉哈。

我的妈妈心灵手巧给我做哈涅卡,
做出来的哈涅卡精美好看活像真人一样。
我六七岁的时候和姐妹们在街上玩,
玩的是老鹰捉小鸡。

每年正月到二月龙抬头我跟妈妈到各家跳罕伯舞,
妈妈的舞姿优美我学妈妈成为罕伯钦。
每年大地回春嫩江畔柳绿百花绽放,
我手提元宝小筐跟着妈妈去采"库木勒"。

妈妈是美德善良聪明贤惠的母亲,
女儿孝敬妈妈像她那样成为阿拉坦托金。
我本是音河岸边的音钦屯美丽姑娘,
我要成为德都勒莫昆的德仁格乌根。

那音太乌钦曲目

7. 迎新娘
XINKN BERE CREG

乌珠尔/注音

那音太/汉译

Barn aild orgsn,
Bajma Lianhun beymin.
Ban durnimi saikndin,
Baran Zhaoqin kuqrsn.

Zhalni zhaoq elgxin,
Zhaotab irsn toloyin.
Zhorn sanaya guichwfde,
Zhaoqd alsn ugeib.

Zhun aitd eussn,
Jiro morti Junq mo.
Jiro mo rimin jirolgdin,
Zhao ilga duarlbei.

Baran ilgd dondin,
Bajma liamhuayim saikn.
Barn ailar agrj,
Beyere saikn orgonb.

那音太鸟钦曲目

Man gla darlgnj harkvsnx,
Maodan ilga nek zhuiti.
Marxj saikn ha knbiegxin,
Maodanas saikn Lianhuax.

Ugun saikn beyxin,
Urgun kiaod sooj.
Unere namati amdayryabx,
Ujmxti saikn Lianhuax.

Haro darlguj harkvsnx,
Haitan ilga nek zhuur.
Karqgnj saikn sinedgxin,
Haitanas saikn Lianhuax.

Ugun saikn beyxin,
Urgun kiaod sooj.
Unere namati amdayryabx,
Ujmxti saikn Lianhuax.

Zhuuru chokdo harkvsnx,
Jianslan ilga nek zhuur.
Zhurgere sanj ajesmin,
Jianslanas saikn Lianhuax.

Ugun saikn beyxin,
Urgun kiaod sooj.
Unere namati amdayryabx,
Ujmxti saikn Lianhuax.

【译文】

西屯里的巴吉玛,
赛过美丽的莲花。
全屯里的小伙子,
都偷偷地爱上她。

千百个媒人到我家,
甜言蜜语说好话:
"我的亲事我做主,
媒婆太太别废话。"

东屯里的君奇茂,
骑着我的红走马。
放声歌唱在草原上,
百花含笑把他夸。

百花丛中的巴吉玛,
"我就爱上这朵花,
快到西屯里边接她,
亲手栽培在我家。"

妹妹插上了新婚花,
插上了一对牡丹花。
妹妹跳起哈肯麦,
好似盛开的牡丹花。

美丽的姑娘巴吉玛,
乘着喜轿到我家。

你我恩爱成双对，
幸福花开在我家。

妹妹插上了新婚花，
插上了一对海棠花。
妹妹满面的笑容哟，
好似盛开的海棠花。

美丽的姑娘巴吉玛，
乘着喜轿到我家。
你我恩爱成双对，
幸福花开在我家。

妹妹插上新婚花，
插上了一对红菊花。
心上的妹妹我爱你，
好似盛开的红菊花。

美丽的姑娘巴吉玛，
乘着喜轿到我家。
你我恩爱成双对，
幸福花开在我家。

那音太鸟钦曲目

8. 德都勒哥哥乘船来（一）
DEEDUL AKAMIN JIA BD SOOJ IRYABEI（一）

乌珠尔/注音

那音太/汉译

Deeres heinin, Deeres heinin,
Demli serkrbei, Neeye niyeye.
Muri osin, Muri osin,
Madn uwei orsbei, Neeye niyeye.

Mongo jiabin, Mongo jiabin,
Sulbj boojrbei, Neeye niyeye.
Guarbn jiabin, Guarbn jiabin,
Sooj boojrbei, Neeye niyeye.

Doand soosnn, Doand soosnn,
Deedal akamin, Neeye niyeye.
Deedul ajamin, Deedul ajami,
Deuxin helye ke, Neeye niyeye.

Hotnd iqese, Hotnd iqese,
Hus xilas awganie, Neeye niyeye.
Gariere shamd, Gariere shamd,
Herglq kiij nkge, Neeue niyeye.

Beyde emsesxin, Beyde emsesxin,
Sanadmin halukn, Neeye niyeye.
Hotnd warasa, Hotnd warasa,
Hulan torg agre, Neeye niyeye.

Hulan targarxin, Hulan targarxin,
Hanjial kiigamin, Neeye niyeye.
Hotnd iqese, Hotnd iqese,
Weedn awganie, Neeye niyeye.

Weedn burerxin, Weedn burerxin,
Urgun sab kiiya, Neeye niyeye.
Nars moodin, Nars moodin,
Nandakn orqbei, Neeye niyeye.

Xi bad hoyolo, Xi bad hoyolo.
Xiilj boln ye, Neeye niyeye.

【译文】

微微的北风哟,微微的北风哟,
轻轻地吹过来呀,那耶呢呀耶。
清清的河水哟,清清的河水呀,
潺潺地流过来呀,那耶尼呀耶。

小小的船儿呀,小小的船儿呀,
随风飘过来呀,那耶尼呀耶。
三个人儿呀,三个人儿呀,
乘着船儿来呀,那耶尼呀耶。

中间的人儿呀,中间的人儿呀,

那音太鸟钦曲目

德都勒哥哥呀，那耶尼呀耶。
妹在江边呀，妹在江边呀，
等候哥哥来呀，那耶尼呀耶。

乎其木勒卷烟呀，乎其木勒卷烟呀，
咱们两个来尝尝呀，那耶尼呀耶。
进城可要想着，进城可想着，
把花布带回来呀，那耶尼呀耶。

最美的花布呀，最美的花布呀，
做一件花衣裳，那耶尼呀耶。
进城可要想着，进城可想着，
把毛线带回来呀，那耶尼呀耶。

最美的毛线呀，最美的毛线呀，
给你织件毛坎肩呀，那耶尼呀耶。
进城可要想着，进城可想着，
大绒带回来呀，那耶尼呀耶。

最新的大绒呀，最新的大绒呀，
做双新婚鞋呀，那耶尼呀耶。
青杨翠柳呀，青杨翠柳呀，
狂风易折断呀，那耶尼呀耶。

你我双人呀，你我双人呀，
深情难割断呀，那耶尼呀耶。
青松翠柏呀，青松翠柏呀，
千年长寿呀，那耶呀尼呀耶。

你我二人呀，你我二人呀，
幸福永长春呀，那耶尼呀耶。

9. 德都勒哥哥乘船来（二）
JEBED SOJIRSEN DEDUL AKAMINE（二）

乔福胜/注音

那音太/汉译

Deres heini ne deres heinine,
Serkerji bojirbei neie niie ie.
Murieosine muriosine,
Orsiji bojirbei neie niie ie.

Mongojebine mongojebine,
Selekijibojirbei neie niie ie.
Guarben kuiine guarben kuiine,
Sojibojirbei neie niie ie.

Donni sosennine donni sosennine,
Dedul akamine neie niie ie.
Murikeqide murikeqide,
Akaia kulqeie neie niie ie.

Hoqimol dangkine hoqimol dangkine,
Xibaide hoiole hobolqiji oiade.
Hotnde iqese hotnde iqese,
Qiokur burine aojiaiqire.

那音太鸟钦曲目

Qiokur burixine qiokur burixine,
Qinqekiiade neie niie ie.
Hotnde iqese hotnne iqese,
Hareburine aojeaiqire.

Hareburine hareburine,
Hakurkiiade neie niie ie.
Hotndeiqese hotndeiqese,
Ueden burine aojeaiqire.

Ueden burixine ueden burixine,
Urgun saibine kijeunsiia.
Qiarsemodine qiarsemodine,
Hend qiakrbei neie niie ie.

Xibaidehoiele xibaidhoiele,
Qiakerjibolbiia neie niie ie.
Xibaid hoiole xibaid hoiole,
Nannaken amnaia neie niie ie.

【译文】

微微的北风哟,微微的北风哟,
轻轻地吹过来呀,那耶呢呀耶。
清清的嫩水哟,清清嫩水哟,
潺潺地流过来呀,那耶呢呀耶。

小小的船儿哟,小小的船儿哟,
随风飘过来呀,那耶呢呀耶。
三个人儿哟,三个人儿哟,

乘着船儿来呀,那耶呢呀耶。

中间的人儿哟,中间的人儿哟,
德都勒哥哥呀,那耶呢呀耶。
妹在江边哟,妹在江边哟,
等候哥哥来呀,那耶呢呀耶。

乎其木勒卷烟哟,乎其木勒卷烟哟,
咱们两个来尝尝呀,那耶呢呀耶。
进城可要想着,进城可想着,
把花布带回来呀,那耶呢呀耶。

最美的花布哟,最美的花布哟,
做一件花衣裳,那耶呢呀耶。
进城可要想着,进城可想着,
把黑布带回来呀,那耶呢呀耶。

黑色的布哟,黑色的布哟,
做条裤子哟,那耶呢呀耶。
进城可要想着,进城可要想着,
把大绒带回来呀,那耶呢呀耶。

最美的大绒哟,最美的大绒哟,
做双新婚鞋呀,那耶呢呀耶。
青杨翠柳哟,青杨翠柳哟,
狂风易折断呀,那耶呢呀耶。

你我双人哟,你我双人哟,
深情难割断呀,那耶呢呀耶。
你我二人哟,你我二人哟,
幸福永长春呀,那耶呢呀耶。

那音太乌钦曲目

10. 马上的哥哥你在何方(一)

MOR ONSN, AKAMIN HAAN BEIX(一)

乌珠尔/注音

那音太/汉译

Erti nari derdg bolosin,
Erchude sansn akaya san nb.
Alar mo rti akarnin,
All udrin irn ajxe?

Madlx ugei tali deer,
Mo ri toro wajin urkun.
Al nekin xini mo rigxin aje,
Arga mogj ujj yawyabbe?

Harngo su ni zhoudndmin,
Haolgi beed zhaandag daoxin sonsrdbei.
Haalga gara ujye elgdmin,
Haa lses boogda choqe sersnb.

Torgi a dl tali deer,
Tumn haqn ilga delgrbei.
Altn giloqi ertkn marigya,
Aka shamati hordn aoljya.

Tengr dor zhaln gajr,

Bad hoyolor wairin beiye?

Tengr dor zhaln gajr,

Bad hoyolor wairin beiye!

【译文】

清晨的太阳升起来,

想起我那心上的人。

我盼哥哥早日来,

马上的哥哥你在何方?

辽阔无边的草原上,

印着哥哥的马蹄印千千万。

妹妹辨呀辨不清,

哪个是你的马蹄痕?

不知哥哥何日来,

妹妹数也数不完呐。

妹妹急忙推门往外看,

金色的黄花采呀盈满筐。

夜半梦中听起来,

你的歌声在大门外。

想出门外看究竟,

下床惊醒空欢喜。

美如锦缎的草原上,

万朵花儿盛开随风飘香。

金色的黄花采呀盈满筐,

那音太鸟钦曲目

妹和哥哥相会在草原上,

天上人间,
哪有比咱俩亲?
天上人间,
哪有比咱俩亲!

11. 马上的哥哥你在何方（二）
MERI DERI AKA HANDE BIXE（二）

乔福胜/注音

那音太/汉译

Erti narine derduse,
Ersuuei sansn kuiie dorsepei.
Akaie kejeirgine ulmedmei,
Akaxi mereonji haideiqixie?

Maden uuei talider,
Meritoro urkun bolse.
Meritoroine tualjibaruuei,
Mereme onsn akamine haidene ixten aijixei?

Harunge suni zhuodedmin,
Halibedmin handiji kuqursixi.
Sansanaier dukaie nege gareuxi temin,
Suni zhuodelsen nuga huaidel bolikes.

Talideri eosine kukurji chualibei,
Tumen saikn ilga huailterbei.
Justi giloqimarki hannekibaitelje,
Jurgde sansn akate aoljie.

【译文】

清晨的太阳升起来,
想起我那心上的人儿来。
不知哥哥何日来,
你骑着马儿去向何方?

辽阔无边的草原上,
留下哥哥马蹄印千千万。
妹妹数也数不完,
你骑着马儿去向何方?

夜半梦中见哥的面,
你骑着马儿来到了大门前。
妹妹急忙推门往外看,
梦中醒来白白喜欢。

平坦的草原宽又广,
万朵花儿盛开随风飘香。
采黄花的事儿当作来由哎,
妹和情哥相会在草原上。

12. 兄妹相会在嫩江边
AKA UGUN DUOTE NAUN MURI KEQIDAOLTE

乔福胜/注音

那音太/汉译

Sarol hode tengerder gilgaqibei,

Sanade sansankude murikeqide zhannaike.

Bajma duote nekend kubolsenma,

Bajma deoiie nekudur ulujiolese sanamine hostebei.

Sanairge airqioji,

Sansen ugundeote husgele.

Hulang galo jurujuruderdebei,

Husugdo uei ugun deoxine akade kanjial jilikbei.

Junqimo akaia dodolsnnine sontende,

Jugle deolsenxine sannaine tesune.

Gerkusul uanten kemdine,

Gerere gaqirji akaia aoliqe.

Unun gagerdeg ugundeoie gerine ujesemine,

Ugun deomine derdegi nugan gueijiribei.

Perxiji guijirsen ugundeomine,

Pelere kuqiliji akaie olon dine kuqirse.

Nan naken ugundeo mine,
Nanmi aoljebele ienerqi ulaiie.
Arxian airgi ogese,
Aisen hexine daredebei.

Sanade sansen akamine,
Sami ujiqibe elegde heriguresere uleaiime.
Mini zhi lusen kanjiali horden unseqine,
Mini sanamine engl bolbei xinibeixine halun bolbei.

Zhurgde sansen ugundeoie helsere,
Zhuru xighukure shangde ukiksenme.
Huire ukure nande uksentolo,
Hueir miang liang alte tolo halun sana mine anliji ulole.

Uugun doie sannegde,
Uuneie aku tande ukitemei.
Uuneie nande ukiten tolo,
Uugun beimine iakii ulujigade dunliji ulolixe.

Harben tauenni saror tukeren baige gegeken,
Hoiele zhugulqige sanamane naun murioser orteabei.
Honimadende holbn holbg barji,
Hoiele beibeite jugulqiji nanaken amnaia.

【译文】

明月当空繁星闪亮,
我在江边把"扎恩达勒"唱。
巴吉玛妹妹同我一起长大,

一日不见我的心里惆怅。

手提美酒激情飞扬,
盼望与情妹幽会嫩江诉衷肠。
鸿雁对唱欢乐地在蓝天飞翔,
我在月光下为哥织件贴心的衣裳。

夜半听见君其莫哥哥把"扎恩达勒"唱,
妹的心啊早已飞到哥身旁。
二老双亲睡得那么香,
我轻推西窗出了房。

站在江边朝着妹妹家远望,
只见妹妹飞快地跑在村路上。
妹妹奔跑急如星火,
喘着粗气来到哥哥身旁。

心上的妹妹你多可爱,
为了见我你刀山敢上火海敢闯。
请你赶快喝上"爱如仙"美酒,
镇惊祛邪壮胆量。

心爱的哥哥你多么可爱,
为了见你我也不怕虎豹豺狼。
请你赶快穿上这驼绒毛坎肩,
穿在哥哥身上暖在妹妹心房。

心上的妹妹你如此可爱,
哥哥把两头大犍牛送到了你的身旁。
痴情的哥哥你是舍出了两头大犍牛,

那音太鸟钦曲目

可是万两黄金也换不来我那颗火热的心房。

哥哥为了把妹装心上，
又把黑白花大奶牛牵到你家院中央。
哥哥你舍得了黑白花大奶牛，
千金美玉也换不来我的一片衷肠。

十五的月儿圆又亮，
恋人情意恰似嫩江永荡漾。
百年好合喜结良缘后，
你我二人恩爱有加共度好时光。

13. 江边情歌
MURI KEQIDE BEIBEI IE TOXESEN DAO

乔福胜/注音

那音太/汉译

Murikeqide dolegdaotei,
Meter ugundoumine zhan nagin aidl.
Horden sansen ugundouie aoliqe,
Horqeuxite bian lurdegi peterkigederduse.

Murikeqi talieosine lianbljbei,
Meter akamine gueijileige meritoroin nugang.
Horden sansen akaie aoliqe,
Hurxige iuan iang degi zhuru zhuru osiduanne nadijibei.

Hulanmer gueigine hordun,
Husugede daqin akamine tergur iaogineiolen.
Kudede meronji gueilgeia,
Kusuli zhannag daoine guang gelegbei.

Jeerdmer iaogine hordun,
Jurnti ugundoumine mereoneg iangsine dir.
Ugundou ele sanaine horben gairine uaren,
Udursunti mudur fen huang eisnine amei jiiai medelgebei.

Qiganmudur merine gueijileibei,
Qiqn akamine terguliaoig durunnine etegun.
Akamine iqikenere banlarqigi talebei,
Aaimenmiang tume kuiduotur inleunun batur.

Jinxile merxine mudurinugang,
Jurenti ageduo hoiele nekjalen jugelqia.
Derderdug xuua aidel,
Dorqlg anmnagine qiatere kurtgiia.

【译文】

江边柳树里歌声响,
好像情妹妹在歌唱。
快快去会好妹妹,
惊飞了百灵四处望。

江边的草浪在荡漾,
好似哥哥的马蹄扬。
快去相会情哥哥,
鸳鸯成双水中央。

大红马儿跑起来爽,
哥哥赶路多顺畅。
骑马奔驰在草原上,
"扎恩达勒"多嘹亮。

枣红马儿走得忙,
妹在马上好稳当。
心灵手巧的俏姑娘,

绣龙描凤呈吉祥。

白龙马儿四蹄扬,
哥哥威风凛凛好形象。
从小就是好摔跤手,
千万个人里属哥强。

菊花马儿飞龙样,
哥妹江边情意记心上。
比翼双飞志高远,
人间美景尽情享。

那音太乌钦曲目

14. 兄妹忙丰收
ERLGN HORIELIG UQN

乌珠尔/注音

那音太/汉译

Taire namerernde alteisan gilgaqibei,
Taire hadeg kusul aidege iaribei.
Taire hadeg akaine hadegine hordun,
Tairder orgsnideie terger xorjiaiqirgine asa ugunduoine.

Naimnsari namri heinine sesun,
Nannakn nugua taired otur durk orgse.
Nugaqerqig ugunduoi ueiline akaine aixilbei,
Nugajeqie asa zhannai dagijieosbei.

Eerdemti aka ueilean,
Eelgn horieli iekei itulgede xurjaqirse.
Akaine tairie ulebei ugunduoine amxirkbei,
Amnirgsine qegenni durkun.

Ximiang kuii doturin madensan ninxe,
Xitumenkuii doturtolo nekiqi xiand uldenge.
Eergn horili barsen huai nar,
Eerdemti agdou hoieo nekender kenerdebei.

【译文】

秋天大地闪金光,
众人收割忙又忙。
哥在田里割地快,
妹妹赶车运回庄。

八月里来秋风凉,
满地的白菜棵棵壮。
妹妹砍菜哥帮忙,
菜垛随着歌声长。

有能力的哥哥秋收忙,
丰收的庄稼拉上场。
哥哥打场妹来扬,
颗粒不丢粮满仓。

一千个人里属哥棒,
一万个人中哥最强。
但等秋后庆丰年,
光荣榜上成对双。

那音太乌钦曲目

六、歌唱新时代、新生活

1. 达乡晨曲
DAGUR GAJRI ERTI AY

乔福胜/注音
那音太/汉译

Erti nari ungin saikndine, naon mur gialbljbei,
Eelenaor mur dalijud daoljie orsebei.
Nars xings nari xieldin nandakn orgbei,
Nandakn xiairn dor shuwa sanagara derdbei.

Kuku tengri kizhardin, qigan eulu debgljgbei,
Kurxig honi adoman chasas qigan, hukurmer saikn mandbei.
Ort nima anierin hatn, zhaandalg guang gelbei,
En utgai dagurcul cebjn gajrnan.

Dagur aimn nek sanaiar darblqi weildie,
Dagur aimn, gurn kizharn hadglaiia.
Tumn gajri os tal hoqin durne halasen,
Tumn irgn saiken anmnagiine madn ugei zhargbei.

【译文】

美丽的朝霞映红了欢腾的嫩江，
嫩水扬波高唱奔流向海洋。
青松翠柏沐浴阳光茁壮成长，

矫健的雄鹰穿越长虹展翅飞翔。

蓝蓝的天边朵朵白云轻悠悠地飘荡,
雪白的羊群遍布草原牛马肥壮。
牧鞭声脆牧歌嘹亮响彻四方,
这就是我们达斡尔人的多福家乡。

迎着初升的太阳达斡尔人为"四化"奔忙,
赤胆忠心的达斡尔人守卫边防。
万里江河草原旧貌换了新颜,
万里国土万民乐无疆。

那音太乌钦曲目

2. 达乡人民奔小康

DAGUR AIMEN SAN AIMNAG JUD BAJIALIA

乔福胜/注音

那音太/汉译

Nariisan nauen muri gilgaqbei,
Nauen mur Perxij dalijude orsbei.
Hails mod narii isandine eosbei,
Hatu aixkti xiua xiarenti ten ger der derdubei.

Qigan eolen derd bei,
Qigan honiado talidurk.
Maisi tairai hekine ujurduuei,
Meisl utegai dagur aimenni dagaijrine.

Dagur kusuli sanaiine gun chan dang jud,
Dagaijre baiin bolgag ukang dao jugse.
Hujin tao dargsii dagije dondi guyunne dedie bolgaiia,
Huaine udur haoiier baiinbolj baisji anmnaiia.

【译文】

美丽的朝霞映红了欢腾的嫩江,
嫩水扬波奔向海洋纵情歌唱。
青松翠柏迎着阳光茁壮成长,

矫健的雄鹰穿越长虹展翅飞翔。

蓝蓝的天边朵朵白云轻悠地飘荡，
雪白的羊群遍布草原牛马肥壮。
无边的田野上麦浪滚滚果林飘香，
这就是我们达斡尔人民的梅里斯家乡。

梅里斯人民胸怀朝阳心向共产党，
为建设小康社会与时俱进无上荣光。
紧紧跟着胡锦涛总书记振兴大中华，
万里江山万象更新万民乐无疆！

那音太乌钦曲目

3. 赞美嫩江
NAUN MURI KENEIA

乔福胜/注音

那音太/汉译

Miang gaijir orte gegeken naun muri osine,
Mani dagaijiri aixilbei.
Mongojebine ide tide iaojebei,
Murider zhasbaqage doine sanamane engel bolgabei.

Zhagsi alge erkiji,
Jebidurke zhasolse.
Murikeqi kudetaline maden erpel,
Merin targun hukr honine adoti.

Aalginugan tergurine,
Aiailijude anmqikurbei.
Aamxurg tergine iarjiiaoibei,
Aanti sasgen kenke duangi giaii xizhude ukiqibei.

Suen nen kude xignerti,
Suinuga muriosi saikennerine hane aku mediiabei.
Tumen zhalen miang honitolo orsqilabei,
Temer sanugun kukursure zhalen zhalen nerosti baturbolggaiibei.

【译文】

清清嫩江千里长,
圣水浩渺润故乡。
白帆点点江上游,
渔歌互答心中爽。

撒下千张银丝网,
鱼儿满船歌满江。
两岸草原宽又广,
牛羊成群马儿壮。

条条大路密如网,
村村落落路通畅。
车水马龙运粮忙,
蔬菜瓜果进市场。

松嫩平原大名响,
母亲江水美名扬。
千年万代永流淌,
哺育儿女代代强。

那音太鸟钦曲目

4. 四季歌（一）
DURBN ERN（一）

乌珠尔／注音

那音太／汉译

Hawri ern bolosin,
Haoqna haalaj xinkn bolbei.
Hadi chasin gesj, hargi osin orsbei,
Ei ei!
Hanxi zhawdj hure qiaqya.

Najr ern bolisin,
Nugars kukrj chuaalbei.
Qiqmel degi chuangnj daodbei,
Ei ei!
Eni daoyin yoki nandakn.

Namr ern altn hein serkrbei,
Nurgiesn jiljma harbei galo da rbbei.
Mungn hadura talj altn nitrgse horieya,
Ei ei!
Elgn am ide qia gni duurkn.

Uguli ern qigan chasin haigbei,
Awlag mergnin aold meyeniqn.

Zhuur zheern horgol taol,

Ei ei!

Eni allaj gawgd yoki sebjnti.

【译文】

春天里来好风光,
田野上一片新气象。
高山的冰雪融化了,小河的流水哗啦啦响,
哎!达斡尔人民春耕忙。

夏天里来百花芬芳,
牛羊兴旺禾苗壮。
在那美丽里的柳林中,百鸟欢舞齐歌唱,
哎!达斡尔人民夏季忙。

秋天里来燕子南归雁成行,
田野处处金风爽。
挥舞银镰喜丰收,甜蜜的瓜果随风飘香,
哎!达斡尔家乡五谷满仓。

冬天里来瑞雪飞扬,
獐狍梅花鹿出没在雪原上。
莫日根钢枪显神通,跨上神骏马放神鹰,
哎!林海雪原上狩猎心情多欢畅。

5. 四季歌（二）

DURBN ERNNI DUO（二）

乔福胜/注音

那音太/汉译

Haorern bolsennine,
Haoqin ne halaji xinken bolse.
Hadiiqasine gesije,
Haigi usine orsebei.
Ai, dagur aimensul taire tairebe.

Naijir ernbolesine,
Nannakn ilga huaiterbei.
Qiqmoldegi qieqar dodebei,
Qiaiqirten kerjie taire kuxiti eosibei.
Ai, dagur kusul ueile qianggaibei.

Namer eren bolesine,
Nannakn jinlimadegi derdijiaose.
Hadure bairji taireie hadiie,
Haiqn ame sasigen qegende mane durke.
Ai, dagur gaijir baiinbolebei.

Ugulern qigang qiasine haigerbei,
Udurtolo mergensul aolag sebjnkemine.

Zhur zher hange bog aolidurku,
Zhuru zhuru gurese gerejude aiqiribei.
Ai, imer san amnargi xiger zhannaia.

【译文】

春天里来暖洋洋,
田地上一片新气象。
高山的冰雪融化了,
小河流水淙淙响。
哎！达斡尔人民春耕忙。

夏天里来百花香,
欢乐的鸟儿齐歌唱。
庄稼片片绿油油,
田野里的歌声响彻四方。
哎！达斡尔人民夏锄忙。

秋天里来天欲凉,
紫燕南飞回故乡。
舞动银镰收硕果,
粮食蔬菜装满仓。
哎！达斡尔的家乡五谷丰登好景象。

冬天里来雪花扬,
正是"莫日根"打猎的好时光。
獐狍野鹿满山岗,
猎获的野味香四方。
哎！高唱"扎恩达勒"诉衷肠。

6. 葵花向太阳
NARIIGA NARIJUDE

乔福胜/注音

那音太/汉译

Talakn haorudurine,
Talerdeg hails barang ilgauaine shonun.
Baisgede hertalde nadige,
Bahaoiere kukeosidotur nanakn ilga eriia.

Chonki neji barn bijude ujese,
Zhamilga shonun uaine geridurke.
Geri eodeneji zhun bide ujese,
Gegkn hulan zhanglunk ilga meliqiji hailter bei.

Halibede garji emele ujesmine,
Hassaikn maodan ilga huaiterbei.
Kerje dotur heketakiji ujiesmin,
Kuxiti eosige xebixer narilga nari jude eosbei.

Jidendaua derbaiji bejin hotn jude ujie,
Jiiati tian menni denlun kusuli sanaine engelkeli bolgase.
Gubd turlt hok utekai altnar,
Gurunni taiben jurgo aimen ilgainuga shamijude huaiterbei.

【译文】

> 风和日丽好春光,
> 万木争荣百花香。
> 神清气爽欲踏青,
> 绿茵丛中觅芬芳。
>
> 打开窗户朝西看,
> 野玫瑰香气袭人绕房梁。
> 推开房门朝东看,
> 红彤彤芍药竞相开放。
>
> 走出大门朝南看,
> 国色牡丹姿容靓。
> 走进菜园抬头看,
> 金灿灿的葵花向太阳。
>
> 站在兴安岭上望北京,
> 天安门的宫灯照得人们心花怒放。
> 共产党就是金太阳,
> 五十六朵民族之花永远向你绽放。

那音太鸟钦曲目

7. 共产党的恩情比水长
GONGCHAN DANGI BAILNN DALIYAS GUEN

乌珠尔/注音

那音太/汉译

Naon mur miangn gajr art,
Naon keqi balgin kuebr elpr.
Ordondo hoosn gajy orsiyasn,
Osin ede hotr ukiyryabei.

Edent alli erdmin xig,
Etgyun goli durnn dastabei.
Miangn gajri muri oiloj,
Miangn zhod dalni erkbei.

Haso hukrer tarie ta rbei,
Har mudr merdnd murkurdei.
Maisi dolgien miangn gajr hunkrbei,
Muri keqd altn eldn gialbljbei.

Duang tewgman antin dasun,
Dagur all baisj zhaandabei.
Gegekn mur neign arsbei,
Gongchan dangi bailnn daliyas guen.

【译文】

清清的嫩水千里长,
两岸的沃土肥又广。
往年嫩水白白流,
如今为咱造福忙。

现代人民力大无边,
治理洪流免遭灾殃。
修筑河堤千万里,
开起水渠密如网。

拖拉机耕地隆隆响,
岸畔上水泵高声唱。
麦浪滚滚望不尽,
欢腾的嫩江映金光。

稻花开呀瓜果飘香,
达斡尔人民乐无疆。
嫩江万代长流水,
共产党的恩情比水长。

那音太乌钦曲目

转载入选国家集成志书曲目

1. 杨茂金姑娘

那音太[①] 演唱
松布热 晓巴 记谱

1=D 3/4
♩=114 快速

(3 5 2̃³ | 1 - - | 1 0 0) | 5 1̇ 1̇2̇ | 1̇ 1̇ 3̇ |
　　　　　　　　　　　　　　东 方　升 起　红　太

2̇ 1̇ - | 2 3 5 | 1̇ 1̇ 3̇ | 2̇ 3̇ 5̇· 1̇ |
阳，　　　照 得（那） 大 地 亮　堂 堂，

3 5 2 | 1 - - | 1 0 0 | 5 1̇ 1̇2̇ | 1̇ 1̇ 3̇ |
（讷 耶 耶　　哟）。　　　朱 红 的　炕 柜 摆

2̇ 1̇ - | 2 3 5 | 1̇ 1̇ 3̇ | 2̇ 3̇ 5̇· 1̇ | 3 5 2 |
炕 上，　　闲 得 无 聊 心 发 慌 （讷 耶 耶

1̇ - - | 5 1̇ 1̇2̇ | 1̇ 1̇ 3̇ | 2 1 - |
哟）。　　盘　腿 坐 在（那）炕 席　上，

2 3 5 | 1̇ 1̇ 3̇ | 2̇ 3̇ 5̇· 1̇ | 3 5 2 | 1̇ - - |
绣 出 的 花　儿 正 怒 放（讷 耶 耶　　哟）。

5 1̇ 1̇2̇ | 1̇ 1̇ 3̇ | 2 1 - | 2 3 5 |
打 开（那）窗 扇 往 外 望，　初 春 的

1̇ 1̇ 3̇ | 2̇ 3̇ 5̇· 1̇ | 3 5 2 | 1̇ - - |
花　儿 风 摆 浪（讷 耶 耶　　哟）。

[①] 在《中国曲艺音乐集成·内蒙古卷》中为"奈音太"，收入本书时统一为"那音太"。

推开（那）栅门往外看，云散雾消天晴朗（讷依耶哟）。为了不伤父母儿女情，施点计谋来应付老人（讷依耶哟）。在那宽敞的河湾边，去采（那）昆木勒菜，（讷依耶哟）。窈窕身材翩翩，如同（那）金色的叶片（讷依耶哟）。女人家哪能疯疯癫癫，行为放纵要警戒（讷依耶哟）。父亲

1 1 3 | 2 1 - | 2 3 5 | 1 1 3 | 2 3 5 · 1 |
要是听见了，暴躁的脾　气不得了

3 5 2 | 1 - - | 5 1 1 2 | 1 1 3 |
(讷依耶　哟)。　要是惹他发

2 1 - | 2 3 5 | 1 1 3 | 2 3 5 · 1 | 3 5 2 |
了怒，切莫忘记酒和菜（讷依耶

1 - - | 5 1 1 2 | 1 1 3 | 2 1 - |
哟）。那水草　肥茂的草场，

2 3 5 | 1 1 3 | 2 3 5 · 1 | 3 5 2 | 1 - - |
就是她向往的地方（讷依耶　哟）。

5 1 2 | 1 1 3 | 2 1 - | 2 3 5 |
苗条的身段像小白杨，挎上（那）

1 1 3 | 2 3 5 · 1 | 3 5 2 | 1 - - |
元宝式的柳条筐（讷依耶　哟）。

5 1 2 | 1 1 3 | 2 1 - | 2 3 5 |
妈妈（呀）妈妈（呀）! 我采

1 1 3 | 2 3 5 · 1 | 3 5 2 | 1 - - | 5 1 2 |
柳蒿芽去河旁（讷依耶　哟）。面对

| 1 1 3 | 2 1 - | 2·3 5 | 1 1 3 | 2 3 5·1 |
镜子 站了 又 站，把自己长 相 瞧了又瞧

| 3 5 2 | 1 - - | 5 1 2 | 1 1 3 |
（讷 依 耶 哟）。 一双秀丽 弯曲的

| 2 1 - | 2 3 5 | 1 1 3 | 2 3 5·1 |
长眉， 如初 三的 月 牙 一样美 好

| 3 5 2 | 1 - - | 5 1 2 | 1 1 3 |
（讷 依 耶 哟）。 乌黑的 睫毛动人的

| 2 1 - | 2 3 5 | 1 1 3 | 2 3 5·1 |
眼睛， 如同（那）明镜 的 光 亮 在闪 耀

| 3·5 2 | 1 - - | 5 1 2 | 1 1 3 |
（讷 依 耶 哟）。 银白色的 牙齿齐

| 2 1 - | 2 3 5 | 1 1 3 | 2 3 5·1 |
刷刷， 如同（那）圣洁的 冰凌 花

| 3·5 2 | 1 - - | 5 1 2 | 1 1 3 |
（讷 依 耶 哟）。 南甸的 草场飘

| 2 1 - | 2 3 5 | 1 1 3 | 2 3 5·1 | 3 5 2 |
芳香， 美丽的 花就是 那姑 娘（讷依耶

| 1 - - | 5 1 2 | 1 1 3 | 2 1 - |
哟）。 明亮的 镜子前 照长 相，

| 2 3 5 | 1̇ 1̇ 3 | 2 3 5 · 1̇ | 3 5 2 | 1 - - |
把自己的 长 相 细 端 详（讷 依 耶　　 哟）。

| 5 1̇ 1̇ 2̇ | 1̇ 1̇ 3 | 2 1 - | 2 3 2 3 5 |
一双秀丽的 弯　 弯　 长 眉， 如同初　三的

| 1̇ 1̇ 3 | 2 3 5 · 1̇ | 3 5 2 | 1̇ - - | 5 1̇ 1̇ 2̇ |
月　牙 一 个 样（讷 依 耶　　 哟）。　 那动人

| 1̇ 1̇ 3 | 2 1 - | 2 3 5 | 1̇ 1̇ 3 | 2 3 5 · 1̇ |
可爱的 嘴唇儿， 如 同 镶嵌的 红枣枣儿

| 3 5 2 | 1 - - ‖（父白）额来①长得真像她舅舅，
（讷 依 耶　　 哟）。　　　　　额来，长得也像她姑姑！

| 5 1̇ 1̇ 2̇ | 1̇ 1̇ 3 | 2 1 - | 2 3 5 |
乌黑的 睫毛美丽的 眼 睛， 如 同

| 1̇ 1̇ 3 | 2 3 5 · 1̇ | 3 5 2 | 1 - - |
月 般 的 明 镜 光 亮（讷 依 耶　　 哟）。

| 5 1̇ 1̇ 2̇ | 1̇ 1̇ 3 | 2̃ 1 - | 2 3 5 |
那美观 大方的 衣 裳， 穿在（那）

| 1̇ 1̇ 3 | 2 3 5 · 1̇ | 3 · 5̃ 2 | 1 - - |
身上模样 真 端 庄（讷 依 耶　　 哟）。

---

①"额来"，即"啊呀"。

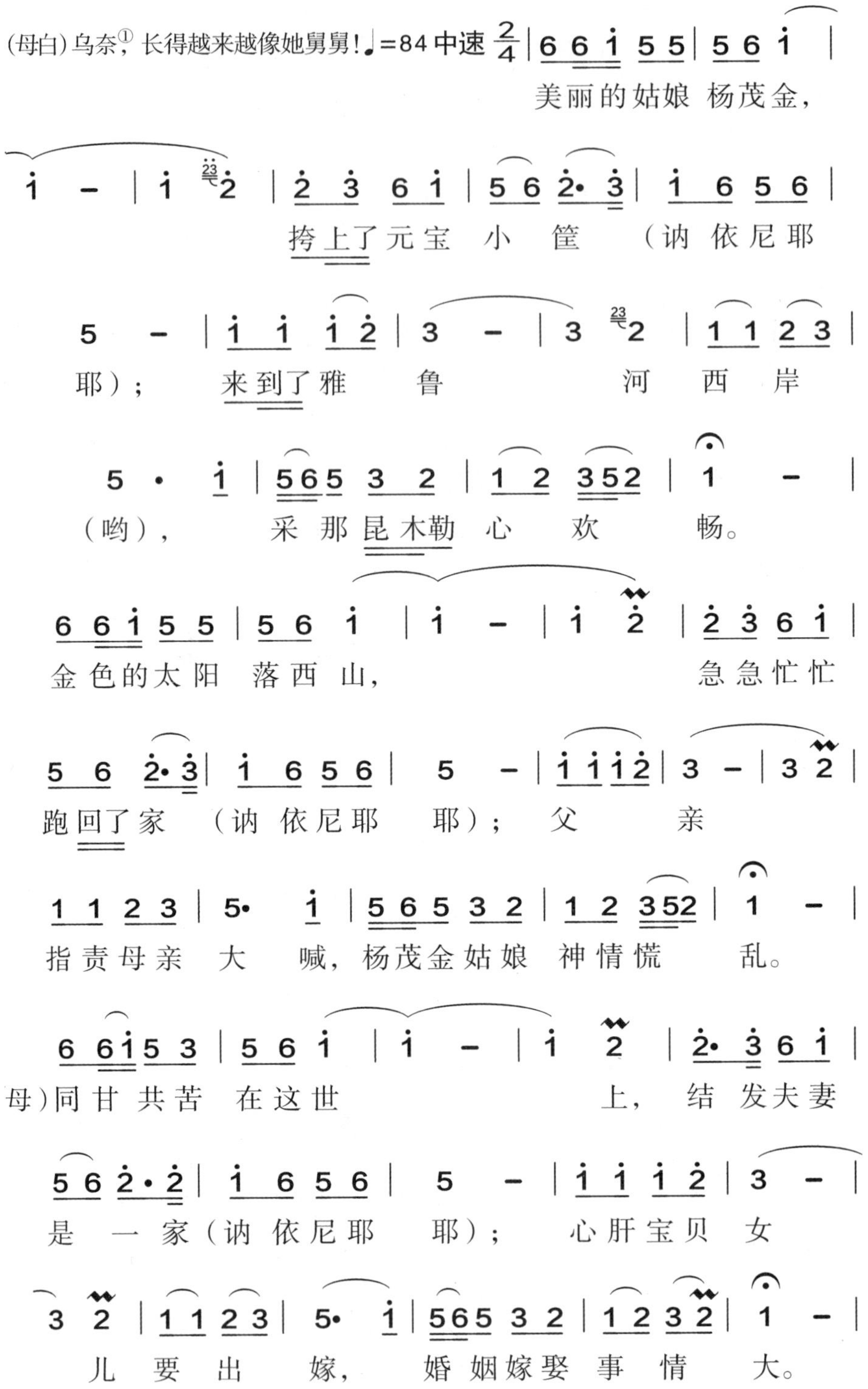

(母白)乌奈①，长得越来越像她舅舅！ ♩=84 中速 2/4

美丽的姑娘 杨茂金，

挎上了元宝 小 筐 （讷 依尼耶

耶）； 来到了雅 鲁 河 西 岸

（哟）， 采那昆木勒 心 欢 畅。

金色的太阳 落西山， 急急忙忙

跑回了家 （讷 依尼耶 耶）； 父 亲

指责母亲 大 喊，杨茂金姑娘 神情慌 乱。

(母)同甘共苦 在这世 上， 结发夫妻

是 一家（讷 依尼耶 耶）； 心肝宝贝 女

儿要出 嫁， 婚姻嫁娶事 情 大。

① "乌奈"，即"是呀"。

为什么不和我协商，为啥不找我商量（讷依尼耶耶）；

（父）蹲着撒尿的女人家，无权过问你懂个啥？我在家就要当家，妇道人家唠叨啥？（讷依尼耶耶）。女大当婚应出嫁，嫁的地方是布特哈。布特哈的阿尔拉好地方，再漂亮的姑娘能留下？（讷依尼耶耶）：阿尔拉的富户独一家，姑爷是嘎查大①的宝贝疙瘩。

①"嘎查大"，即"村长"。

（白）父亲做主姑娘不应说啥，
　　　嫁哪儿随哪儿哪里就是她家。
　　　（讷依尼耶）。

（接唱上段）
美丽的姑娘杨茂金，
从野外回到家，
父母看了又心疼，
她言谈迟钝发了傻。

母亲躺在炕沿边，
家里生活更是惨，
露脚趾的鞋拖拉着穿，
急忙下炕问长问短。

（杨唱）爸爸呀！你不要生气，
　　　妈妈哎！你不要叫嚷，
　　　女儿想说一句话，
　　　决不去那鬼地方。
（白）这时，接亲的人马已来到了杨茂
　　　金的家，
　　　大声嚷道：

　　　"娶的媳妇我们带回，
　　　嫁来的姑娘我们接走，
　　　赶紧上车我们返回。"

（接唱）站在院外就吆喝，
　　　来到门前就叫喊，
　　　媳妇快走把路赶，
　　　（讷耶尼耶讷依耶）。

美丽的姑娘杨茂金，
又哭又喊伤透了心，
额来，爸爸呀！
额来，妈妈呀！

美丽的姑娘杨茂金，
走到门口回头望，
离别小弟弟真揪心！
（讷耶尼耶讷依耶）。

小弟弟睡在摇篮里，
摇摇晃晃睡得香，
姐姐给他留话语，
（讷耶尼耶讷依耶）。

小弟，小弟，你还年幼，
长到只要会玩曲棍球，
就去姐姐那里遛一遛，
（讷耶尼耶讷依耶）。

哈斯格大车铿锵作响，
新娘的篷车顺道追赶，
美丽的姑娘嫁到远方，
（讷耶尼耶讷依耶）。

数着天日我把你盼，
查着月夜我把你望，
弟弟呀，弟弟，快快长，
长大了要把姐姐探望。

杨茂金漂亮的姑娘，
按着父亲的意愿嫁远乡，
接亲的车马赶路程，
离开了生长的地方。

接连几天在驱车，
连续几夜在催马，
接亲的车队浩浩荡荡，
来到了布特哈。

娶亲的人们，
欢天喜地忙来忙去，
接新娘的人们，
待客的宴席全备齐。

阿尔拉的嘎查达，
叫来儿子告诉他，
接亲的车队已经到，
娶了媳妇就成家。

♩=140 极快 3/8

5 6 1 | 2 1 6 | 1 2 6 | 5· | 5 6 1 | 1 1 2 | 6 5 3 |
儿 子 托 古 拉 着 了 慌， 赶 紧 起 身 换 新

2· | 5 6 1 | 1 1 2 | 1 1 2 | 1· | 2 3 5 | 5 3 2 |
装； 挺 着 矮 小 的 身 板 儿， 左 看 右 瞅

1 2 | 1· | 5 6 1 | 2 1 6 | 1 2 6 | 5· | 5 6 1 |
不 像 样。 母 亲 也 来 嘱 咐 他， 见 了

1 1 2 | 6 5 3 | 2· | 5 6 1 | 1 1 2 | 1 1 2 | 1· |
媳 妇 先 拜 天； 媳 妇 头 上 的 红 绸 布，

2 3 5 | 5 3 2 | 1 2 | 1· | 5 6 1 | 2 1 6 | 1 2 6 |
洞 房 门 口 才 能 掀。 拜 过 天 地 拜 父

母，起坐一定要抢　　先；男方的威风

不　能　弱，这点一定要记心　　间。接亲的

喜车隆隆响，杨茂金姑娘坐在车　上；

新　娘　接来了，布特哈的人们欢声高

扬。红色的地毯铺在地　上，姑娘缓缓地

进新房；一对新人站窗前，恭恭

敬敬拜了　天。幼嫩的姑娘杨茂　金，

小心翼翼地往前行；红色绸巾头上

蒙，缓缓走进了新房　中。领着新娘的是

| 1̇ 2̇ 6 | 5· | 5 6 1̇ | 1̇ 1̇ 2̇ | 6 5 3 | 2· | 5 6 1̇ |
亲 家 人， 看 着 媳 妇 喜 盈 盈； 鲜花般

| 1̇ 1̇ 2̇ | 1 1 2 | 1· | 2 3 5 | 5 3 2 | 1 2 | 1· |
美丽的 杨 茂 金， 轻轻地 同 步 跟 着 行。

| 5 6 1̇ | 2̇ 1̇ 6 | 1̇ 2̇ 6 | 5· | 5 6 1̇ | 1̇ 1̇ 2̇ | 6 5 3 |
杨茂金 姑 娘 很 温 柔， 用 那 红绸布 蒙 着

| 2· | 5 6 1̇ | 1̇ 1̇ 2̇ | 1 1 2 | 1· | 2 3 5 | 5 3 2 |
头； 她轻轻地 掀 开 一 条 缝， 两 眼 偷偷地

| 1 2 | 1· | 5 6 1̇ | 2̇ 1̇ 6 | 1̇ 2̇ 6 | 5· | 5 6 1̇ |
向 外 瞅。 许配的 丈 夫 是 啥 模 样， 终身的

| 1̇ 1̇ 2̇ | 6 5 3 | 2· | 5 6 1̇ | 1̇ 1̇ 2̇ | 1 1 2 | 1· |
伴侣是 啥 样 人； 生 活 在 一 起 行 不 行？

| 2 3 5 | 5 3 2 | 1 2 | 1· | 5 6 1̇ | 2̇ 1̇ 6 |
（讷 依 耶 讷依耶 讷依 耶）。 瞅见了 丈 夫

| 1̇ 2̇ 6 | 5· | 5 6 1̇ | 1̇ 1̇ 2̇ | 6 5 3 | 2· | 5 6 1̇ |
托 古 拉， 又 丑 陋 又 癞 疤； 他 的

| 1̇ 1̇ 2̇ | 1 1 2 | 1· | 2 3 5 | 5 3 2 | 1 2 | 1· |
爸爸是 嘎 查 大！ （讷 依 耶 讷依耶 讷依 耶）。

$\widehat{5\ 6\ \dot{1}}\ |\ \widehat{\dot{2}\ \dot{1}\ 6}\ |\ \widehat{\dot{1}\ \dot{2}\ 6}\ |\ 5\cdot\ \widehat{5\ 6\ \dot{1}}\ |\ \widehat{\dot{1}\ \dot{1}\ \dot{2}}\ |\ \widehat{6\ 5\ 3}\ |$
二 人 跪 地 拜 了 天， 托古拉 不是西歪 就东

$2\cdot\ |\ \widehat{5\ 6\ \dot{1}}\ |\ \widehat{\dot{1}\ \dot{1}\ \dot{2}}\ |\ \widehat{\dot{1}\ \dot{1}\ 2}\ |\ 1\cdot\ |\ \widehat{2\ 3\ 5}\ |\ 5\ 3\ 2\ |$
斜； 少了一 条 左 边 腿， 原 来是个

（杨茂金姑娘白）原来是个瘸子。

$1\ 2\ |\ 1\cdot\ |\ \widehat{5\ 6\ \dot{1}}\ |\ \widehat{\dot{2}\ \dot{1}\ 6}\ |\ \widehat{\dot{1}\ \dot{2}\ 6}\ |\ 5\cdot\ |\ \widehat{5\ 6\ \dot{1}}\ |$
残 废 汉。 杨茂金 姑 娘 眼 真 尖， 冲着

$\widehat{\dot{1}\ \dot{1}\ \dot{2}}\ |\ \widehat{6\ 5\ 3}\ |\ 2\cdot\ |\ \widehat{5\ 6\ \dot{1}}\ |\ \widehat{\dot{1}\ \dot{1}\ \dot{2}}\ |\ \widehat{\dot{1}\ \dot{1}\ 2}\ |\ 1\cdot\ |$
丈 夫 看 了 一 眼； 一 颗 鼓 出 的 黑 肉 瘤，

$\widehat{2\ 3\ 5}\ |\ 5\ 3\ 2\ |\ 1\ 2\ |\ 1\cdot\ |\ \widehat{5\ 6\ \dot{1}}\ |\ \widehat{\dot{2}\ \dot{1}\ 6}\ |\ \widehat{\dot{1}\ \dot{2}\ 2}\ |$
长 在 眼 眉 紧 上 边。 要是和 这样的 男人做

$5\cdot\ |\ \widehat{5\ 6\ \dot{1}}\ |\ \widehat{\dot{1}\ \dot{1}\ \dot{2}}\ |\ \widehat{6\ 5\ 3}\ |\ 2\cdot\ |\ \widehat{5\ 6\ \dot{1}}\ |\ \widehat{\dot{1}\ \dot{1}\ \dot{2}}\ |$
伴， 早 晚 叫人 不得 心 安； 从 此 就要

$\widehat{\dot{1}\ \dot{1}\ 2}\ |\ 1\cdot\ |\ \widehat{2\ 3\ 5}\ |\ \widehat{6\ 5\ 3}\ |\ 1\ 2\ |\ 1\cdot\ \|$
受 苦 难， 将 来 子女 也得 受 饥 寒。

（接唱）托古拉乐得把大嘴张，　　　明亮的白玉发钗，
　　　　领着妻子到外房，　　　　　插在那乌黑的秀发上，
　　　　上下打量直赞叹，　　　　　闪闪的一对儿耳环，
　　　　神魂颠倒心花怒放。　　　　缀在红润的两颊旁。

刺绣的花荷包,
挂在大襟前。
漂亮的小花巾,
飘在袖口上。

新姑爷托古拉,
上屋下房到处窜,
见到嫂子摇头晃脑,
说那媳妇真好看。

你们看她怎么样,
我的媳妇好名声,
海棠莲花也比不上,
(讷依耶哟讷依耶哟)!

乡亲们呀出来看,
我的媳妇比花艳,
布特哈地方决无双,
如同仙女下了凡!

红肉菜①往上端,
屋里屋外摆了宴,
新媳妇被围在中间,
七嘴八舌用美言赞。

雅鲁河畔的这姑娘,
乔装打扮很可观,
娇生惯养成习惯,
心中忧愁脸难看。

(白)要吃红肉菜,
　　把嘴给烫坏!
　　哎哟!这菜咋这么热,
　　又想喝喜酒,
　　往鼻子里灌,
　　噢!弄错了地方!

(接唱)喝酒欢唱闹通宵,
　　一醉方休才算完,
　　达斡尔人的老习惯,
　　深夜煮一锅尼吉拉拉饭。

荞麦面加上佐料,
精心调制熬成粥,
达斡尔人都爱吃,
吃了这饭会长寿。

奶油煮的尼吉拉拉饭,
盛满饭碗往桌上端,
客人主人围上桌,
相互敬劝来进餐。

谁都抢着吃几碗,
长命百岁的尼吉拉拉饭,
这是达斡尔人的老习惯。
(讷依耶哟讷依耶哟)!

汉族百姓吃了说,

---

① 红肉菜,盖紧锅盖,用微火把猪肉煮熟,称红肉菜,很像东北汉族做的红焖肉。

如同吃了神仙佳肴，
达斡尔人吃了说，
红肉是菜中之宝。

阿尔拉的托古拉，
喜欢得心里开了花，
有了媳妇成了家，
（讷依耶哟讷依耶哟）！

天空的太阳还没出山，
报时的雄鸡还没叫唤，
托古拉就起来把活干，
（讷依耶哟讷依耶哟）！

姑娘出嫁来新地，
里里外外不熟悉。
媳妇刚刚来婆家，
家礼家规全不理。

搂草运柴干得欢，
担水劈木忙得慌，
媳妇干活理当然，
丈夫托古拉也帮忙。

生活劳动很忙乱，
托古拉唠叨心不满，
杨茂金姑娘很烦躁，

也像泼妇乱噪噪。

呸！儿子呀你听着，
你还算啥男子汉？
你说媳妇长得俊，
我看她像那西瓜花不鲜艳。

越是疼爱越耍娇，
将来可要把你坑，
如同荷包和手帕，
随时可以顺手扔。

婆婆向公公告了状，
责备儿子太无能，
娶的媳妇好厉害，
骑上了儿子的细脖颈。

阿尔拉的嘎查大，
他把全屯的大权掌，
听了老婆的这番话，
认为说得在理上。

破坏家庭的是女人嘴，
破坏草甸的是猪的嘴，
刚刚娶来的新媳妇，
心眼好坏我清楚。

（松布热音标　包海山、松布热译配）

据1989年晓巴、包玉林于呼伦贝尔盟鄂温克族自治旗的采风录音记谱。

本篇选自《中国曲艺音乐集成·内蒙古卷》

2. 弹起"木库兰"想娘家（一）

muklan tatəje najile sanbəi

那音太　演唱
士　清　雪　英　记谱

（说白）说的是，咱们达斡尔族在好多年以前的时候，有一位"霍通"①姑娘要嫁到一个很远很远的地方。在出嫁的那一天，她大舅送给她一把精制的"木库兰"②，并嘱咐道："诺诺，你就要离开娘家和亲人了，大舅家穷，没有更贵重的东西送给你，我就送给你一把'木库兰'，你要是想起娘家，想起爸爸和妈妈，你就弹它，它那美妙动听的音调，会把你带到你所意想的境界。"姑娘把"木库兰"珍藏起来，随身带到了婆家。她很不幸，摊上一个很不近情理的人家，公公和婆婆拿她不当人看待，什么重活、累活、脏活都让她干，这样还不满意，成天对她数落和指责个没完没了，她丈夫成天好吃懒做，人又不聪明，还不懂得疼她、体贴她。就这样，年复一年，数年过去了，她熬尽了心血，瘦干了皮肉，青春年华不再了，她想起了儿时，想起了娘家、爸爸、妈妈……下面，就是她弹起"木库兰"哭诉着唱的"扎恩达勒"。

转载入选国家集成志书曲目

1= F

中速稍慢

$\frac{3}{4}$ (5· | 2· | 1· | 6· | 5·) | 2 3 | 5· | 5· | 5· | 6·
　　　　　　　　　　　　　　　　ə—ri　ku,
　　　　　　　　　　　　　　　　苦　　　哇,

5 3 2 | 1 1 1 | $\frac{4}{8}$ 3 5 3 5 | $\frac{3}{8}$ 5 5 5 | $\frac{5}{8}$ 3 3 5 3 2 |
əri ku　mə mə le,　həi lji yir sən　ji yia min　ai gəd jəg lun ti
我真苦　妈妈呀,　我的命运　为什么　如此这般的

$\frac{3}{8}$ 1 1 0 | 5 3 2 | 1 1 1 | 5 3 2 | 1 1 1 |
a bəi　əri ku　mə mə le,　ər i ku　atʃa le
不幸,　痛苦哇　妈妈呀,　痛苦哇　爸爸呀

---

① 霍通，达斡尔语，指城市。这里指的是齐齐哈尔地区的达斡尔族人。
② 木库兰，达斡尔族对口弦琴的称谓，也称"木库连"。

$\frac{4}{8}$ 3 4 3 4 3 3 2 | 3 4 3 4 3 3 2 | 3 4 3 4 3 3 2 |
gə b gə b gə b gəi　　gə b gə b gə b gəi　　gə b gə b gə b gəi
（咯　波咯波咯波给　　咯波咯波咯波给　　咯波咯波咯波给

4 5 4 5 3 3 2 | 2 — | 1 1 1 1　1 0 0 ‖
gə b gə b gə b gəi　　　　gə b gə b　gəi 。
咯波咯波咯波给　　　　　咯波咯波　给）。

（说白）姑娘唱到这儿，也顾不到许多了，上锅台把后窗户打开了，她接着唱下去。这时候，在后菜园子的婆婆听见了，很不高兴，走进屋来对她说道："这地方的媳妇人家是不许哼哼叽叽的，不要让人家笑话！"姑娘当是什么也没有听见，接着唱下去……

$\frac{3}{8}$ 2 3 | 5· | 5· | 5· | 5· | 5 3 2 | 1 1 1 | $\frac{4}{8}$ 3 5 5 5 |
ə— ri　ku,　　　　　　　　　　ə ri ku mə mə le, həi lji yir sən
苦　　哇,　　　　　　　　　　我真苦 妈妈呀, 我为什么

$\frac{3}{8}$ 5 5 5 | $\frac{5}{8}$ 3 3 5 3 2 | $\frac{3}{8}$ 1 1 1 | 5 3 2 | 1 1 1 |
ji yia min　 im ər ɔ gɔ ji　　am na bəi, ə ri ku　mə mə le,
摊上了　　这样冷酷的　　家庭啊, 痛苦哇 妈妈呀,

5 3 2 | 1 1 1 | $\frac{5}{8}$ 3 5 5 5 5 | $\frac{4}{8}$ 5 5　5 3 |
ə ri ku　a tʃa le,　a ji sɔ je tʃi　həl sən　ku min
痛苦哇 爸爸呀, 本想过一个　像样的　日子

$\frac{5}{8}$ 3 3　5 3 2 | $\frac{3}{8}$ 1 1 1 | 5 3 2 | 1 1 1 | 5 3 2 |
ai yan tʃir gəd yi tʃi sən ə ri ku　mə mə le,　ə ri ku
丈夫又从军去 远方啊, 痛苦哇 妈妈呀, 痛苦哇

1 1 1 | 4/8 3 4 3 4 3 3 2 | 3 4 3 4 3 3 2 |
a tʃa le　(gə b gə b gə b gəi　gə b gə b gə b gəi
爸爸呀　(咯波咯波咯波给　咯波咯波咯波给

3 4 3 4 3 3 2 | 3 4 3 4 3 3 2 | 4 5 4 5 3 3 2 |
gə b gə b gə b gəi　gə b gə b gə b gəi　gə b gə b gə b gəi
咯波咯波咯波给　咯波咯波咯波给　咯波咯波咯波给

2 — | 1 1 1 1 1 0 0 |
　　　　gə b gə b　gəi)。
　　　　咯波咯波　给)。

（说白）婆婆又说了:"你再哼哼我就生气了,人家会骂咱们的!"
　　姑娘不顾一切地唱下去!

3/8 2 3 | 5· 5· 5· 5· | 5/8 3 5 5 6 5 | 4/8 3 3 3 3 |
ə— ri ku,　　　　　　　　am na a ya tʃi　həl sən ku min
苦　哇,　　　　　　　　　本想过一个　　平平常常

5/8 3 3　5 3 2 | 3/8 1 1 1 | 5/8 2 2 2　2· | 3/8 1 1 1　1 |
a yan tʃi rg din　yis tən kə　kə jə bas　ha ji rən sie
像别人一样的　　日子啊,丈夫　一去,　不回还,

5 3 2 | 1 1 1 | 5 3 2 | 1 1 1 | 4/8 3 4 3 4 3 3 2 |
ə ri ku　mə mə le,　ə ri ku　a tʃa le　(gə b gə b gə b gəi
痛苦哇　妈妈呀,　痛苦哇　爸爸呀　(咯波咯波咯波给

3 4 3 4 3 3 2 | 3 4 3 4 3 3 2 | 2 — |
gə b gə b gə b gəi　gə b gə b gə b gəi
咯波咯波咯波给　　咯波咯波咯波给

1 1 1 1　1　0　0
gə b gə b　　gəi）。
咯 波 咯 波　　给）。

（士清　标音）

据2000年8月于梅里斯达斡尔族区的采风录音记谱。
本篇选自《中国曲艺音乐集成·黑龙江卷》

部分曲目基本曲调

那音太/供稿
鄂忠群/整理

1. 少郎和岱夫

1=C 2/4

5 6 | 1̇ 2̄3̄ | 2̄3̄1̇6̄ | 5 - | 5̄6̄1̇ | 2̄3̄1̇ | 6̄6̄1̇5̄3̄ |

2 - | 5̄6̄1̇ | 6̄6̄1̇5̄3̄ | 5̄3̄5̄2̄3̄ | 1 - | 2̄3̄5̄1̇ | 6̄5̄3̄ |

5̄3̄ 2̄3̄2̄ | 1 - ‖

部分曲目基本曲调

2. 回到故乡梅里斯（一）

2/4

2 32 | 1 1 1 6 | 2 2 2 3 6 | 5 — | 5 — |
回 到了 梅里斯 可爱的故 乡，

1 2 3 3 | 2 3 5 5 5 | 1 1 3 6 | 5 — | 5 — |
嫩水拥抱着 远方儿女 飞回家 乡，

1·1 6 1 | 5 6 5 5 | 2·2 3 6 | 5 — | 5 — |
庆 祝会上 豪情满怀 汇 聚一 堂，

1 1 2 3 3 | 2 3 5 5 5 | 1 1 3 6 | 5 — | 5 — |
乡亲们会见 日以继夜 欢舞歌 唱

2 3 23 | 5 — | 5 1 | 6·5 3 5 | 2 — | 2 3 |
(讷呀 耶 那 呀呢呀 耶

5 6 56 | 1 — | 1 3 | 2·1 6 1 | 5 — | 5 — ‖
讷呀 耶 讷呀呢呀 耶)。

3. 可爱的呼伦贝尔

2/4

1 1 1·2 | 3 6 5·6 | 1 6 5 3 6 | 5 — | 6 2 1·6 |
呼伦贝 尔 呼伦贝 尔 亲爱的家 乡，　大草原上

5 6 1 1 | 2 2 3 5 3 2 | 1 — | 1·2 3 23 | 6 5 3 3 |
万马奔腾 遍地牛 羊，　正在兴旺 发 达的

6 2 3 1 6 | 5 — | 5 6 1 1 | 2·3 5 1 | 5 3 2 6 2 | 1 — |
各族人 民，　勤恳努力 建 设 幸福家 乡

1·2 | 3·5 | 2·3 1 6 | 5 — | 5 6 1 1 |
（哪 耶耶 呀哪呀尼呀 耶），　勤恳努力

2·3 5 1 | 5 3 2 6 2 | 1 — ‖
建 设 幸福乐 园。

4. 美丽的家乡巴彦托海

$\frac{2}{4}$ 歌颂地

1 1 2 3 | 2 3 1 6 | 5· 6 | 1 — | 1 1 2 3 |
巴彦托海 鄂温克的家乡 啊 哎, 各族人民

2 3 1 | 3· 2 | 1 — | 2 3 5 3 | 5 6 1 |
幸福的天 堂 哪 哎, 瑟宾节喜临 千里草原上,

1 — | 1 — | 6 1 5 3 | 2·3 5 6 | 1· 2 | 1 — |
庆典的礼炮 震 天 响 啊 哎,

2·3 5 | 6 5 6 1 | 1 — | 1 — | 6 1 5 3 |
(哪呀耶 呢呀耶) 庆典的礼炮

2·3 5 6 | 1· 2 | 1 — ‖
震天 响 啊 哎。

5. 福地巴彦塔拉（二）

$\frac{2}{4}$ 优美歌颂地

1 1 2 3 | 2 3 2 6 | 5 · 6 | 1 — | 1 1 2 3 |
巴彦塔拉 好 地 方 哎， 哺育达斡尔

1 1 6 1 | 3 3 2 1 | 1 — | 2 3 5 6 | 5 6 1 |
人丁兴 旺 哎， 乡庆吉日 降临到 草原上，

6 1 5 3 | 2 3 5 6 | 1 1 2 | 1 — | 1 — | 1 — |
各族人民 兴高采烈 心 欢 畅

2 3 5 3 | 5 6 1 | 2 2 3 1 6 | 5 3 5 | 2 3 5 6 |
（哪 呀尼呀 哪呀耶 哪呀 尼呀 哪呀耶） 各族人民

1 1 2 | 1 — | 1 — ‖
心 欢 畅。

部分曲目基本曲调

6. 巴特罕晨曲

6/8 抒情 歌颂地

5 1̇ 5 3 | 1 2̲3̲1 6̣ | 5 5 3̲5̲6·1̲2̲3̲ | 1̇· 1̇· |
美丽的朝 霞 映 红了 欢腾的嫩 江,

1̇ 1̇ 2̲3̲1̇ 2̇ | 1̇ 2̇ 3̇ 5̇ | 5̇·1̲̇6̲̇1̲̇5̲̇ 3̇ | 2̇ 3̲1̇ 1̇· |
苍松 翠柏迎着阳 光茁 壮成 长,

3 5 1̇ 2̇ | 3̇·5̲̇6̲̇1̲̇5̲̇ 6̇ | 1̇ 6̲̇1̲̇5̲̇·3̲̇2̲̇3̲̇ | 5̇· 5̇· |
青松翠柏 映着阳光茁 壮成 长,

2̇ 3̲̇2̲̇1̇ 2̇ | 1̇ 2̇ 3̇ 5̇ | 5̇·1̲̇6̲̇1̲̇5̲̇ 3̇ | 2̇ 3̲1̇ 1̇· |
矫健的雄鹰 穿越长 虹展 翅飞 翔,

1̇ 1̇ 2̇ 3̇ 5̇ | 1̇· 2̇ 3̲̇6̲̇5̇ 6̇ | 1̇ 6̲̇1̲̇5̲̇·3̲̇2̲̇3̲̇ |
(哪耶呀耶 哪耶尼呀耶 哪呀尼呀

5̇· 5̇· | 2̇ 3̲̇2̲̇1̇ 2̇ | 1̇ 2̇ 3̇ 5̇ | 5̇·1̲̇6̲̇1̲̇5̲̇ 3̇ |
耶) 矫健的雄 鹰穿越长 虹展翅飞

2̇ 3̲1̇ 1̇· | 1̇ 1̇ 2̇ 3̇ 5̇ | 1̇· 2̇ 3̲̇6̲̇5̇ 6̇ |
翔, (哪依呀耶 哪 呀尼呀耶

1̇ 6̲̇1̲̇5̲̇·3̲̇2̲̇3̲̇ | 5̇· 5̇· | 2̇ 3̲̇2̲̇1̇ 2̇ | 1̇ 2̇ 3̇ 5̇ |
哪呀尼呀 耶) 万 里国土 万 象更新

5·1̲̇6̲̇1̲5̲ 3̇ | 2̇ 3̲1̇ 1̇· ‖
万 民乐无 疆。

7. 赞美尼尔基

2/4 赞美 歌颂

| 2 2 | 5 53 | 23 23 | 5 — | 3 5 1 | 6 53 |
欢 腾的 浩特 尼尔 基， 青山 绿水

| 23 21 | 2 — | 5 2 | 5 53 | 22 32 | 1 — |
多么美 丽， 柏油 马路 宽又 长，

| 62 3 | 2 16 | 55 6 | 5 — | 3·5 23 |
高楼 大厦 向天 耸 立。 （哪呀尼呀

| 5·6 53 | 22 32 | 1 — | 62 3 | 2 16 | 55 6 |
哪呀尼呀 哪呀尼呀 耶） 高楼 大厦 向天 耸

| 5 — | 3·5 23 | 5·6 53 | 22 32 | 1 — |
立， （哪呀尼呀 哪呀尼呀 哪呀尼呀 耶）

| 62 3 | 2 16 | 55 6 | 5 — ‖
可爱的 尼尔基 日行 千 里。

部分曲目基本曲调

8. 热烈庆祝鄂温克族自治旗建旗五十周年

3/4

6 6 1̂2̂ | 1 — 6̂5̂ | 6· 5 3̂5̂ | 6 — — |

八 月 的 阳 光 灿 烂 辉 煌，

5· 6̂1̂2̂ 6 — 5 | 1· 2̂ 3̂5̂ | 3 — — | 3 3 1 |

八 月 的 草 原 绿 波 荡 漾， 鄂 温 克

6 — 5 | 3· 5̂ 6̂1̂ | 2 — 3 | 5 3̂5̂ | 3 — 2 |

大 地 百 花 绽 放， 鄂 温 克 人 民

1· 2̂ 1̂5̂ | 6 — — ‖

喜 气 洋 洋。

9. 鄂伦春南木好风光（一）

3/4

1 1 2 | 5 5 3 | 5 5 6 | i – – | i – – |
高 高 的 兴 安 岭 更 新 万 象，

1 1 3 | i 1 55 | i 1 6 | 5 – – | i i – |
南 木 是 鄂 伦 春 的 幸 福 家 乡， 雅 鲁

i – 2 | 1 1 23 | 5 – – | 5 – – | 5 i 6 |
河 水 银 波 荡 漾， 鄂 伦 春

5 – 2 | 3 – 23 | 1 – – | 1 – – | 3 2 3 |
山 乡 好 风 光， （讷 依

5 – 6 | i – 6 | 5 – – | 5 i 6 | 5 – 2 |
耶 讷 依 耶） 鄂 伦 春 山 乡

3 – 23 | 1 – – | 1 – – ‖
好 风 光。

部分曲目基本曲调

367

10. 别耍钱

$\frac{3}{8}$

| 5 5 3 | 5 6 1 1 | 2 3 2 | 3· | 2 3 5 3 | 5 6 1 |

为了那 一万 和一 条， 我变 成一个
为了那 二万 和二 条， 我和 爹妈

| 2 3 1 | 1· ‖

赌钱鬼 了。
疏远 了。

11. 北京城里文人多

2/4

5·6 5 3 | 5·6 5 3 | 5·6 1 2 | 5·1 | 5·3 2 3 | 5 — |
北 京 北 京 北 京 城 （杭 咳 啰），

5·6 3 2 | 1 6 5 | 1·2 3 2 | 1·2 | 1·6 5 6 | 1 — ‖
北 京 城 里 文 人 多 （杭 咳 啰）。

部分曲目基本曲调

12. 迎新娘

$\frac{2}{4}$

| 1 1 2 1 | 3 5 6 | 1· 1 2 1 | 6·5 3 |

西屯里的 巴吉玛，赛 过美丽的（莲　 花），

| 3 6 6 1 | 6 1 2 3 | 5 6 5 3 2 | 1 1 ‖

全屯里的 小伙子，都 偷偷地 爱上 她。

13. 德都勒哥哥乘船来（一）

2/4

1 1 2 1 6 | 5 1 | 1 1 2 1 3 | 3·2 1 | 2 3 3 2 3 |
微微的北风 哟， 微微的北风 哟， 轻轻地吹过
清清的嫩水 哟， 清清的嫩水 哟， 潺潺地流过

5·6 5 2 | 3 3 2 1 2 | 1 — ‖
来 呀（那耶呢呀 耶）。
来 呀（那耶呢呀 耶）。

部分曲目基本曲调

14. 马上的哥哥你在何方（二）

$\frac{2}{4}$

6 6 1 5 3 | 5 6 1 | 1 — | 1 — | 6 6 1 5 3 |
清晨的太阳 升起来， 想起我那

5 6 1 2 3 | 2 3 6 1 5 6 | 5 — | 1 1 1 2 | 1 2 3 |
心上的人儿 来， 不知哥哥何日

5 — | 5 — | 5 6 1 3 2 | 1·2 3 5 2 | 1 — | 1 — ‖
来， 你骑着马儿 去向何 方。

15. 达乡人民奔小康

$\frac{3}{4}$

5 5 1̇ | 5 - 3 | 1 - 2 | 1 - 5 | 5 3 5 |
美 丽 的 朝 霞 映 　 红 了 欢 腾 的

6 - 2̇ | 1̇ - - | 1̇ - - | 1̇ 1̇ 2̇ | 1̇ - 2̇ |
嫩　　江，　　　　嫩 水 扬 波

1 - 2 | 3 - 5 | 5 1̇ 6̇ 1̇ | 5· 3 2 3 | 1 - - |
奔 向 海 洋 纵 情 歌 　 唱，

1 - - | 3 - 5 | 1 - 2 | 3 - 5 6 | 5 - 6 |
　 青 松 翠 柏 迎 着 阳 光

1̇ - 6 | 5· 3 2 3 | 5 - - | 5 - - | 3 3 2 |
茁 壮 成 　 长， 　　　 矫 健 的

1̇ - 2̇ | 1̇ - 2̇ | 3 - 5 | 5 1̇ 6 | 5· 3 2 3 |
雄 鹰 穿 越 长 虹 展 翅 飞

1 - - | 1 - - | 1̇ 1̇ 2̇ | 3̇ - - | 5̇ - - |
翔， 　　　 （讷 依 呀 耶

1̇· 2̇ 3̇ 5̇ | 5 - - | 5 - - | 3 - 2̇ | 1̇ 3̇ 6 |
讷 依 耶 　　　 讷 依 呢 呀

5 - - | 5 - - | 3̇ 3̇ 2̇ | 1̇ - 2̇ | 1 - 2 |
耶） 　　　 矫 健 的 雄 鹰 穿 越

3 - 5 | 5 1̇ 6 | 5· 3 2 3 | 1 - - | 1 - - ‖
长 虹 展 翅 飞 　 翔。

16. 四季歌（二）

春天里来好风光，田野上一片

新气象，高山的冰雪融化了，小河的流水

淙淙响，哎，达斡尔人民

春耕忙。

17. 葵花向太阳

$\frac{3}{4}$

5 i - | 6 5 6 | i - 6 | 5 - 3 | i - 6 |
打 开　　窗 户　朝　西 看　（美　露

推 开　　窗 户　朝　东 看　（美　露

5 - - | 5 - - | i - 6 | 5 0 0 | 5 6 5 |
咧　　　　　美　露　咧），　野 玫 瑰
咧　　　　　美　露　咧），　红 彤 彤

3 2 3 | 5 5 3 | 2 - - | 2 3 2 | 1 - - |
香 气 袭 人 绕 房　梁　　（美　露 咧
芍 药　竞 相 开 放　　　（美　露 咧

1 - - | 2 3 2 | 1 - - ‖
　　　美　露　咧）。
　　　美　露　咧）。

部分曲目基本曲调

18. 共产党的恩情比水长

$\frac{3}{4}$

5 6 i | 2·i 6 | 6·i 6 | 5 — — | 5 — — |
清 清 的 嫩 水 千 里 长,

i 6 i | 2·i 6 | 5·6 i | 2 — — | 2 — — |
两 岸 的 沃 土 宽 又 广,

5 — 6 i | i — 6 5 | 3·5 i 2 | 6 — — | 2 3 5 |
往 年 的 嫩 水 白 白 流, 如 今

6 5 3 5 | 2·1 2 3 | 1 — — | 1 — — | 5 — — |
为 咱 造 福 忙, （讷

6 — 5 6 | i — — | i — — | 2 — i | 6·1 3 6 |
依 耶 讷 呢 呀

5 — — | 5 — — | i — i i | 2·3 i | 6·i 5 6 5 |
耶） 往 年 的 嫩 水 白 白

3 — 5 | i 6 i | 6·5 3 | 2·1 2 3 | 1 — — |
流, 如 今 为 咱 造 福 忙。

1 — — ‖

附 录

一、那音太年表

吴刚/整理

1935年7月9日，那音太出生在黑龙江省齐齐哈尔市梅里斯达斡尔族区雅尔塞镇哈拉村，额斯日哈勒甘浅莫昆人。

1945年至1951年，在哈拉小学上学。

1951年，拜本屯山东老人徐文章为师，学京戏二黄、慢板、快板。又拜余淑芬为评戏老师。

1952年，考入龙江简师读书，后因患病中途退学。黑龙江电视台来哈拉屯采访，村长多有福带领那音太、何德志、杜画匠等人到齐齐哈尔市广播电台去录音，就在路途中，他们编排了一首著名的歌曲《心上人》，由何德志演唱，当天晚上就录制了这首歌。

1953年，雅尔塞镇哈拉村成立了哈拉剧团，何德志为团长，喜荣为舞蹈队队长，那音太为编导。

1954年，创作《德都勒哥哥乘船来》。

1955年，向学校音乐教师德新学习了简谱知识，创作《四季歌》。同年与朱奎合作《共产党的恩情比水长》。与哈拉剧团演员喜荣一起表演的《达斡尔族情歌》在黑龙江省、齐齐哈尔市各级文艺会演中均获"优秀节目奖"和"优秀表演奖"。

1957年，创作《丰收之歌》。秋季创作《马上的哥哥你在何方》，后被上海电影制片厂选用于达斡尔族首部电影《傲蕾·一兰》主题曲。

1962年前后，那音太和民间艺人胡瑞宝到富裕县塔哈乡达斡尔族聚居的登科、大高粱、小高粱、库木等屯，演唱长篇乌钦《少郎和岱夫》。

1965年至1972年，在哈拉小学代课，曾任副校长。

1976年，创作《达乡晨曲》。

1980年，创作《赞美尼尔基街》。

1981年，创作《福地白音塔拉》《南木好风光》。由那音太说唱，色热、那音

太翻译,李福忠、刘兴业记录整理的《少郎和岱夫》刊载于《黑龙江民间文学》第三集,荣获全国民间优秀文艺作品二等奖。同年到海拉尔鄂温克旗巴彦塔拉乡结婚落户。

1987年3月至5月,娜日斯采录整理那音太讲述的民间故事,主要有《呼兰索木莫日根》《德莫日根和简色楞萨满》《珠茹莲花的亲事》《苦命的谚宝金》《少郎、岱夫系列传说十篇》等共计14篇民间故事。该故事集名为《达斡尔民间故事百篇》,由内蒙古文化出版社1992年出版。

1988年,创作《回到故乡梅里斯》。

1989年4月,达斡尔族语言学家欧南·乌珠尔在牙克石用拉丁字母记录整理那音太乌钦,合计12篇。《迎新娘》《歌唱扎兰屯市达斡尔乡》没有写明创作时间。

1997年7月,出版的《中国曲艺音乐集成》载有"达斡尔族乌钦艺人那音太"条目。

2000年8月,赴齐齐哈尔市参加全国首届达斡尔族民间文化艺术研讨会。

2002年7月,赴北京参加全国达斡尔族乌钦比赛演唱《少郎和岱夫》,获金奖。

2005年,莫力达瓦达斡尔族自治旗电视台特邀那音太,录制了《少郎和岱夫》专题片。

2006年,梅里斯达斡尔族区卧牛吐镇何庆拜那音太为师。

2007年7月25日,黑龙江省文化厅公示色热、那音太为第一批省级非物质文化遗产名录达斡尔族乌钦说唱代表性传承人。7月,《民族文学》刊发那音太说唱《少郎和岱夫》乌钦的节选部分。10月10日,撰写回忆录《鹤城达乡歌声》。11月17日,那音太参加在齐齐哈尔市举办的全国非物质文化遗产名录乌钦、哈库麦勒研讨会。12月29日,文化部确定那音太与色热为第二批国家级非物质文化遗产项目达斡尔族乌钦说唱代表性传承人,获一块纪念牌、一只水晶杯。

2010年8月,那音太和吴刚合作,拉丁转写、翻译了《少郎和岱夫》。11月23日,安晓霞在《鹤城晚报》发表《马上的哥哥你在何方——记国家级"乌钦"传承人那音太》。12月14日,呼伦贝尔民间文艺家协会、呼伦贝尔民族历史

文化研究院在呼伦贝尔学院举办"国家级代表性传承人那音太暨乌钦研讨会"。那顺其其格在其博客中以《人在文化就在》为题进行了报道。

2011年4月27日,张宏伟在中广网发表《巴彦塔拉:我的感动》,其中一节为"永远的那音太"。11月14日,《黑龙江日报》刊载记者李景滨采写的报道《那音太 柴堆旁拉起四弦》。11月23日,那音太在内蒙古呼伦贝尔市鄂温克族自治旗巴彦托海镇去世。11月24日,孤思客在达斡尔族论坛网发表《你要找到你想要的花朵和居所——挽歌达斡尔族乌钦大师那音太》。11月25日,网名为"Ying"的作者在达斡尔族论坛网发表双语诗歌《悼念那音太前辈》。

2013年6月,由吴刚、孟志东、那音太搜集整理译注的《达斡尔族英雄叙事》在民族出版社出版,收入那音太演唱的乌钦《少郎和岱夫》。

整理附记:

那音太年表主要材料来源有如下几种:《少郎和岱夫:中国达斡尔民族乌钦体民间叙事诗经典》(齐齐哈尔市委宣传部编著,民族出版社2002年版)、《中国达斡尔族名人风采录》(杜兴华、巴图宝音主编,中央民族大学出版社2010年版)、那音太手稿《鹤城达乡歌声》、网络及其他报刊有关资料。一些事件发生的时间,在不同材料中记录有所不同,除通过查到的材料给予确定之外,其他均以那音太手稿为准。即便如此,也不能说准确、完整,还有待发现新材料,以便校正完善。

二、那音太回忆录

那音太/撰　吴刚/整理

(一) 鹤城达乡歌声

达斡尔族是勤劳勇敢、能歌善舞的民族，千百年来生活在祖国边疆黑龙江、莫力达瓦旗、卜奎城郊、富裕县、龙江县、罕伯岱、扎兰屯、海拉尔、新疆、梅里斯等地，还有一些住在北京、哈尔滨、云南、呼和浩特、乌兰浩特等地。能歌善舞的达斡尔族人所居之地都有他们嘹亮的歌声和优美的舞姿。

我出生在齐齐哈尔市梅里斯达斡尔族区雅尔塞乡哈拉屯，我屯不愧为闻名于世的歌舞之乡，早在二三百年前，我们的祖先就代代相传养成了跳舞唱歌的良好的习惯。每当农闲、节日期间，他们都走街串村、互相联欢，有跳"哈肯麦"、唱"扎那勒格"、打"博克"、讲故事、请"笊篱姑姑"、捉"博勒卡"等多种多样的民间娱乐活动。这些老前辈之中，有的高手还会自己拉胡琴，自己跟着歌唱。那时幼小年龄的我，非常羡慕他们，我何时能像他们那样自己会拉琴，自己随着琴声自如地歌唱呢？世上无难事，就怕有心人。老前辈艺人，他们绝不是生下就会拉奏、跳舞唱歌，他们不都是从刻苦磨炼中学来的吗？他们哪个不是几十年如一日好学好唱，才练就成了多才多艺的达斡尔族人民心中的民间艺术家！为我们达斡尔族传下了千秋万代的文化艺术的宝贵财富！

耀眼夺目的黄金是从深厚沙土中如同小米粒一样，一粒一粒拣选出来的。哪有一个能人毫不费力一下从沙土中挖出万两黄金，成为百万富翁？不见西天如来佛，唐僧是难得真经，唐僧历经万邦列国，十四年如一日，越过千山万水，降妖捉怪，出生入死，脱凡超俗，求得了金身正果，为中华取回了三藏圣经。

我从七八岁就爱听老人们跳舞唱歌、讲故事，一听就听到大天亮。那时候妈妈在跳罕伯舞时边跳边唱《少郎和岱夫》，歌词中说：他们哥俩从罕伯岱闯出来，放火烧了小铺掌柜，吴大帅用烧红的铁棍穿透他们的大腿，把他们的胸脯皮一条一条撕下来，灌辣椒水动刑拷问："小铺是不是你们抢的？小铺掌柜

是不是你们杀的?"英雄们死不招供,后来无奈把他们判为无期徒刑,流放到鹤城芦苇之荡。铁链锁不住英雄们的双脚,手铐困不住英雄们的双手,英雄们终于砸碎铁链枷锁,砸碎看守的狗头,夺取他们的枪支,带领患难之友武装暴动,放火烧芦苇荡,走上了抗军阀、打土豪、杀富济贫的前所未有的达斡尔族人民的雄关漫道。

  这只是少郎和岱夫的概括曲子,英雄少郎和岱夫的故事深深地扎根在我幼小的心灵之中,长大后一定要把《少郎和岱夫》天天歌唱。1980年盛夏7月,齐市文联秘书长李福忠以及工作人员刘兴业、梅里斯达斡尔族区文化局副局长色热、哈拉小学教师何德林等五名同志到罕伯岱少郎、岱夫的故乡考察了《少郎和岱夫》的历史材料。《少郎和岱夫》首次于1981年发表在《黑龙江民间文学》,获得了一等奖。2002年,《少郎和岱夫》由齐市宣传部进一步整理,把故事的全过程写得真真切切,又把民间文艺家一一介绍,把对此作品有贡献的人员的生活照片展现在这本书之中。《少郎和岱夫》经典作品闻名于世是我们达斡尔族的无上光荣,无上骄傲!中国的民族政策让五十六个民族是一家,伟大的党、伟大的祖国,像慈祥的母亲一样,把各族儿女紧紧地拥抱在温暖的怀抱之中,让各族人民各尽其能,各显才华。

  《少郎和岱夫》由民族出版社出版。2005年,在北京达斡尔族联谊会上,安平平女士讲述了她在《少郎和岱夫》编辑过程中,为英雄的抗暴、杀富济贫感到高兴和自豪,为英雄被火烧拔掉胸皮、灌辣椒水忍不住泪水,不知流了多少泪水。安平平讲述关于出版《少郎和岱夫》的经过,让我万分感动,她在台上做报告,我在台下听她的报告流下了热泪。她为此书付出了心血,她是我们达斡尔民族杰出的女士,祝她挥笔写作,取得更加辉煌的荣耀。安平平讲述之后,由北京达斡尔族联谊会会长杜兴华为我们颁发了《少郎和岱夫》这本经典宝书。当时我双手接过宝书,不由热泪夺眶而出,止不住的泪水浸透了我的胸怀。少郎、岱夫前辈爷爷,请你们在阴间地府听我祷告,为你们歌唱吧!祝愿你们跳出硫磺火湖,回到人间,看看百年后的达斡尔族子孙的故土家乡吧!您老人家仍然是身背钢枪站在莫力达瓦峻岭上镇守巴特罕大地!老前辈少郎、岱夫爷爷,你们永远活在我们达斡尔族人民心中,永远激励着我们后代子孙向前奋进!

  我那音太在有生之年拉起我的四弦琴,天天把你们歌唱。我于2005年,在莫力达瓦达斡尔族自治旗电视台录制了《少郎和岱夫》专题片,此片播放于全莫力达瓦旗境内,以及呼伦贝尔境内。生活在嫩江之滨、兴安岭南北两麓的达斡尔人民无不感到高兴和自豪。在黑暗的旧社会谁还敢明目张胆地唱《少郎和岱夫》呢?如果谁要敢唱的话,那是要犯罪的!军阀官兵发现谁要唱《少郎和岱夫》谁就是反动分子,没有你的好下场。尤其是在伪满洲国时期,谁敢唱《少郎和岱夫》被日本鬼子特务发现,轻者坐牢,重者杀头。

旧社会财主、大粮户在官府当官,他们那些人不爱听《少郎和岱夫》扎那勒格,他听也听不入耳,他们听了头脑会发胀,心惊肉跳,浑身发抖。那些穷途末路的杀人不眨眼、吃活人见血的反动官府,狠心的财主豺狼,他们把少郎、岱夫恨之入骨,他们怕天下穷人太多,穷人都像少郎、岱夫一样的话,他们也会起来造反的,早早晚晚芦苇荡的烈火再次燃烧,他们的末日必将会来临的。

在旧社会,多数劳苦大众都喜欢听《少郎和岱夫》扎那勒格,而且还都爱唱《少郎和岱夫》这支动人心弦的雄壮的歌,穷友们一传十,十传百。无论哪个屯中都或多或少有人会哼哼这个曲子。过年过节跳罕伯舞也把《少郎和岱夫》当作歌词边跳边唱,妇女们春天挖"满其"时也唱《少郎和岱夫》,夏天采库木勒时更唱《少郎和岱夫》!她们在野外河畔唱英雄《少郎和岱夫》的嘹亮的歌声响彻了广阔的沃野,响彻了嫩江岸畔。在旧社会,穷人给地主老财干活,半夜起来套牛车,一个人赶五六辆车,他们前后来回跑,忍饥挨饿,冻得浑身发抖,他们赶着富人的车,唱着穷人的歌《少郎和岱夫》,边唱边诉说咱们穷人的苦日子何时到头呢?我们达斡尔族是红心热血、钢筋铁骨的英雄民族,无论反动军阀怎样压榨,穷苦弟兄们走到哪里,他们的扎那勒格就唱到哪里。

早在1943年冬季,我们达斡尔族著名歌手何德志当时16岁,和几个穷哥们赶着牛车到齐齐哈尔市日本仓库送粮食,赶车到北木城时天快亮了,他就甩响鞭子唱了几句《少郎和岱夫》:"我出生在穷人家庭,罕伯岱是出生的地方,只因过寒冷的日子,红日何日照到我身上!"这时迎面走来两个人,一个是日本人,一个是日、达、汉兼通的巡警夜狗,日本人听了何德志的歌,问巡警:"他在唱什么呢?"巡警诏媚地说:"太君,他是在唱《少郎和岱夫》。"日本鬼子问:"《少郎和岱夫》什么的干活?"巡警说:"《少郎和岱夫》是马胡子干活,放火的干活,抢富人的干活!"日本鬼子听了之后,皮笑肉不笑地大声吼叫:"巴嘎牙鲁,你的良心大大坏!"扯住何德志的脖领狠狠地扇了几个嘴巴子,然后又把他

打倒在地,口吐鲜血,见他不省人事之后才丢他而去。杰出的达斡尔族著名歌手何德志,那个时候,竟受到这般虐待!何德志有一个天生美妙歌喉,每当他唱起歌来的时候,他的歌声久久不能离开你的心房,牢牢铭刻在你的心中。

　　1945年,二战炮声震撼了世界各地。苏联红军、蒙古军以排山倒海之势,陆海空三军从莫斯科、乌兰巴托南下越过兴安岭,从中华国门满洲里,从大连旅顺,从国际战场诺门罕,几面合围歼灭了侵华日军300多万,我中华东三省从日本帝国主义的魔爪中得到了解放。在旧社会,何德志没有唱歌的自由,遭到了日本人的毒打,险些丧了性命!终于他在20岁那年,盼来了共产党毛主席,他翻身了,他解放了,他挺起腰板,他敢于放声歌唱了!他第一个唱的是《牛官翻身唱新歌》,歌词中唱道:"我是旧社会的奴隶,连唱歌的自由都没有,如今新社会,我们穷人当家做了主人,我要唱共产党、毛主席,我要唱新社会,我要唱我们达斡尔族民歌!"

　　早在1952年春天,黑龙江电台到我们哈拉屯来采访,他们要采录达斡尔族歌曲、舞曲、故事等,当时我们高兴得不得了,由我村村长多有福带领我们几名青年到齐齐哈尔市广播电台去录音,可是我们没有什么可录的好歌曲,怎么办呢?我们在去齐市途中,大家你一句、我一句,这时正是春天要来临之际,冰雪融化、大地复苏、江河解冻、百花齐放、百鸟齐鸣,男女青年们走出家门,到野外踏青去春游的美好季节。我们大家就以"春天"为题材,编出了《心上人》这支达斡尔族新民歌。何德志当天学会了《心上人》这支歌,由我四弦琴伴奏,又由杜画匠大爷吹横笛,当天晚间,何德志录制成了《心上人》这支达斡尔族曲子。从此,何德志出席市、省、国家级文艺演出时,都唱《心上人》这支歌曲,得到了从地方到中央各族各界人们的赞扬,多次进北京受到了党和国家领导人的接见,他更为幸福的是和伟大领袖毛主席亲切握手,他又代表达斡尔族人向毛主席致以亲切问候。这是我们达斡尔民族的自豪,这更是我们达斡尔民族的无上光荣!

　　1998年,我们著名的达斡尔族歌手何德志东渡太平洋到日本演出,受到了日本政府的热情接待,受到了日本人民热烈欢迎,更受到了侨居在日本的本民族达斡尔老乡欢迎。日本女士刚士子说:"何德志你是达斡尔族人民杰出的民间歌手,你不敢认识我了吧?我是吴平玉的夫人,我在黑龙江齐市梅里斯达斡尔族区雅尔塞公社哈拉村,那时候,在庙子岗住,在二队生产队做饭。那时

候,中国全民公社化,土地承包到户,我与吴平玉有着三十年的夫妻情义,我与他生养了两个姑娘,回去后转告我两个姑娘,没有达斡尔人对日本被俘人员的爱护,我早就沉落在太平洋的海底了,我哪还有今天的幸福日子过呀?"

我们的歌手何德志唱出了五十多年的达斡尔族民歌,唱出了达斡尔民族人民的心声,歌颂了党的伟大,歌颂了祖国的繁荣富强,他把百灵般清脆美妙的歌声献给达斡尔族人民,献给了伟大祖国母亲!祝我83岁的杰出的达斡尔族歌手何德志晚年幸福!长寿健康!

我不能同何德志那样以美妙的歌喉闻名于世、名扬四海,但我有一颗雄心向他学习,学习他几十年如一日刻苦锻炼、刻苦学习的精神。我振奋精神,集中精力,拿起笔杆耐心写作,写出最新最美的作品,献给达斡尔族人民,献给祖国。

我要和有才能的人学习,拜有才能的人为师。我16岁起就爱唱歌,那时我屯有一名山东老人,他老人家名叫徐文章,这位老人是戏迷,京戏唱得好,每天晚间他聚众在家欢乐,为大家唱京戏,有《四郎探母》《武松打虎》《林冲被逼梁山》等曲目。这老人家不但唱得好,他还向青少年耐心教唱,当时我拜他老人家为师,在他的指导下,我学到了京戏二黄、慢板、快板,从此我会唱了一些京戏段子,我又拜余淑芬大娘为评戏老师。这位大娘是奉天人,她会唱《杨三姐告状》《苏三起解》《小二黑结婚》《梁山伯与祝英台》。我这位大娘唱腔优美,我和她儿子同班同学,这位大娘把我当亲儿子一样看待,我在她的指引下学到了评剧曲调。有两位老人的教导,我对京、评曲子略知一些。关于对达斡尔族民歌、说唱、故事等,我是向本民族的民间艺人学到的。凡高于我的能人都是我的先生,我永远是他们的学生,我永远向他们学习。

一切知识和技能都是从刻苦学习中得到的,我小时候看双目失明的民间艺人二布库自拉自唱,四弦胡琴他拉得那么自如动听,扎那勒格唱得那么悦耳。人们说这老人的四弦琴是自己做的,琴杆上的雕刻花纹都是他自己刻出来的,琴杆头部他以超凡技能雕刻的精美的六和塔非常好看,老人家的此举对我触动很大,一个双目失明的人能够制作如此精美的四弦琴,我有明亮的眼睛,有会劳动的双手,盲人会干的活,我就不会干吗?我就自己动手做胡琴,拉断碗口粗的榆树木头,用粗铁丝做了一把长长的锥子,我就用力锥透了这个实心榆树干木头,锥透之后用烧红的铁棍烧,有鸡蛋粗之后,小心地用凿子凿,有

拳头大些时,用碗碴子刮。胡琴筒子做成了,我用黑鱼皮蒙上了琴筒,用牛筋搓成绳子当琴线。胡琴做成之后,我天天拉,经过一个多月之后,我也会自拉自唱了!我这一唱惹得老人烦恼,老人们对我说:人不能和空木头说话,你这孩子命太薄了,将来你会受穷的!不管他们怎么说,我还是拉我的胡琴,唱我的歌,经过一个多月的和胡琴打交道,指法准确了,跟着胡琴我能唱出达斡尔扎那勒格了!我的四弦琴伴随我五十多年了,四弦琴是我亲密的伙伴,我要精心保护我亲密的有力的武器,让你为我伴奏终生!有你为我伴奏,我要把扎那勒格唱到终生!

我在我屯搞文艺队时,当导演,我定了音乐歌曲刊物,刊物收到之后,难题就临到头啦,我光会歌词、不识谱,瞪两眼光能认识1234567,7个音符,不知音节不会拍谱,这样怎能导演呢?怎能为我们文艺队教歌呢?因此,我请小学教师德新给我教简谱,德新老师细心教我,我认真学,用一周时间我初步掌握了简谱。后来我天天练,把简谱从头按音阶准确地发音到尾,又从尾音发音到头音,又从中间跳格反复练,发音基本准确了,也能记谱、拍谱了,这样一来我就开始创作简单的歌曲了。我创作的头一个代表作《马上的哥哥你在何方》,是于1967年秋写出来的,此歌写出之后受到了很多人的好评。此歌曲被上海电影制片选用于达斡尔族首部电影《傲蕾·一兰》主题歌。

掌握了简谱之后,五十年来我写了几十首歌曲,对于歌曲的详细写作过程有待我另行上报。争取10月末,把歌曲集写完上报黑龙江省民族研究学会达斡尔族分会。几十年来我拉四弦琴唱歌,写作歌曲,这给了我前进的动力!今年我73岁,在我今后的岁月里仍需努力拉好四弦琴,唱好扎那勒格,写出更多更好的作品,向我英雄的达斡尔族人民、向我伟大的祖国做出更多新的贡献!

在我青年之时,喜荣是我同台歌唱、同台欢舞的亲密文艺战友。我们二人相处二十多年之久,自1955年起,我和她进行了二十多年的文艺工作。喜荣同志是杰出的舞蹈家,她创作能力很强,在我们哈拉文艺队里,她是歌舞导演。每当省、市、区文艺会演时她都领头跳罕伯舞,我给编舞曲、舞词,都得到广大观众的热烈欢迎和好评,曾得过省、市、区的大奖。我和喜荣同志表演的《达族情歌》多次参加过省、市、区文艺会演,均都得过优秀节目奖、优秀表演奖。在国庆十周年出席齐齐哈尔市庆祝大联欢时,我们进行了六个场次的表演!最后场次在京剧院表演时,我们受到了广大观众和市领导的暴风雨般的热烈掌

声,当场我们谢了八次幕,广大观众还是以热烈的掌声和欢呼声挽留我们,这是我永生难忘的幸福时刻。

今年我73岁,同喜荣一起跳舞唱歌的青春年华已经过去五十多年了,当我回忆起来,我难以忘怀!那时的美好时刻将永远鼓舞我奋发向上,我要鼓起干劲,像当年一样努力前进!前进!前进!再前进!

2007年10月10日
于呼伦贝尔市鄂温克族自治旗

(二)为我达斡尔族文化事业奋斗终身

我出生于1935年黑暗的旧社会,爷爷、爸爸、叔叔他们三人长年为财主家扛大活,难养全家人。母亲生我们8个弟兄姐妹,我弟兄5个、姐妹3个,我是排行老三。两个哥哥因闹天花,他们两三岁时就离开了人间。

1944年,对我们家来说是一个难以过渡的年代。全家人饥饿在死亡线上,叔叔好不容易有好心人发善心给他提亲订婚了,决定在年底结婚,谁知正忙着办事,不幸被日本人抓去当劳工,爷爷、奶奶急坏了,这可怎么办?可恨的日本鬼子不知把人抓到哪里去了,找不到叔叔下落,爷爷奶奶着急到处打听叔叔到底被抓到哪里去了呢?好不容易才找到了准确的下落,叔叔被抓进了日本的军用983部队仓库。得到准信后,爸爸换回叔叔回家结婚了。那时候叔叔结婚,新娘子的婚礼衣裳还是借来的,没有过三天,人家就把新婶娘的衣服扒走了。那年过年,我们农家买不起碱盐,大年初一吃的是没有盐的菜末。到了春天,一家人你瞅我、我瞅你,过着忍饥挨饿的苦难生活。在这种情况下,爷爷说,咱们不能坐在家里饿死呀,各自讨命去吧!叔叔和婶娘到扎兰屯打工去了,爷爷打短工勉强养活奶奶、我、母亲和妹妹四口人。爷爷累死扛活,肩挑重担养活我们。劳工期满,爸爸回来了。爸爸身穿单薄的、破烂的、更像麻衣的劳工服,下身扎着麻袋片,面无血色、瘦如干柴,浑身皮包骨,这真是从日本人手里死里逃生活着回到了家,我们全家人悲喜交加!

爸爸回来后,看家里日子无法过下去,就求人托门子找到了一个扛活的地方。这家老板名叫孙明久,是个开大烟馆的黑社会的暴徒,他从妓女院娶了两

个女人,这两个女人都不能生孩子,孙明久从乡下买了小孩抱养,可是没有奶无法养活,这孙明久看见我妈妈怀抱小孩喂奶,他对我爸爸说:"老鄂,你到我家干活,把你老婆也带去,正好给我孩子当奶妈!"爸爸说:"她正在月子里,不能去。"这孙明久说:"那你就退我的钱,另外给找别人吧!"这可把我爸爸难住了,因无法退还孙明久的钱,只好到孙明久家去扛活。孙明久说:"把你吃奶的小女孩扔在家里,让你的妈妈养活小孙女。"爸爸妈妈带着三岁的彩凤妹妹到孙明久家去扛大活,苦度光阴!

妈妈舍弃自己的亲生骨肉,去喂养外人的孩子。每当用自己奶头喂别人家的孩子时,妈妈就暗暗地流下眼泪,想念留在乡下的小女儿,她是不是饿着肚子哭嚎呢?是不是闹得爷爷奶奶心里悲痛呢?我们这家人为了活命流离失所,这苦难的日子何时才能出头呢?爷爷给我找了吃饭的地方,让我给人家放猪。放两家的猪,一共十几个,到秋能挣五六斗粮,放两家的猪、吃两家的饭。奶奶到外向人家要牛奶喂小妹妹,要的日子多了,后来也要不着了,只好用米汤、菜汤喂小妹。我的小妹因吃不到妈妈的奶汁,一天比一天消瘦,她饥饿难受,不分昼夜哇哇直哭,她的哭声一天比一天微弱了,妈妈走后小妹妹哭叫了十七八天,再也哭不出声了。她的肚子扁扁的了,她的身子皮包骨了,她的眼皮合不上了,她只瞪双眼,她流着悲痛的泪水,她于康德十四年四月二十八日那天头午离别人间,小小的灵魂渺茫地到了黑暗的阴间。

中午我回到家,爷爷奶奶两位老人,正用谷草捆包着小妹赤裸的身躯。爷爷奶奶放声大哭,我也流下了眼泪,爷爷抱着小妹扔到南甸子上了。午后,我赶着猪群到南甸子时,看见了四五条狗正抢着吃小妹妹的死尸。我看在眼里,痛在心里,当时的眼泪哗哗流淌,在这荒郊旷野外,我独自一人哭泣。最初,我暗暗地落泪,哭着哭着,我就哭出声了,我的哭声渐渐地大了起来,我心里非常悲伤,让我放声哭个够吧!我的哭声,让老天爷听听吧!我的哭声,让阴间的饥饿穷苦众魂听听吧!我一个在人间饥饿穷苦的小孩子啊,温暖的阳光何时才能照到贫苦人的身上,让我们能够过上温饱的日子?我多么热盼光照天下的太阳光辉,太阳的热能照亮我们天下穷苦人,太阳的热能流入我们穷人的寒舍!

1945年8月,日本倒台了,孙明久从日本仓库拿到了很多东西和枪支弹药藏在乡下的仓库,让我爸爸看守房子。孙明久用号码锁把仓库锁得牢牢的,

三天两头回来往仓库藏东西。有一天回来翻箱倒柜找东西，他发现仓库少了一支手枪，他像疯狗一样把我爸爸绑在柱子上拷打审问，硬让我爸爸交出枪来，交不出枪来，就要他小命。爸爸被打得头破血流，但爸爸无论怎么受皮肉之苦，死不承认。他又拿起镰刀威胁说："快把枪交出来，今天你不交出枪，你看见了没有，我就用这把镰刀割断你的脖子，叫你脑袋搬家，叫你老婆孩子不得安生，叫你父母气断肝肠，叫你死无葬身之地！你痛痛快快说，你到底交出枪来，还是留下你的脑袋，你怎么不说话呢？"

他正用镰刀要下手时，从外边走进一个人，这个人名叫富长明，号称富二爷。他是前来向孙明久买大烟的。他看见孙明久动镰刀要杀人，一个拳头把孙明久的镰刀打掉在地，他大声喊道："你为什么这样心狠手辣，在光天化日之下敢用镰刀行凶杀人？"他从怀中甩出手枪震慑他说："快给他松绑，不然我毙了你，要你的狗命！"孙明久吓得吞吞吐吐说："老富二哥，你不知这小子太坏，把我放在仓库的手枪不知弄到哪里去了，他死到临头还不承认是他偷出来的，这枪是我小弟从日本军火库舍命得来的，我能不生气吗？这小子不把枪交出来，割掉他的脑袋，要他的狗命一点也不多。就是把他的脑袋割下来喂狗，我也不解心头之恨。"

富二爷说："这小伙子在我家扛了三年活，我还不知道他吗？他是个老实人，你可别冤枉好人，他能打开你的号码锁吗？他那样胆小怕事的人，他哪有胆量敢偷出你家的枪？你还是好好想想，可别伤害好人，你这样折腾他，你也太够狠啦！如果你把他折腾死了，他一家人的日子怎么过呀！他的老婆、孩子谁给养啊！姓孙的，我可告诉你，你可不能再欺负他，如果你碰掉他一根毫毛，我可不饶你，我叫你下跪用眼皮夹起栽植到原位。姓孙的，好好支起耳朵听准了，因咱们拜把兄弟，算在咱兄弟的情分上，我饶你这次逆天杀人的罪恶行动。"

孙明久怕富二爷，吓破了胆，乖乖地给我爸松了绑，险些害了他的性命。爸爸连磕头作揖给富二爷致谢。富二爷说："不必了，姓孙的以后他要再欺负你，你就到我那告诉我去，我保证给你出气。别怕他，你该干什么活就好好干，干到年底，满工回家吧，三天两头我来看你，富二爷我保你平安，保你无事！"

富二爷走后，孙明久狼心不死，他另打鬼主意："我要在乡下屯里下狠心逼他把枪交出来，这是不那么容易的事了，富二爷还保他狗命，我还不敢下手揍他,这小子不给他点厉害看看他是不怕我的,干脆老子把你带到市里自己的家里随便整你,我的两个老婆,我们三个还对付不过你?"孙明久把我爸爸带到市里,他和两个狗娘们更加下毒手了,灌辣椒水、坐老虎凳、双腿压杠子,他们可真是任意折磨我爸爸,爸爸被他们折磨得死去活来。他们对爸爸用尽了残暴的酷刑,逼不出口供。后来,他小老婆出了损招,小老婆露出黄牙,咬牙切齿地说:"把这小子手脚都绑起来坐老虎凳,用细绳子勒他脖子,把他脖子勒得越紫越好,看他有多大尿性,这小子不把枪交出来,把他勒死后扔城外西下坎喂野狗,让他死不见尸,活不见人!"他们真是狼子野心,杀人不眨眼,啃人不吐骨头!白天他们把我爸爸的手脚捆绑得紫紫的圈进仓房,晚间拿进屋里审讯,任意折腾、任意打骂。他们把我爸爸打得遍体鳞伤,鲜血直流。

有一天夜晚,他的两个老婆用行李绳子勒爸爸的脖子,狠心的狗娘们对坐南北炕,咬牙切齿勒爸爸的脖子。爸爸被勒得喘不出气来,将要被勒死之时,忽然从外面走进一个人,是我们屯的大有名望的老人,无论是警察特务、汉奸走狗、地痞流氓,见到这位老人都要向他点头哈腰。这位老人就是我屯抱打不平、除暴安良、行善做好事的康二爷,老人家名叫康文真。他身强力壮、能说,他体重二百斤开外,因此,坏蛋恶棍都惧怕他。就是这位老人,在我爸爸将要被孙明久勒死之时,走进了孙明久的家。他看到我爸爸受这样折磨,实在看不下去了,大喝一声:"住手!"上前一步,一个手掌把孙明久打倒在地,康胖子爷爷的这一掌吓得孙明久魂不附体,他磕头作揖求饶,他的两个鬼老婆下跪求饶,他们这狼子野心夫妻三人吓破了胆,丢掉了魂,人不该死有人救。康胖子爷爷真是从天而降的救星,我爸爸的吉祥救星恩主!恩主康胖子爷爷,黑暗长夜已经过去了,我现年75岁,在国家的幸福大家庭里过着丰衣足食的美好的日子里,我怎能忘记您老人家对我爸爸的救命之恩呢?!晚孙我今日跪拜向您谢恩祷告,祝愿您老爷爷神圣的精灵同天上的繁星永永远远闪闪发光,光照人间!

康胖子爷爷救了我爸爸的命。他对孙明久说:"你可知道这小子是老实巴交的小伙子,他哪敢偷你的枪呢?不要屈赖好人,你再要折腾他出什么好歹,我可决不饶你,姓孙的你可知道我是什么样的人,老子生来天不怕、地不怕、鬼不怕、神不怕,什么样的高官、大人全都不怕,像你这样杀人不眨眼的狼崽子我更不怕,快把他放了,我要带回去!"胖爷爷从孙明久的狼口中救出了我爸爸将要面临死亡的一条生命!

孙明久用尽了惨无人道的酷刑,在我爸爸口中逼不出口供,急得直跺脚,他心里想:"我再要继续下去,一场大祸必定要临头的,康胖子把我勒脖子的事告诉富二爷,这两个爷爷可不是好惹的!"他乖乖地把我爸爸放了。爸爸得救了,跟着胖爷爷回家了,爷爷奶奶看见胖爷爷把爸爸送回家里,感动得眼泪夺眶而出。爸爸说:"康胖子二爷是咱们家的救命恩人哪!他老人家晚到一点,孙明久就把我勒死了,今生今世你们也就看不到我啦!"爷爷奶奶搂住爸爸的脖子放声大哭,他们看到爸爸脖子上被勒的绳子烙印,脸上一块又一块、一条又一条的伤痕。爷爷奶奶看见爸爸的这种惨景,大声骂道:"狼崽子孙明久,你不得好死,没有老康二哥救我儿子一命,早就被你勒死了。老天有眼,姓孙的,早晚你被五雷轰顶、粉身碎骨、死无葬身之地!让你的灵魂受阎王殿审判,打进十八层地狱,在硫磺火湖中彻底烧炼,不在人间横行霸道!让天下百姓都过上平安吉祥、安居乐业的好日子!"

爸爸被康二爷从豺狼的口中救出了性命,可是爸爸不能待在家里看着一家人挨饿受苦,还得想办法找活干,养家糊口。于是,爸爸到富裕县高粱屯找我二姨夫乔平海,给他找一个扛活挣钱的地方。二姨夫看到爸爸惨不忍睹的可怜面孔,实在看不下去,满脸的伤痕,紫一块、红一块。亲人间相见不像从前那样高高兴兴相互问寒问暖。爸爸首先开口说:"我说孩子他二姨夫,我这个穷日子真是无法过下去了,求你帮我找一个扛活的地方,钱多少都没关系,只要我和你大姐和两个孩子能够渡过这个难关,活一天算一天,往后的日子怎么活下去,往后再说,把眼前日子能想法活下来就是阿弥陀佛了!今我前来向你请求,给我找个活路,救救我们一家人吧!"

二姨夫说:"大姐夫,你放心吧,我这就出去给你找个地方,尽力找到地方,让你能够马上挣到钱,安心过日子!"二姨夫立刻推开房门走了,两袋烟的工夫,他回来了。一进屋,他就对爸爸说:"你可真走好运,明天就上工干活吧!这家是我叔辈二叔乔二爷家,他家打场正缺人手,明天快点上班干活吧!今年冬雪太大,尤其是河套雪路,车走不了,让我父亲明天找个牛爬犁,把大姐和孩子们接来吧!"二姨夫家的老父亲,是个忠厚老实热心肠的人。第二天,他从乔二爷家赶着牛爬犁,从小高粱屯到江北哈拉屯,接我妈妈和我们母子三人,那天正是腊月数九天,下着鹅毛大雪,吐口唾沫落到地上,冻成冰球,滚蹦在地

上！妈妈把我们兄妹二人紧紧搂在怀里，无论怎么搂也搂不住我们兄妹，二人冻得乱动，小妹妹冻得直哭，我也冻得哭起来了。妈妈看到我们兄妹二人哭个不停，后来也伤心地落下了眼泪。老乔二爷实在看不下我们母子三人冻得直哭，就脱下自己的皮袄盖在我们身上。乔二爷这时只有他的皮坎肩，眉毛、络腮全都挂满了冰霜。赶着牛爬犁，越过了冰雪连天两道江，到了朱尔金小屯，找到了一个傅姓的满族人家打间儿取暖。

这家的老人傅爷爷问我妈妈："你们是哪屯的？这么下雪的冷天到哪去？"妈妈说："我是江北哈拉屯色勒的老婆，他昨天在小高粱屯找到了扛活的地方，今天我是找他去过日子去，老傅大爷麻烦你们了，我们暖暖身子后，马上就走，天黑前快到小高粱屯，别让孩子他爸爸为我们上火！"

傅爷爷说："那可不行，决不能让这姑娘和两个孩子饿着肚子进来，空着肚子出去。"老人叫儿媳妇们马上点火煮猪肉，做稷子米饭，又炖了酸菜粉条汤，让我们母子三人吃了香喷可口的饱饭。又给乔二爷烫了两壶卜奎北大仓老白干酒，两位老人一边喝酒，一边唠起心里话来。傅爷爷说："我养了八个儿子、一个姑娘，这九个孩子长这么大，都没饿着肚子，把他们拉扯这么大也不容易，我夏天在道口开船摆渡来往行人车辆和牲畜，冬天开小铺，我就这样冬夏紧忙活养活这家人。"

傅爷爷问我妈妈娘家贵姓，多大年纪。妈妈说："娘家姓多，老爸爸六十多岁，给龙江县二沟大屯大粮户铁先生家扛长年劳金。因老人干什么活都认真实惠，所以铁先生不肯放他，我姥爷在铁先生家从18岁开始扛活，一直扛到祖国解放，才从铁先生的宅院出来，回到了自己的家。我们姐妹四个我是老大，还有一个弟弟，他正在放马。我男人昨天由二妹夫在小高粱屯给他找到了扛活的地方，今天我是到他那里一起过日子去呢！我男人在孙明久家扛活，因孙明久丢了枪支，诬赖我男人偷了他家枪支，因我男人老实把交死不承认，他们把我男人折腾得死去活来，后来他们下狠心，用绳子勒我男人的脖子，正在他将要被勒死之际，有我屯康胖子二爷闯进孙家，救了我男人将要被勒死的一条生命！老傅大爷，我家这些年所遭的苦难三天三夜也说不完、道不尽哪！"

傅家爷爷听了我妈妈的这段话，他很伤心地落泪了，老人说："姑娘啊，你命太苦啦！姑娘，我太可怜你这苦命的姑娘，你若不嫌弃我这破老头的话，老汉我想，你给我当干女儿吧！你看怎样？"在这时，我妈妈向乔爷爷问道："大

爷,你看如何是好?"乔爷爷说:"姑娘你还寻思什么,还不快点下地磕头,快认你这个活如来佛神仙爸爸吧!"

这时妈妈从炕上下来,跪在地下开口说:"爸爸在上,女儿磕头谢你这位好心的爸爸!"又给坐在炕琴前面的老傅太太磕头,"今日起,你老人家就是我们的亲妈妈了!女儿祝你们二位老人在我们众儿女中间欢天喜地、多福多寿、安康吉祥、长寿百岁!"两位老人马上下地,一人扯一个胳膊,把妈妈从地上扯到炕上。

妈妈对二位老人说:"爸爸妈妈,天都下晌了,我们这就动身,天黑前必定到家,免得你们的女婿为我们担心。爸爸、妈妈、弟兄、姐妹们,你们都是好心善良的一家人,我这受苦受难的贫寒女人向你们全家祝谢啦!再次祝爸爸妈妈长寿安康,祝弟兄姐妹和谐美满、勤俭持家、家喜人旺,众姐妹们为咱们老傅家多生贵子。祝我第二个娘家岁岁平安、年年吉祥、四季来财、八面进宝。"妈妈的这一祝福把老傅家高兴得不得了,傅家爷爷奶奶乐得哈哈大笑。

傅爷爷吩咐儿子媳妇们大声说道:"快给你们大姐把过年的年货都样样不缺地装到她的爬犁上,用绳子牢牢绑紧!老爸开口说,给你们大姐带回去猪前右拉巴和四根肋条、一绞子粉条、一袋子洋白面、一口袋稷子米,别忘了黏豆包,多给她点儿,年画、红纸、挂钱,把灶爷、门神爷、蜡烛、鞭炮、香、金箔、银箔、烧纸,哪样都不能少,年货备齐全!"又给乔爷爷装了两大瓶好酒。

傅爷爷的大儿子把穿在身上的长棉袍脱下来递给妈妈。他说道:"带回去让我姐夫过年穿。"儿媳妇们各自从自己的柜子里拿出来新衣服给妈妈,她们都说过年挑好的穿,她们又把给孩子过年穿的新做的衣服、鞋给我们穿。六十七年过去了,我一点也没有忘记,现在我还清清楚楚记得,当时傅家二舅妈给我的这新鞋漂亮极了,她是用红大绒做的娃娃猪头鞋,小猪头的嘴往上撅着可好看啦!不大不小,不宽不窄,正合我的脚。我穿着猪头鞋满屋乱跑,活蹦乱跳,把他们逗得哈哈大笑。我们是挨饿、受冻走进了傅家门庭,吃饱喝足,受到了无比温暖的热情款待。傅爷爷又给我们兄妹二人每人一张绵羊票子,这是日伪满洲国发行的纸币,纸币版面印着一位牧羊人扬鞭策马,在草原上放羊。我小时候好奇,把纸币上的羊群挨个仔细地数了又数,这群羊不多不少整一百只,因此叫百元绵羊钞票。

乔爷爷套上了爬犁,我和妈妈坐上了去。这时老傅家一家人依依不舍地

将我们送出大门外好远好远,妈妈感动得流下了热泪。妈妈转身挥手向前行送别的傅家一家人大声喊道:"天气太冷又下着雪,傅爸、傅妈请回吧!弟兄姐妹们请回吧!别把抱着的孩子们冻坏啦!春节正月初五前,我一定和丈夫带着两个孩子给你们拜年来!"

傅家二位老人高高地站在粪堆上,挥动着长烟袋高声喊道:"慢点走,路上把小孩看好,别让他们冻着,祝你们平安到家!"两位老人站在粪堆遥望着我们,两位老人看着看着,在夕阳下,再也看不见我们的爬犁走出多远,再也看不见爬犁才走下粪堆,老人口中念念有词祷告,老天爷保我姑娘母子三口平安到家。

傅爷爷的屯到二姨夫的小高粱屯,约有三十多里地,日落掌灯时到了小高粱屯。爸爸在村口,冻得浑身发抖在等候着我们。二姨、二姨夫见我们平安到来,非常高兴,他们抱着我们一个劲地亲嘴。当晚,乔爷爷和爸爸、二姨夫他们三个一边喝酒,一边唠起嗑来。二姨夫说:"大姐夫,你不要客气,从今晚起咱们就是一家人,咱们同住一个屋共吃一锅饭,咱们要和和气气过好日子。"二姨对我妈说:"咱们是亲姐妹,你的遭遇就是我的遭遇,姐姐你受苦受难过穷日子,姐夫在孙明久的手里差点没被勒死,我又看这俩孩子多么可怜哪!姐姐,你就把孩子们拉扯大了,再说你和姐夫二人走好运,再穷的日子也能变好的,请姐姐不要伤心泄气,提起精神高高兴兴过好日子吧!乌云终不能遮住光焰无际的金太阳的光芒!姐姐,世上的吃人肉、喝人血的妖魔鬼怪,终有被忍不了受杀害、受欺压、受凌辱在水深火热中难以生存的穷苦人民起来造反!推翻反动派,把外国列强驱逐出境,我们天下受苦受难的人民才能过好日子!姐姐不要愁闷,这样好的日子一定能来到,我们两家人不分你我,如同一家人一样,平安、吉祥地过上温饱的日子。"因有妈妈的义父傅爷爷给了我们充足的肉、面、酒、花椒、大料,应有尽有,样样不缺,所以我们的这个年过得还很好。

1944年,爸爸在小高粱屯乔二爷家扛活。快到年底,乔家的儿子乔福海让我爸爸套上两辆牛车,车上装满了四石黄豆(每石700斤)。乔福海说:"你把车赶到卜奎城东门外乔家店院里,我在店里等你,快点赶。路上有人问这是谁家的车,你就说,这是富裕县小高粱屯乔福海的车,无论什么官兵、警察也不敢挡你。"

到了城里,乔福海早就骑马到了大车店,找到收粮贩子把黄豆汇出去了。

四石黄豆卖了2400元钱。乔福海当天晚上就推了牌九，没到半夜，他把卖黄豆的2400元钱，一分钱也没剩，输得精光！他把钱输光了，这时，他可犯愁得合不上眼了，翻来覆去睡不着觉，两只老鼠眼睛咔吧、咔吧，心里想着坏主意。他冷不丁拍着大腿自言自语地说道："你小子好好睡吧，明天一到家，我一口咬定你，这卖两车黄豆的钱，我不能白白输掉，让你乖乖地堵满我这两手掏开的2400元钱的大洞吧！明天回到家，老子在爸爸的面前狠狠地咬你一口，我叫你承认也得承认，不承认也得承认！不然的话，我这么大的窟窿谁来给我堵呢？不让这小子给我当替死鬼，我哪有脸皮见我父亲呢？我把两车黄豆钱全都输光啦，分文没剩，爸爸能饶我吗？"

乔福海回到家，乔二爷问他儿子："黄豆卖得怎样？行情怎样？一共得了多少钱？别揣在怀里乱花！"乔福海对父亲说："我也老大不小啦，我能不心疼钱吗？可是，咱们心疼钱，但是外姓人，这给咱扛活的劳金不心疼咱！我昨天晚间挨着他睡觉的，晚间吃饭时我也心疼他、可怜他，这么数九寒天给咱扛活赶车也不容易，我买下两大海碗荞面饸饹，热热乎乎地让他吃，这小子好喝酒，我又打了六七两酒，我们喝了。可是，这小子一夜没睡老实觉，一会出去，一会儿进来，没让我睡好觉，等天亮我摸了上衣兜，这时才发现钱包没了。当时我没惊动他，你小子跑不了，回家再说，我和爸爸二人还对付不了你这臭小子一人？"乔福海心想：让我把这口大黑锅扣在你身上，压得你一辈子直不起腰来、抬不起头来，我让你哑巴吃黄连有口说不出话来，有理也无处申冤。我让你白白给我扛一个活，我让你一年的工钱堵住我的黑窟窿吧！

黑心肠的乔福海回到家里翻脸不认人了，冷笑三声，当他老爸面前拍桌子大声喝道："色勒你小子快把黄豆钱给我交出来呀，少一个子都不行！"这下可把我爸爸吓呆了："少东家你可不能冤枉好人哪！我色勒凭力气扛长活，给你家当长工，你可不能伤天害理诬赖我这不会说、不会道的哑巴穷小子！你一夜没回店里睡觉，吃完早饭咱们赶路往家走，我哪有工夫当你双眼睁睁的面，敢偷你的钱呢？再说我也没有长野心勃勃的胆子，哪敢动手偷你的钱呢？"

乔福海耷拉着一脸横肉说："你小子别他妈的不吃敬酒喝罚酒，我这个钱，你给我痛痛快快地交出来啥事没有，如果你硬着头皮不交出来，你就别想走出我家门槛半步！别想平安无事地回家见你的亲生爹妈和你的老婆、孩子、弟兄姐妹！今天你不把我的钱交出来，如数2400元钱还给我，你小子别想活着走

进你家房门！"

这时，我爸爸说："你今天无论怎么骂我、打我，我也没法交出钱来还给你。"狠心的乔福海不容我爸爸说完，他抡起藤条马鞭打我爸爸，打得我爸爸鼻青脸肿、头昏脑涨、不省人事，倒在地下，血流满地。这黑暗社会，穷苦人不如财主家的哑巴牲口，有话说不出，任意遭到毒打！在旧社会，穷人不如财主家的牛羊，有理无处告状！这时乔福海的爸爸说："你为什么把这小子打成这样？万一把他打个好歹，打出人命来，我看你怎么收场，就是你亲娘舅当县令，你也难免吃官司、蹲监狱、坐大牢。"

"爸爸，这小子不受皮肉之苦，是不能轻易把钱交出来的！明明是我们两个人这两天走一条路、吃一桌饭、睡一炕觉，卖黄豆的这么多钱不是他偷的又是谁偷的呢？"他爸爸说："别打他，快找他的保人乔平海去，这小子死不承认钱不是他偷的，反正咱们的钱不能不明不白地白白丢掉，让他保人替他给咱还钱。如果他俩都不承认，不给咱还钱，咱就把他二人上告到警察署，我看是咱们的木棍硬，还是警察的铁棒硬。"

我二姨夫一看，乔福海父子二人满肚子坏下水，如果他们告到警察署，吃亏的还是我们，好汉不吃眼前亏，把姐夫救出这火坑是最要紧。二姨夫对乔家说："你们赶快放人，别管他偷没偷你家的钱，这笔钱我给还，把他放回家去，我替他给你们白干一年活，今后不能再提这件事，不能继续向他讨债，催这笔钱！"

这一场场苦难、这一笔笔血债不断地向我们袭来，难道这是苍天安排的吗？你不承认当时的可怕的规律法则是不行的，律法是为当时社会的执政者安排的，旧社会的律法是为贵族、富人、官府设立铺就的！衙门的口是敞开的，有钱的富翁请进来，只要你手捧金银来，无理让你走天下；穷光蛋别想来，摸你脑袋一把晕，摸你屁股一把屎！那时的天气狂风雪寒，妈妈抱妹妹，爸爸背着我，又回到故土难离的江北老家哈拉屯。

那年，我可爱的老前兄康金和拉着我的手，对我二老说："我小弟黑小太可爱，他的脑袋可好啦，什么事都懂，什么话都会说，他一点也不淘气，我带他到学堂念书吧！他长大后识文断字，准能成为老鄂家的好根苗，有我带他上学念，你们就放心吧！你们不要怕他被小孩欺负，我能好好保护他，无论什么样的厉害小孩全都怕我。你们的日子过得太穷啦，中午的饭别让他带，到晌午我

吃啥,让我小弟也吃啥,你们就放心吧,我决不让弟弟饿着肚子念书!"

到了学校,康金和哥哥给我报名入学了。学校的校长是个汉人,姓杨,这杨校长穿一身日本军服,成天手里挂着棍棒,上课时也把棍棒带到教室里,放在讲台上,他看哪个学生不顺眼,马上抡起棍子把学生打得叫苦连天、鼻青脸肿。六十多年过去了,我还没有忘记,那是1944年夏天,这杨校长走进我们的教室,讲日语课。他讲到半课堂时,提问一个叫苗得雨的同学,让这个同学读黑板上的日文字母。这个同学读得不太熟练,他让杨校长的凶恶的面孔吓得浑身直哆嗦,老师接二连三地大声拍讲台呼叫:"这些字母到底都念什么?"苗得雨更晕头转向啦!杨校长气得咬牙切齿地骂道:"你真是满肚子臭屎、满脑子烂泥,笨蛋一个,啥也不知道!我看你爸爸妈妈也都是糊涂一对虫,不让你放猪,把你送到学堂念书有什么用?学生都像你这样笨蛋的话,我这个老师咋当呢?你从小不学好日本字,长大你出息不了,早晚你也得顺垄沟刨豆包吃!"

这心狠的二鬼子校长大声喊道:"苗得雨快下来,趴讲台上!"他又叫三个有力气的学生摁住苗得雨,不让他乱动。这杨校长抡起比大拇指还粗的湿柳条棍,打苗得雨的屁股,打得他皮开肉绽,哭爹叫妈也不放过他,打了他好长时间。苗得雨被打得拉了一裤兜子屎,又撒了一大泡尿,把教室熏得臭气难闻,教室里的人都捂鼻子又捂嘴。杨校长这才看出来自己把苗得雨打得拉了一裤兜子屎和尿。他还理直气壮地说:"你这傻东西,大小便怎么也不告诉一声?看你把这教室弄得臭气熏天!"他又叫苗得雨到南江洗拉裤兜的屎和尿去,把身子也洗一洗,快去快回。可是苗得雨从讲台爬下来就站不稳,迈不动步。杨校长叫班长领几名学生抬着到江边去给他洗干净。可是苗得雨一下地,他的屎和尿从裤腿掉了一地,班级里的学生都坐不稳了,连杨校长自己也有些恶心,叫当天的值日生赶紧把教室打扫干净,其他学生都到外面自由玩去了。

从那天起,苗得雨就罢课,也不上学念书了。杨校长那个德行,说话、走路和日本鬼子没什么两样,学生每天早上都由杨校长带领,向日本天皇默祷,唱日本国歌,上体育课全都用日本口令,报数也用日本数字,日常生活的简单话也是用日语对话。日本如果不被我们中国共产党领导的人民军队打倒,被驱逐出境,我们就变为日本帝国主义的亡国奴了!英雄的中国人民赶走日本鬼子也有六十五年了,毛主席在天安门上宣告新中国成立到现在已经六十周年了。现今的读书学生在学校都被老师爱护,老师认真教学生,国家非常关心读书学生,让学生免费上学,让学生好好学习、天天向上,让学生长大成材,让他们将来都要成为有文化、有科学头脑的人才,成为祖国栋梁之材。新旧社会真是天壤之别! 在旧社会,日本帝国主义侵略我中华时期,有一些亲日派投靠日本帝国主义,杨校长就是亲日派,他为了向日本效力,为了教好日语,因苗得雨对日语接受能力较差,在课堂上认不清日本字和读不准日本字,竟然像暴君般打得苗得雨不省人事、满裤兜屎尿,严重地摧残了苗得雨的人格,又严重地中断了苗得雨的读书求知、黄金般少年茁壮成长的美好时光。

杨校长下狠心毒打学生,班级里的学生一看他都躲着走,如同耗子怕猫,谁要在他眼里看不顺眼,他不是罚站就是打你。有一天下课时间,我在花池旁观花,忽然间一群蝴蝶飞来,在花池上飞舞,这群蝴蝶非常可爱美丽,有红色的、蓝色的、绿色的,还有黄色的,各色各样的蝴蝶飞来飞去。有的在花心上落下来拍打翅膀,我慢慢地轻轻地伸手去抓时,这三五成群的蝴蝶全都飞走了,真是让我好失望,但我不灰心,等它们再来时,我一定抓一只夹在书本中,做一个标本,在休闲时,打开书本看看该多么有意思!我正在花池边要抓蝴蝶,可我没想到,我给自己闯下了一场惨痛的灾难。杨校长看见我正在摸蝴蝶,他扯住我的衣领,把我撇出老远,撇得我直不起腰来,站也站不起来。这时,狠心的杨校长抡起手中的棍子劈头盖脸地打我,把我打得浑身青一条紫一条,满身伤痕,我忍着疼痛也不敢哭出声来,你若是越哭出声来,他就越打你。我就咬紧牙,挺过了这一关。晚间放学回家,爸爸妈妈问我:"哪家的野孩子欺负你了,把你打成这样? 你快告诉我们,爸爸妈妈找他家算账去,谁家养活孩子都不容易,我们都把孩子当成心肝宝贝,快快告诉我们,到底哪家的孩子把你打成这个样子?""爸、妈,不是小孩欺负我的,是杨校长打的!""当老师为什么把学生往死里打? 他也太霸道啦! 要不人们都叫他二日本,真他妈的大日本统治中国,二日本摧残小孩! 大日本不灭亡,二日本屈膝为奴祸国殃民!"

因我惨遭毒打,走路艰难,成天疼痛难忍,耽误了上课时间。眼瞅着秋季也到了,天气一天比一天冷了! 上学去吧,没有暖身的棉衣,夏天光脚上学还可以,眼看快要上冻了,没有鞋穿怎么行呢? 爸妈说:"黑小,冬天了在家待着吧,别去上学了,来年春天,天气暖了,再去接着上学。"到了春天,我家的日子更不好过了。新结婚的叔叔婶婶他们二人到扎兰屯山区找活打工去了,爸爸妈妈带领小妹,扔下未满月的怀中的小女儿,到鸦片贩子孙明久家,爸爸扛长工、妈妈当奶妈去了。我和未满月的小妹,留在爷爷奶奶的手中照看,一家人走南闯北,有劳动能力的爸爸、妈妈、叔叔、婶婶他们都到外边扛活,想法挣钱维持这个家庭。

到了春天,领着我上学念书的康金和哥哥又来找我来了,他对爷爷说:"让你家孙子上学去吧,不要让他耽误了念书的宝贵的黄金光阴,老爷爷放心,有我带他,无论什么样的淘气孩子都不能欺负他,让他上课去吧,请爷爷放心!"爷爷说:"不是我怕他受小孩欺负,孩子,你的一片好心,爷爷忘不了,我们家的情况你也不是不知道,今天不断粮,明天就没有吃的,怎能让他空着肚子上学念书呢?我给他找了吃饭的地方,明天就到海福萨满家和安吉福家去放猪。两家轮班供他吃饭,到秋还能挣回来几斗粮食,总比他在家饿着肚子强啊!这个年头咱们穷人活一天能够吃到一天饭比啥都强啊!"康金和哥哥听了爷爷的这番哀苦的话,再也听不下去了,他紧紧地把我拥抱在怀里,他如同亲哥哥一样拍拍我的后背说:"小兄弟你不能上学了,要好好放猪,不要把人家的猪放丢啦!哥哥我来年春天还带你到学堂去上学念书,好好听爷爷奶奶的话,千万不要淘气,扔下猪乱走乱跑,一个人放猪,不能睡觉。天气不管多么热,不能你一个人去洗澡,听说前天,雅尔塞南江淹死了两个小孩。天太热的话,中午求爷爷带你去洗澡!"

我听康金和哥哥的话,老老实实地安下心来好好放猪,不让爷爷奶奶为我操心。我给人家放猪,吃饱了我的肚子,爷爷奶奶和未满月的小妹他们三个在家不知怎么样的饿着肚子呢!妈妈把小妹扔下,有爷爷奶奶侍候,爷爷奶奶都没粮食吃,爷爷奶奶吃的是我们达斡尔族传承下来的救命神菜库木勒。奶奶天天到江边走进没膝的深水搬弄鱼罩,头午站到中午,下午站到天黑,弄到几碗小鱼虾,炖库木勒当饭吃,勉强度日,苦度光阴。我独自一人在广袤的嫩江岸边放猪,我感到孤独,感到荒凉,感到天太阴暗,我在江边放下放猪鞭,走下高高的嫩江岸畔,手捧养育我千年万年的圣洁的透明甘甜嫩江水,喝得我双目清凉,喉间畅爽,精神焕发。我走上岸畔举目眺望,这对岸的成群牛羊,这草原上的漂白的羊群,这一望无际的田野上麦浪滚滚,五谷飘香。这牛马、这羊群、这田野,是我们的吗?不是!不是!全都不是!我们没有自己的牲畜、田野、土地,连我现在放的这十几头猪都是人家的。当我想到眼前的处境,我们的确是一无所有的穷人,我们穷人的日子何时才能过得温饱呢?我想到这里,心里

好悲痛,苍天哪!大地呀!嫩江啊!你们都倾听我这放猪娃的"扎那勒格"吧!我唱起《放猪穷娃盼阳光》:

　　苍天哪!苍天哪!红太阳的光芒何时才能照到穷人的头上?让天下的穷人都能过上明媚安详的日子啊!

　　大地呀!大地呀!这无边的良田沃土何时才能归回到穷人的手中?让天下穷人都能过上丰衣足食的日子啊!

　　嫩江啊!嫩江啊!两岸的成群牛羊何时才能涌满穷人的家园?让天下的穷人都能过上甜蜜美好的幸福生活吧!

　　人间哪!人间哪!大千世界的干戈何年何日才能稳定平息战乱?让天下的人类都能过上永远太平和谐吉祥的好时光吧!

　　我在江边放声唱出了心中的歌,心里痛快了!我看看苍天,阴沉沉乌云飘呀飘,飘向天边,飘向东海,飘向兴安林涛,乌云飘向四面八方。万里长空顿时晴朗,温暖的太阳光照在我的头上,太阳爷爷哈哈大笑,亲切地夸我说:放猪娃,你的"扎那勒格"唱得太好,你唱出了天下穷人的心。孩子你不要悲伤,你不要心酸,你要挺起腰杆,为天下穷人天天唱歌!把你的歌声唱进千家万户的穷人家中去,让天下穷人不要软弱,都要坚强,除霸安良,披荆斩棘,齐心合力驱逐豺狼虎豹,镇压妖魔鬼怪!天下太平,天下穷人才能安居乐业!放猪娃,听我太阳爷爷话吧,你要天天多唱穷人的歌,你的嗓子一天比一天更响亮,你要与天上的百灵对着唱,天天唱好歌,天天练嗓子,练出嘹亮的金嗓子,今生今世,太阳爷爷祝你成为乌钦歌手吧!太阳爷爷又对我说:我把我的温暖送给你,让你一生温饱,保你一生平安吉祥、长命百岁。放猪娃,无论你多么穷苦,千万不要伤心落泪,这世道总不能混乱黑暗,总有一天,我定能把我的光和热,普照天下的每一处黑暗、寒冷、贫穷、饥饿的角落!放猪娃,到那时,你能得到自由、得到解放,能过上幸福美好的日子!

　　狂风从北方刮来,日本鬼子滚向东洋大海。1945年是一个很不平凡的年代,从春天开始,每天都刮大风,大风刮得飞沙走石,大风刮得天昏地暗,大旋风刮得更厉害,那年的大狂风大多是从北方刮来的,大狂风里还掺杂着浓浓的火药味!远望西北天边,昏沉沉的,老人们说:今年天的气象很不平常,天下可能要大乱,德国和苏联已经打起来了,第二次世界大战要爆发了。

那年，我在南甸子放猪，快要到秋天的时候，忽然有一天，从北方飞来了黑压压的飞机，顷刻间，听到齐齐哈尔市被轰炸的震耳的强烈的爆炸声音，又看到齐齐哈尔市浓烟滚滚，火光四起。第二天，又从北方开过来了苏联红军的坦克车、装甲车，车上都装备了长炮、机关枪，一辆辆满载全副武装的红军战车，以排山倒海之势轰轰烈烈地从满洲里、海拉尔、博克图、扎兰屯，越过兴安岭长驱直入到了齐齐哈尔、哈尔滨、长春、沈阳、旅顺、大连等地。苏联的神兵天将把日本人赶得丢盔弃甲，屁滚尿流，如丧家之犬，夹着尾巴逃往东海狼窟狗洞。这一改天换地的喜人心间的憧憬，实在叫我高兴得不得了。

日本还有今天垮台的末日吗？你们侵略我们中华国土十四年间，横行霸道、杀人放火、无恶不作，害得我们中国人民过着暗无天日的水深火热的苦难生活，把我们美好的中华国土践踏得遍体鳞伤。小日本，你们是杀人不眨眼的魔鬼，你们不但用飞机、大炮、荷枪实弹侵略我们的国土，挖掘万人坑活埋、杀害我们中华优秀儿女，更令人愤怒的是，日本鬼子真是比什么恶魔都狠毒万分！世界上什么工厂都有，就是没听说过还有杀人工厂。世界上的人，好人最后的死，死于患病，战场上的战士和敌人拼搏，在战场上有的光荣牺牲，他们的死，死也死得其所！有些人因劳累、出事故、被水淹、为救人而死，哪有像日本鬼子在我们中国以灭绝人性的兽心修造杀人工厂？日本鬼子，你们把我们中国良民抓进杀人工厂，一批一批地任意宰杀！日本鬼子，你们比天边的莽盖还要心狠手辣！你们在我们中国大地横行霸道，惨杀了多少无辜良民百姓，被杀害的人们多么冤屈，他们枉然走黄泉之路，他们走到九泉之下也不会瞑目！斯大林元帅派来的苏联红军是天兵天将，这英勇无敌的天兵天将，以雷霆万钧之势、排山倒海之威，从北方横扫日本鬼子！昔日的日本鬼子，像秋天的树叶一样被严霜打得纷纷而落！北方的狂风刮得天昏地暗，刮得日本鬼子晕头转向。苏联红军把日本鬼子震慑得魂飞魄散、无处逃脱，只有无条件投降，才是你们的生路。

老人们奔走相告，从城市到乡村，都互相热情赞颂打败了日本鬼子！中国人民再也不受日本鬼子的杀害，中国人民从此再也不当亡国奴了！当我看到日本鬼子丧魂落魄，像秋天的蚂蚱蹦跶不了了，乖乖地被苏联红军赶得像成群的牛羊任意鞭策驱逐，我感到心情非常痛快。日本鬼子，你们的末日已来到，快滚快滚，快滚回你的老巢东洋大海去吧！十四年的黑暗殖民统治，被侵略、被欺压的日子已经过去了！中国人民扬眉吐气的好日子来到了，这美好日子来之不易。温暖的阳光照到了我身上，我要满怀喜悦心情迎接美好日子的到

来。让我们中国人民过上当家做主的主人翁的日子吧!

红太阳照亮大地,放猪娃苦尽甘来。赶走了压在中国人民头上的日本帝国主义,中华大地处处呈现出天欢地笑的新气象。我国各族人民无不欢快地尽情歌唱自由幸福、美妙动听的悠扬的喜庆之歌,我们达斡尔族人民的哈肯麦跳得更加矫健、更加优美了!我们齐齐哈尔地区的达斡尔族乡亲从城市到农村,从美丽的嫩江岸畔到辽阔的草原,到处都普照着金太阳火红温暖的光芒,红太阳的光芒照得人们昂首挺胸、生气勃勃,为了新的生活而努力生产劳动。家家户户都充满了安居乐业的幸福生活的新气象!

幼小年龄的我,看到这改天换地的祖国新面貌,心里感到特别高兴。太阳爷爷的温暖光辉这回真正照暖了我身上,小日本的白底红心的膏药国旗在我们的中国土地上干净彻底全部倒下了!小日本鬼子,你们彻底垮台灭亡的日子到来了!在日本统治时期的警察、特务、汉奸、走狗,仗着日本鬼子耀武扬威,这些坏蛋比鬼子还要阴险毒辣。在日伪时期,这些坏蛋到处敲诈勒索、坑蒙拐骗、抢男霸女、欺压百姓,他们靠日本鬼子的威力,壮大豹胆,逞凶作恶,祸国殃民,害得百姓度日艰难。自从小日本垮台之后,这些坏蛋们的狗仗人势、贪婪成性的狼子野心的丑恶本性也有所改变,他们不像从前那样行凶害人了。古人云:树倒猢狲散!他们丧魂落魄,一个个都像被严霜打的秋叶,纷纷而落,黄叶遍地飘飞,各自寻找藏身之地,有的罪大恶极的坏蛋,他们金盆洗手改恶从善,返回老家,再也不做坏事,做老老实实的良民百姓。

整理附记:

2010年8月,我到内蒙古呼伦贝尔市鄂温克族自治旗巴彦托海镇采访那音太。那音太在病中与我共同完成了《少郎和岱夫》达斡尔语标音、翻译工作。在此期间,我看到了那音太先生的乌钦、回忆录等手稿,其中,第二份回忆录《为我达斡尔族文化事业奋斗终身》是未完成稿,那音太先生表示待病好后继续写作。经那音太先生同意,我复印了上述资料。我一直期望那音太先生完成他的回忆录,怎奈老先生于2011年11月病逝。那音太夫人称,自我2010年8月采访之后,老先生处于病重之中,再未提笔。也就是说,我们现在所看到的文稿就是其全部回忆材料。

第一份回忆录《鹤城达乡歌声》是打印稿，完稿于2007年10月10日。第二份回忆录《为我达斡尔族文化事业奋斗终身》是手写稿，没有标注写作时间，根据情况，应写于2010年间。对这两份原稿，我只进行了校正错别字、标点符号，删除赘字，补充漏字，订正个别史实工作，有几处年份不符合事物发展顺序，但因无法核实，也只能保留原样。

三、有关文章

1. 王云阶致那音太的一封信

那音太同志:

　　感谢您和何德志、胡瑞宝同志的大力帮助,使影片《傲蕾·一兰》的音乐能够有达斡尔族的风格。《马上的哥哥你在何方》原以为是达斡尔族民歌,所以在出版的时候,我只写了"编曲"(那是指包括合唱的声部是我加工的),最近接到《民间文学》编辑部华积友同志来信反映,说这首歌曲是您和吴老师创作的。请将详细创作经过来信告知,并将吴老师的姓名见示,以便在再版的时候,把您和吴老师的名字补上:"叶楠词,那音太、吴××曲,王云阶编曲。"

　　寄上1981年挂历一份,表示谢意!

　　此致

敬礼

王云阶
1980年12月31日

附寄《银幕歌声》一册,请指正!

此信由那音太先生提供
[王云阶(1911—1996),著名作曲家]

2. 马上的哥哥你在何方

——记国家级"乌钦"传承人那音太

安晓霞

那音太,1935年7月生,黑龙江省齐齐哈尔市梅里斯达斡尔族区哈拉屯敖拉哈拉人,现住内蒙古自治区鄂温克自治旗白音塔拉达斡尔民族乡,是当今达斡尔族艺人中唯一能创作、自拉自唱长篇"乌钦"的老艺术家。幼年时曾向二布库、胡瑞宝学艺,成为附近老幼皆知的歌手。他善编演"乌钦",自己制作"华昌子"(四弦琴)自拉自唱,并创作歌曲。与人合作创作的《马上的哥哥你在何方》,被选用为电影《傲蕾·一兰》主题歌的基调素材;与何德志等人共同创作达斡尔族民歌《心上人》,经省市电台录制播放,传到了国内外;曾把《四季歌》加以改编整理,增添新词,获得省、市文艺会演优秀作品奖;他表演的男女声对唱《达斡尔族情歌》,参加黑龙江省和齐齐哈尔市会演获大奖;曾参与搜集翻译的"乌钦"《少郎和岱夫》,获全国优秀民间文艺作品二等奖,并由民族出版社出版。2009年6月,被确定为国家级非物质文化遗产"乌钦"传承人,获奖牌、奖杯各一个;内部出版CD光碟两盘。

> 清晨的太阳升起来哎,
> 想起我心上人儿哟,
> 不知哥哥何日来,
> 你骑着马儿去向何方?

得知我从他的故乡特意来看望他,虽然是第一次见面,那音太老人也还是带着病体热情地接待了我,郑重地穿上演出服,操起"华昌子"(四弦琴)一连唱了四首作品,而这首就是他创作于1967年秋的代表作、被上海电影制片厂拍摄的影片《傲蕾·一兰》用作基调素材的歌曲《马上的哥哥你在何方》。

作为民间艺术家,他以丰富、灵活的表演形式,演绎了艰难、执着、顽强地传播达斡尔族传统音乐的演艺人生。早在20世纪50年代,他就参加了齐齐哈尔市梅里斯达斡尔族区雅尔塞乡的哈拉剧团,一人担当多种角色:导演、作曲、伴奏、演唱,在本屯和周围的村屯表演;70年代,他与二布库、胡瑞宝三人在梅里斯区卧牛吐乡东卧村二布库的表兄弟家一连唱了九天九夜,为族胞带去欢乐的同时,更在他们心中留下了深刻的印记。回忆起当时站在屋子外面听唱的乡亲挠破窗户纸的情景,那音太老人得意地说:"那是最高兴的日子,乡亲们给打酒,给鸡蛋下酒。"其实,不分昼夜、不收分文地倾情演唱,得到"用鸡蛋下酒"这点犒劳在今天也许就是慢待,但在那个年代,鸡蛋是每个家庭的零花钱和孩子的学费,所以让他难忘的应该是曾经享受过的礼遇所代表的理解、尊重和价值;他经常应邀参加各地达斡尔族政府和民间组织的庆典演出及活动,用歌声、琴声传播达斡尔族传统音乐;随着传媒技术的发展,他的演唱也插上了翅膀。2005年,莫力达瓦达斡尔族自治旗电视台特邀那音太录制了《少郎和岱夫》专题片并广为播放,使他说唱的"乌钦"《少郎和岱夫》(达斡尔英雄史诗)更加广泛地在达斡尔族人民中间传播开来;他还多次参加省、市、区各级文艺会演,无论是给舞蹈队编舞曲、舞词,还是伴奏、演唱,都得到广大观众的热烈欢迎和好评……60多年间,他背着心爱的四弦琴游走在城市乡间,北京、沈阳、齐齐哈尔、海拉尔、莫力达瓦、扎兰屯、富裕……只要是达斡尔族人聚居的地方、有达斡尔族人的聚会,无不留下他的身影、琴声和歌声。

辛勤地播种使他收获了丰硕的成果:2009年,被文化部评为国家级非物质文化遗产"乌钦"传承人,获纪念牌一块、水晶杯一座;他创作的《马上的哥哥你在何方》被上海电影制片厂制作的电影《傲蕾·一兰》选用;参与搜集、翻译的"乌钦"《少郎和岱夫》,获全国优秀民间文艺作品二等奖,并由民族出版社出版;50年代初与他人合作创作的《心上人》,一经达斡尔族歌唱家何德志唱出,便声名远播,成为达斡尔族具有代表性的民歌之一;由于说唱成绩斐然,他被《达斡尔族名人录》艺术家词条收录;与哈拉剧团演员喜荣一起表演的《达斡尔族情歌》,在黑龙江省、齐齐哈尔市各级文艺会演中均获"优秀节目奖"和"优秀表演奖",并经历了谢幕8次的"永生难忘的幸福时刻";黑龙江省非物质文化遗产保护项目小组从他创作的几十篇"乌钦"和歌曲中选录了《四季歌》《观花》《劝戒赌》《歌唱扎兰屯》《鄂伦春山乡好风光》《回到故乡梅里斯》《高高的火焰》《秃小子我不嫁给你》《北京城里文人多》《四色歌》《老舍勒与嘎库热》《马上的哥哥你在何方》《得都热哥哥乘船来》《迎新娘》《歌唱美丽的尼尔基》《歌唱白音塔拉》《共产党的恩情比水长》《妈妈我去采"库木勒"》

《少郎与岱夫》《梅里斯达斡尔族人民奔小康》制成 CD 光碟;中央音乐学院、沈阳音乐学院分别请他录制了他所掌握的达斡尔族传统音乐曲目留作资料。

对于没有受过专业学习和训练的民族歌手,那音太的音乐才能及艺术成就,来自于他对达斡尔族音乐的强烈热爱和刻苦钻研、不懈追求。生长在歌舞之乡的他,从七八岁起就在老人们讲故事、跳舞、说唱《少郎和岱夫》到大天亮的环境中受熏陶,这使他对音乐产生了浓厚的兴趣,希望自己也能像老艺人们那样自拉自唱。怀着这个理想,他曾拜二布库、胡瑞宝等艺人为师,既学达斡尔族传统"乌钦"的段子,也学四弦琴的演奏方法。学习中每当遇到困难他都鼓励自己:"他们绝不是生下就会拉奏、跳舞唱歌,他们不都是从刻苦磨炼中学来的吗?他们哪个不是几十年如一日好学好唱,才成了多才多艺的民间艺术家呀!"16 岁时他拜本屯的一名山东老人徐文章学唱京剧的二黄、慢板、快板等段子;唱腔优美的天津人余淑芬大娘把他当作儿子一样教他评剧选段;本民族的民间艺人更是他学唱民歌、学说故事的最好老师,特别是胡瑞宝艺人的悉心指导和教唱长篇"乌钦",更使他受益匪浅,成为族人中能够唱得响、叫得硬的著名艺人之一,他们也因此成为终身的好哥们;为了剧团演出需要,他订购了歌曲刊物。不识谱没法教大家新歌,他又向村小学的德新老师学习简谱知识,准确地练唱音阶和各种音程。只用了一周的苦练,他就基本能够识谱、记谱了,并逐渐开始创作简单的歌曲。

他还有股不服输的脾气。看到双目失明的民间艺人二布库都能凭感觉在自制的琴头上雕刻精美的六和塔图案自拉自唱,他也决心要自制一把四弦琴。在从事音乐活动的体会中他写道:"我就自己动手做胡琴,拉断碗口粗的榆树木头,用粗铁丝做了一把长长的锥子,我就用力锥透了这个实心榆树干木头,锥透之后用烧红的铁棍烧,小心地用凿子凿,用碗渣(碴)子刮,胡琴筒子做成了,我用黑鱼皮蒙上了琴筒,用牛筋搓成绳子当琴弦,胡琴做成之后,我天天拉,经过一个多月之后,我也会自拉自唱了。"

朴实的语言叙述朴实的操作,正是那音太老艺人朴实的人格。

朴实的他,在每月只有 200 多元钱低保生活费、与癌症顽强地抗争的时候,谈话中仍然不忘感激所有帮助过他的人,惦记为达斡尔族音乐事业做过奉献的汉族兄弟马维新,声声感谢党和国家给了他荣誉。这位达斡尔族老艺人的朴实和感恩,感染着黑龙江省非物质文化遗产"乌钦"项目负责人、同是达

斡尔族 76 岁的杨士清老师,目前,杨老师正在整理那音太创作的作品准备付梓,再为达斡尔族留下一份宝贵的非物质文化遗产。

我们翘盼达斡尔族民间艺术家那音太的作品集早日出版。

原载《鹤城晚报》2010 年 11 月 23 日

达斡尔族著名乌钦艺人那音太老人永远地走了!

我再次感受着乌钦艺术断根的痛,痛得我与多文忠通话时忍不住在办公室里痛哭失声。

与老人于 2010 年的第一次见面,竟成了永别。

翻出去年访他后登载在《鹤城晚报》的文章,日期刚好也是 11 月 23 日。是天意?是巧合?

带着您的《马上哥哥你在何方》,老人家,一路走好!

安晓霞
2011 年 11 月 23 日　22:43:00

原载达斡尔族论坛网
(安晓霞,齐齐哈尔市职教中心教师)

3. 那音太 柴堆旁拉起四弦琴

李景滨

电影《傲蕾·一兰》里反复出现的歌曲《马上的哥哥你在何方》，曾让达斡尔族古老的乌钦露出冰山一角。乌钦类似赫哲族的伊玛堪，是口传史诗为主体的说唱艺术。《马上的哥哥你在何方》就来自从小在柴堆旁拉四弦琴唱乌钦的那音太。

近日，记者踏上了寻找那音太的旅程。

在齐齐哈尔梅里斯达斡尔族区，记者最先见到的是文管所所长多文忠。办公室的角落堆满了贴标签的文物盒，他正在撰写一篇关于最近发掘出土的旧石器晚期的玉刀的论文。他说，"那音太是我舅舅，他现在海拉尔的白音塔拉，不在梅里斯。不过，我母亲也是有名的乌钦歌手。我可以领你去见见她。"

梅里斯区距齐齐哈尔市中心一江之隔，一条宽阔的公路穿区而过。公路两侧，楼房林立。多文忠把我引上一个旧楼，开门的正是他母亲鄂彩凤。一个普普通通老人的形象，只有从方而扁平的面部，才能辨出达斡尔族人的特征。

她说："我的汉语说得不好，怕说不明白。"

她和那音太是兄妹，自小生长在梅里斯的哈拉村，那是一个达斡尔族村，百十来户，一色"介"字形草房，红柳篱笆。年节和农闲时，有走家串户说唱乌钦的习俗。房子四圈都是炕，俗称"蔓子炕"，说唱就在地当间。炕上炕下都是人，小孩进不去，就在外面把窗户纸舔破往里窥视。兄妹俩都有说唱的天赋，鄂彩凤年纪很小就成了村里演唱"哈库麦勒"（主要是歌舞）的名角。

那音太拜师双目失明的民间艺人二布库及胡瑞宝等，既学达斡尔族传统"乌钦"的段子，也学四弦琴的演奏方法。他见二库布能凭感觉在自制的琴头上雕刻精美的六和塔图案，自拉自唱，他也自制了一把四弦琴。他在回忆文章中这样写道："我就自己动手做胡琴，锯断碗口粗的榆树木头，用粗铁丝做了一把长长的锥子，我就用力锥透了这个实心榆树干木头，锥透之后用烧红的铁棍烧，小心地用凿子凿，用碗渣（碴）子刮，胡琴筒子做成了，我用黑鱼皮蒙上了琴筒，用牛筋搓成绳子当琴弦，胡琴做成之后，我天天拉，经过一个多月之后，我也会自拉自唱了。"

50年代，那音太参加了梅里斯达斡尔族区雅尔塞乡的哈拉剧团，一人担当多种角色：导演、作曲、伴奏、演唱。鄂彩凤回忆说，哥哥每次出外演出，所见所闻都可以写新颖的唱词。《傲蕾·一兰》里的《马上的哥哥你在何方》就是这样创作出来的。

说得高兴，鄂彩凤不觉哼唱起来。她将歌词翻译出来：儿媳对包办婚姻不满，在野甸子上一边捡牛粪，一边抱怨父母，考虑我了吗？儿子多文忠提议，要母亲穿上表演服装，伴母亲一起跳唱一曲。母亲让儿子在床上方的一个柜子里翻出一个包袱，那是节日和演唱时才穿的许多套民族服装的一套。

母子俩在屋中舞唱起来，高潮处，两个人的胳膊不断相互挤压，身体旋转。多文忠解释说，这是高潮时的"斗"。

哥哥那音太60多年间，背着心爱的胡琴游走在城市乡间，北京、沈阳、齐齐哈尔、海拉尔、莫力达瓦、扎兰屯、富裕……2005年，莫力达瓦达斡尔族自治旗电视台特邀那音太录制了说唱史诗《少郎和岱夫》。2009年，那音太被文化部评为国家级非物质文化遗产"乌钦"传承人。

鄂彩凤80年代随丈夫离开了哈拉村，来到梅里斯。最初住的是平房，达斡尔族人也很多，她依然延续着走家串户说唱的习惯。自从搬入楼房，这样的习惯就终止了，因为连唱带蹦地楼上楼下邻居受不了。她只在一些组织的活动中才有机会演唱。

她说，乌钦的演唱极受政府重视，不久前，她演唱的"哈库麦勒"歌曲，被录制成音像制品，作为国家级非物质文化遗产保护名录项目正式出版。

采访中，记者了解到今年那音太已经77岁了，健康状况不是很好，他已经不能再唱乌钦了，目前，他正在抓紧时间整理他唱了一辈子的乌钦资料，希望能将这份宝贵的遗产传承下去。虽然，此次采访我没见到那音太，但在大家的介绍中，我仿佛看到热爱乌钦的那音太正在柴堆旁拉起四弦琴，陶醉地吟唱着……

原载《黑龙江日报》2011年11月14日

（李景滨，黑龙江日报社记者）

4. 永远的那音太

张宏伟

这次在巴乡采访,我有幸拜访到了国家级非物质文化遗产代表性传承人那音太老人。那音太老人今年已经77岁高龄了,而且疾病缠身,他对我们的到来很高兴。

那音太是当今我国达斡尔族艺人中唯一能创作、自拉自唱长篇"乌钦"的老艺术家、国家级非物质文化遗产代表性传承人。"乌钦"也称"乌春",是达斡尔族传统的民间说唱艺术形式。以"说的和唱的、又说又唱的、似说似唱的"为表现手段来讲故事,题材内容比较广泛。

那音太自幼听爷爷演唱"扎恩达勒",后向村里双目失明的民间艺人二布库学习"扎恩达勒"琴艺和唱腔。农闲时那音太喜欢文艺创作和在乡村演出,他还善于模仿人物表演动作,精通本民族歌曲并熟知其独特的演唱技巧,还能翻译民族歌曲和民族故事,自拉自唱讲述长篇故事。

几十年来,那音太在北京、哈尔滨、齐齐哈尔、海拉尔、扎兰屯及莫旗等地演出,讲述民族故事,深受听众欢迎。只要是达斡尔族人聚居的地方、有达斡尔族人聚会的地方,无不留下他的身影、琴声和歌声。

那音太创作的歌曲《马上的哥哥在何方》,被选为《傲蕾·一兰》电影主题歌。那音太表演的乌钦《少郎和岱夫》曾获国家级金奖。

如今老人虽然疾病缠身、日子清苦,但他仍然没有放弃对艺术的追求、对乌钦的热爱,他说只要有人听,他就愿意唱,一直唱。在我们要离开的时候,老人用两种语言为我们自弹自唱了那首久远的《马上的哥哥在何方》,至今那动人的曲调和老人陶醉的神情还萦绕在我的脑海。

永远的"乌钦",永远的那音太。

节选自《巴彦塔拉:我的感动》,载中广网2011年4月27日

5. 悼念那音太前辈

敖锁胜

na – yin – tai der – gi	那音太前辈
nan – tun bar – kan bol – sn	在南屯去世
da – gurd ner – ti kuu xie	达斡尔族著名的艺人
da – gur oll xi – mi hanj bei	族人沉痛悼念您
har zha – lo ya – ra	您从年轻时候起
hua – qin uq – ni taal – bix	酷爱古老的乌钦
hua – chang – si kiij	自作华昌斯
ha – qin gajr uq – le bei	到各地演唱乌钦
da – gurd hai – ran – ti xie	您热爱达斡尔族
da – gur zha – na – li aq – bu – se	创作了很多民歌
e – le gajr zha – na – jie	到各地演唱
er – chu sa – na – man nerd bei	让族人心胸开阔
xi u – ge wa – na yaw – sn to – lo	您虽然离我们而去
xar – dur xin uj – rd bei	仍然看见您的笑容
hua – chang – si doo – xin	您华昌斯的声音
ha – qin saikn son – sd bei	仿佛还在我们的耳旁

获悉先生逝世的噩耗心情沉重,自作乌钦来悼念,为解读方便划分了音节。

原载达斡尔族论坛网2011年11月25日,发表时,署名为"Ying"

(敖锁胜,齐齐哈尔市泰来县鹰老坟村村民)

6. 你要找到你想要的花朵和居所

——挽歌达斡尔族乌钦大师那音太

孤思客

你是一首生命的悲歌
孤儿般流落四处漂泊
那把四弦琴跟了一辈子
谁人懂你不弃的执着

你是一个苍凉的传说
苦水般运命太多蹉跎
那段乌钦就像《二泉吟》
有谁知你情思真魂魄

如今你去了去了去了
有根线就可能断了断了
我为你难过为你泪落
你要找到你想要的花朵和居所

原载达斡尔族论坛网 2011 年 11 月 24 日

(吴志君,笔名孤思客,齐齐哈尔市梅里斯达斡尔族区雅尔塞镇人民政府机关干部)

7. 亲吻爱唱乌钦的阿查

——写给先辈那音太

乔琦

我从没有见到过您
可我无数次倾听您的声音
那里面我听到了沧桑漂泊的风雨
我听到了热切乐观的微笑
我听到了一个民族最响亮的回声

我在心里叫您阿查——
爱唱乌钦的阿查
当你瘦弱的手指轻拉慢捻
当你深情的双眸唱出故事
有一种民族的召唤
让我停留，让我迷恋
从四弦琴上飘出的声音啊
胜过天籁里任何一种美妙的和声

那碗口粗的榆树木头
还记得您的容颜
那烧红的铁棍
还留有您自制华昌斯的体温
那黑鱼皮和牛筋搓成的绳子
还系着您的梦想
那六十年的游走奔波
还印着您清晰的足迹

阿查——

您一生清苦

饱受贫穷

可您,用并不伟岸的身躯

挺起了一个民族最光辉的文化

您如此富有

这跳跃的乌钦的曲调

这独特的乌钦的唱腔

这丰富的历史底蕴

这坚韧的人格守护

无不显露出阿查您——

拥有的是一份巨大的

任何物质都无法比拟的

财富

阿查

听到我的呼唤了吗

我从那柴草堆开始找起

我走过了达斡尔族敖包

我走过了傲蕾·一兰的雕塑

我走过了嫩江上空飞翔的雄鹰

我走过了少郎与岱夫的骁勇善战

可我却再也找不到

您的身影

阿查——

请允许我

请允许所有像我一样的您的孩子

在您的额头

轻轻地一吻

我们身上不仅流着达斡尔族这珍贵而幸福的血液

而且还流着
您和所有像您一样的先辈
一点一点刻进我们的骨子里
那份执着
那份坚守
那份自豪
那份对传承民族文化的深深信仰

乌钦又一次在耳边响起
阿查——
请您安息……

写于 2011 年 11 月 24 日入夜
（乔琦，齐齐哈尔市梅里斯达斡尔族区人社局科员）

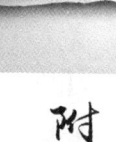

8. 用生命抒写永恒的乌钦

——给那音太老师

刘国富

那是一个少雪的冬天,可是却异常的寒冷,您就在这样的季节里永远地离开了人世,离开了您钟爱的华昌斯,离开了您用生命歌唱的乌钦,离开了所有喜欢听您演唱的各民族同胞。

在您去世两年后,我有幸担任《那音太乌钦集》的编委,这让我再一次走进您和您的乌钦人生。最早听到您创作的乌钦是在一次主持非遗展演的舞台上,那一刻我就站在离您最近的地方,听着如泣如诉的四弦琴的声音,我仿若走进了一段充满跋涉和艰辛的历史,我仿若看到了一代又一代达斡尔人如炬的目光和充满力量的行走,我仿若感受到了一个古老民族不屈不挠厚积薄发的文化精神。

乌钦的声音再一次响起,我隐约看到了您瘦削的背影,身着一件蓝色镶着金边的达斡尔族长衫,头戴一顶嵌着白色纹形的金色帽子,怀里抱着您亲手制作的华昌斯,端坐在草原上的敖包旁边,轻轻地拉动着琴弦。旋律时而沧桑有力,时而高起低转,时而急剧如潮,时而平缓如镜。间或声音细若停歇,又会骤然洪波涌起。让人陶醉其中,如沐如洗。

我总是惊诧于您的坚守,到底是什么力量让您可以在达斡尔族母语逐渐淡化的氛围里仍旧用乌钦来讲述您内心的情怀,到底是什么样的追求让您在饱受漂泊和冷落后依旧不改初衷?

读到您留下的一首首作品后我似乎释然了,我知道那是您的生命。也只有用生命唱响的旋律才可称之为经典,而您还不止这些——您在乌钦样式渐行渐远的当代,您在达斡尔族儿女的面前,不仅打开了一扇乌钦华彩展示的大门,还为后代子孙昭示了一个永恒的道理:继承并发扬民族文化,单单靠热情还不够,需要的是用自己的整个生命来抒写,用自己的整个人生来诠释,这不仅是对乌钦的传承,更是对这个时代里所有即将濒临消亡的文化的拯救。

写于2013年11月26日

(刘国富,梅里斯达斡尔族区文化馆非物质文化遗产传承保护办公室主任)

9. 我与师父的缘分

何庆

说起与师父的缘分，时至今日，也是记忆深刻，不能忘怀。

2006年4月，在嫩江沿岸那座古老的达斡尔埃勒——额尔门沁，在那儿有我一个亲如手足的阿卡，他爸爸病重，也许是老一辈人对民族传统艺术的热爱和怀念，在重病时老人总提起要听一听和他们年轻时一样纯正的乌钦。所以阿卡就辗转打听到那音太老人的联系方式，邀请他到家里来做客，也满足自家老人的心愿！

要招待那音太老人的那天，阿卡也找了我。达斡尔人喝起酒来要是没有"扎恩达勒""哈肯麦""乌钦"这些节目，那酒都是没有味道的！我并不太喝酒，每次在各种聚会上，多是在大家要跳起那哈肯麦的时候，给大家弹弹琴助兴。那天我弹着琴，那音太老人在我跟前站着看了会儿，回到桌子上问："这扎罗哪儿人啊？弹得好听呀！"阿卡喊我停下来，拉到桌边介绍给他。他老人家当时很有兴趣地问我："学过乐谱吗？"

我说："我从小家里困难，学都没怎么上，都是自己瞎弹的！"

"跟我一样啊！我也没学过！会唱咱们的歌儿吗？"

这会儿阿卡的爸爸乐着说："哎嘿！他还唱得好呢！"

"说到唱得好，那老爷子可得给我们拉个华昌子唱个乌钦呐！"阿卡见缝插针地说。

他爸爸也附和说："老哥哥给来一段！"

那个华昌子的旋律一响起来，恍惚回到了曾经那无数个盛夏和寒冬，老少妇幼围坐一圈听着埃勒里的长者，唱着那些用我们民族自己的故事编写成的歌。当时对阿卡的爸爸"就算病着也要听听这些曲子"的想法恐怕不难理解了，顿时也对那音太老人倍感亲切！

我生性不善言谈，但当时激动之情，驱使我举起酒杯，笨拙地对那音太老人说："这都是我们自己民族的宝贝，我很敬佩您！我要是能唱下来两三首就好啦！"

现在想来，当时的场面我还真是窘迫，现在还为当时的词穷觉得尴尬！当时也不知是酒精还是性情所致！阿卡当下突然说："认了干爹吧！老人家一辈子没有孩子，难得老爷子也喜欢你！快点磕头……"

就这样，颇具戏剧性地初次见面，我就这样磕了头，叫了阿查，有了干爹！有趣的是，当时老人家非要往我兜里塞上仅有的 300 块钱，说认了儿子了，是要还礼的！当然，这是说什么都不能要的！

之后第二次给他老人家磕头，是在次年正月十五的火车站里。许久未见，而且正当年节，突然涌上来的感情让我有点陌生。因为我初成年，就失去了的父亲，所以在刚认完这个干爹的时候，由于我对父子之间如何相处早已陌生，以至于阿查这个称呼都不太叫。可是当看到他站在那儿，那种久别重逢的欣喜是真的！我给他磕完头，给他拜年，老人家扶起我的时候，互相一看，两个人竟然都哭了！

老人家这次正月十五来了之后，在家里的半个多月时间，多数时间拉琴、唱歌，还会和我谈起创作这些歌的过程。说起歌来，那个架势就像是满腔热血的扎罗一样！那短短数十天，老人家教会了我不少自幼就熟悉但并不会完整地唱下来的歌。那些歌我当时觉得如获至宝，现在也是。后来，妻子的家人建议说，老人家的名声在外，声誉是头等重要的事！对外就这样多了个干儿子，还不如说是师父！再说，一日为师终身为父，也都是一回事了！或许是真的怕给他老人家留个什么不好的，这又正式的拜了师。所以，多数时候在外是尊称师父的。然而，可叹的是，对比师父的造诣，我深觉自己实在浅薄。

老人爱喝点小酒，年轻时又四处奔波，后来的身体情况远不如前。所以，后来慢慢不舍得他为了惦念我而辛苦地两地奔走。当时，我的家境也并非富足，日夜忙于生计，对他的照顾关心也不够！每次去海拉尔看望他，也只是陪伴短短几天，就匆匆忙忙地赶回家了。

老人家临终前的那段时间，变得和孩子一样，总是打电话和我说："妞妞，来吧，爸爸把房子给你，你接我回我老家！"第一次听到，觉得老人病得很严重，赶快联系他的继子打算去看他。他们说，是喝多了，没关系！后来老人家几次打电话都是如此，那一头也都是如此答复我，我便没有再去多留意他的情况了。不这样也许就不会有最后一面都无缘相见的遗憾了！

记得当我赶到海拉尔，老人家已经顺着那高大的烟囱，走了……说这些并没有埋怨任何人，我也是儿子，我任何事都没来得及为他做，尽管老人家想回

老家安身的诉求已经那么明确地告诉了我，我也都没有帮他完成。这是他带走的遗憾，也会是我带进土里的遗憾！留在手里唯一最后的念想，是他的几张留影、四胡上更换用的一些零件……这都是我慎重又慎重所珍惜的宝贝！而他的宝贝，那把华昌子，也和他一起走了！

说了这么多，其实师父他老人家和我，并没有正襟危坐的那种程序化的所谓传授。也许是时间太短，他的本领太多，相聚的日子里，他只是每日地唱。然而，他的歌里、故事里，所表达的那些让我能够看到、听到、感受到的，我不知道何时才能用我自己手里的这把"老朋友"，给大伙像我的恩师一样——能把这看到过的每一个家乡的山水、听到过的每一章平凡的故事、铭记的每一段开疆拓土的历史，都用这孤独的华昌子慢悠悠讲给所有人！那个广袤的草原上永远停着一匹枣红马，马上的哥哥唱的故事，达斡尔的扎罗谁也不能忘！

2006年至2012年，是我们师徒、父子关系的短短六年，我或许终生都不会悟到老人家乌钦演唱的精华，但我会依然坚持，原因是在您说出来唱出来的故事里领悟到——因为传承，所以不同；因为不同，所以有存在和区别的理由。你听听乌钦里那苍凉有劲的歌声——那里头啊，就是我们达斡尔！

2018年11月15日

（何庆，齐齐哈尔市梅里斯达斡尔族区卧牛吐达斡尔族镇额尔门沁村河西屯村民）

后　　记

自 2006 年达斡尔族"乌钦"被列入国家级非物质文化遗产名录以来，黑龙江省齐齐哈尔市梅里斯达斡尔族区成立了非遗项目保护领导小组，由梅里斯达斡尔族区文化馆负责实施。非遗项目保护领导小组把达斡尔族乌钦传承人色热、那音太的作品列入整理出版计划。2008 年，《色热乌钦集》顺利出版。2009 年，《那音太乌钦集》编写工作启动。

为顺利完成《那音太乌钦集》收集整理工作，黑龙江省艺术研究所杨士清研究员、时任梅里斯达斡尔族区文化馆馆长鄂忠群等人多次研究有关事项，并到内蒙古自治区呼伦贝尔市鄂温克族自治旗拜访那音太先生，收集有关资料。

《那音太乌钦集》收入的乌钦都是那音太先生用达斡尔语创作的作品。在这些乌钦作品中，《少郎和岱夫》是由中国社会科学院民族文学研究所吴刚副研究员于 2010 年采录整理而成；其他部分由达斡尔族语言学家乌珠尔、梅里斯达斡尔族区法院原常务副院长乔福胜注音。那音太乌钦曲调记谱整理由鄂忠群完成。梅里斯达斡尔族区文化馆非物质文化遗产传承保护办公室主任刘国富对部分汉译文进行了整理。刘国富与有关人员完成了《那音太乌钦集》部分文字录入以及初步整合工作。吴刚整理了《那音太年表》《那音太回忆录》以及有关评述资料，并撰写了述评文章，完成了统稿、校对工作。齐齐哈尔市达斡尔族学会原理事长何文钧和乔福胜也参与了校对工作。黑龙江省达斡尔族研究会原会长杨优臣撰写了序言。杨士清研究员确定了《那音太乌钦集》篇目、体例、照片，并负责最后审核工作。梅里斯达斡尔族区文化馆馆长何丽霞负责筹备审稿会议以及联系出版工作。

在《那音太乌钦集》编写工作后期阶段，我们从《中国曲艺音乐集成》内蒙古卷和黑龙江卷中收集到那音太演唱的两篇乌钦作品《杨茂金姑娘》和《弹起"木库兰"想娘家》，本书原貌收入。在此对该篇采集整理的有关人员表示

感谢。

2018年11月,在梅里斯达斡尔族区召开了《那音太乌钦集》审稿会,与会专家提出了很好的修改意见,书稿在后期加工阶段充分吸收了专家们的意见,在此对与会专家深表感谢。

本书能够顺利整理出版,得到了黑龙江省文化厅、黑龙江省达斡尔族研究会、齐齐哈尔市达斡尔族学会等有关单位的热情支持,在此深表感谢!同时,还要感谢黑龙江人民出版社李春兰编辑,她为本书的出版付出了辛勤的汗水!

另外,需要说明的是,附录中收入了著名作曲家王云阶致那音太的一封信,以及李景滨、张宏伟的文章,文末均注明了出处。遗憾的是,一直没有联系上王云阶先生的家属,也没有联系上李景滨、张宏伟两位先生,只好在此表示歉意,并深表感谢!

吴　刚
2019年4月21日